A CONVIDADA

EMMA CLINE

# A convidada

TRADUÇÃO DE
Débora Landsberg

Copyright © Emma Cline, 2023
Primeira publicação por US Publisher.
Direitos de tradução acordados por MB Agencia Literaria SL. e The Clegg Agency Inc., EUA.
Todos os direitos reservados.

Agradeço a Bill Clegg e a todos da Clegg Agency, também a Kate Medina e à equipe da Random House. Pela ajuda pregressa, sou grata a Willing Davidson, Hilary Cline, David Gilbert, Alexander Benaim, Sara Freeman, Lexi Freiman e Megan, Elsie e Mayme Cline.

TÍTULO ORIGINAL
*The Guest*

PREPARAÇÃO
Camila Carneiro
Ana Gabriela Mano

REVISÃO
Rachel Rimas

ADAPTAÇÃO DE PROJETO GRÁFICO E DIAGRAMAÇÃO
Ilustrarte Design e Produção Editorial

DESIGN DE CAPA
Oliver Munday

IMAGEM DE CAPA
SvetaZi | Getty Images

CIP-BRASIL. CATALOGAÇÃO NA PUBLICAÇÃO
SINDICATO NACIONAL DOS EDITORES DE LIVROS, RJ

C572c

    Cline, Emma, 1989-
       A convidada / Emma Cline ; tradução Débora Landsberg. - 1. ed. - Rio de Janeiro : Intrínseca, 2025.
       320 p. ; 21 cm.

       Tradução de: the guest
       ISBN 978-85-510-1343-4

       1. Romance americano. I. Landsberg, Débora. II. Título.

       CDD: 813
25-98494.0                CDU: 82-31(73)

Carla Rosa Martins Gonçalves - Bibliotecária - CRB-7/4782

[2025]
*Todos os direitos desta edição reservados à*
Editora Intrínseca Ltda.
Av. das Américas, 500, bloco 12, sala 303
22640-904 – Barra da Tijuca
Rio de Janeiro – RJ
Tel./Fax: (21) 3206-7400
www.intrinseca.com.br

*Para Hilary*

# 1

ERA AGOSTO. A ÁGUA do mar estava quente, e a cada dia que passava ficava ainda mais quente.

Alex esperou uma série de ondas terminar para entrar na água, e foi avançando contra a correnteza até estar fundo o suficiente para mergulhar. Algumas braçadas vigorosas e ela estava afastada, longe da arrebentação. A superfície estava calma.

De lá, a areia era imaculada. A luz — a famosa luz — fazia tudo parecer suave e banhado em mel: o verde-escuro europeu dos arbustos, a grama alta nas dunas, que se movimentava em um uníssono sussurrado. Os carros no estacionamento. Até as gaivotas amontoadas em uma lixeira.

Na praia, as toalhas eram ocupadas por banhistas plácidos. Um homem cujo bronzeado era da cor de malas de luxo deu um bocejo, uma jovem mãe olhava os filhos correrem de um lado para o outro à beira d'água.

O que veriam caso olhassem para Alex?

Na água, ela era igual a todo mundo. Apenas uma jovem nadando sozinha. Nada que indicasse se pertencia ou não àquele lugar.

NA PRIMEIRA VEZ QUE Simon a levara à praia, ele tirara os sapatos na entrada. Todo mundo fazia isso, ao que parecia: sapatos e sandálias ficavam empilhados junto à cerca baixa de madeira. Ninguém pega?, perguntara Alex. Simon erguera as sobrancelhas. Quem é que pegaria os sapatos dos outros?

Mas este tinha sido o primeiro pensamento de Alex: quão fácil seria pegar coisas naquele lugar. Todo tipo de coisa. As bicicletas apoiadas na cerca. As bolsas largadas em cima das toalhas. Os carros destrancados, já que ninguém queria levar as chaves para a praia. Um sistema que só existia porque todo mundo acreditava estar entre iguais.

ANTES DE ALEX SAIR para a praia, tinha tomado um dos analgésicos de Simon, sobras de uma cirurgia na coluna de muito tempo antes, e a névoa mental familiar já havia se assentado — a água salgada era outro narcótico. Ela sentia o coração bater em um ritmo agradável, perceptível. Por que estar no mar faz a gente se sentir uma boa pessoa? Alex boiou de costas, o corpo se mexendo suavemente com o vai e vem, os olhos fechados por causa do sol.

Haveria uma festa à noite, dada por uma amiga de Simon. Talvez uma amiga do trabalho — todos os amigos dele eram do trabalho. Até lá, algumas horas para gastar. Simon passaria o dia trabalhando, deixando Alex se virar sozinha, como acontecia desde que tinham chegado, duas semanas antes. Ela não ligava. Ia à praia quase todo dia. Consumia o estoque de analgésicos de Simon em um ritmo constante mas imperceptível — ela esperava — e ignorava as mensagens cada vez mais exaltadas de Dom, o que era bem fácil. Ele não fazia ideia de onde ela estava. Alex tentara bloquear o número, mas ele ressurgia com novos. Ela mesma trocaria de número assim que pudesse. Dom tinha enviado outra leva de mensagens naquela manhã:

*Alex*
*Alex*
*Me responde*

Por mais que as mensagens ainda lhe causassem um frio na barriga, bastava desviar os olhos do celular para tudo parecer besteira. Estava na casa de Simon, as janelas abertas para o verde. Dom estava em outra esfera, cuja existência ela podia fingir que não era mais real.

AINDA BOIANDO, ALEX ABRIU os olhos e ficou desorientada pela forte luz do sol. Endireitou-se e buscou a praia com o olhar: estava mais longe do que imaginara. Bem mais longe. Como isso tinha acontecido? Tentou voltar, mas parecia não sair do lugar, as braçadas engolidas pela água.

Ela respirou fundo, tentou de novo. As pernas batiam com força. Os braços se agitavam. Era impossível saber se a margem estava ficando mais próxima. Outra tentativa de voltar em linha reta, mais braçadas inúteis. O sol continuava forte, a linha do horizonte oscilava: era tudo tão indiferente.

O fim — ali estava ele.

Era um castigo, Alex tinha certeza.

Estranho, no entanto, que o terror não tenha durado. Apenas a atravessara, aparecendo e desaparecendo quase no mesmo instante.

Outra coisa substituiu a sensação, uma espécie de curiosidade reptiliana.

Ela avaliou a distância, os batimentos cardíacos, fez uma análise tranquila dos elementos em jogo. Não era ela que sempre foi boa em enxergar as coisas com clareza?

Hora de mudar de tática. Alex nadou em paralelo à praia. O corpo assumiu as rédeas, lembrando-se das braçadas. Ela não se permitiu hesitar. A certa altura, a água começou a resistir com menos força e então Alex começou a avançar, se aproximando da praia, até chegar tão perto que seus pés tocaram a areia.

Estava esbaforida, sim. Os braços doíam, o coração batia descompassado. Estava bem afastada do trecho em que entrara na água.

Mas tudo bem, ela estava bem.

O medo já tinha caído no esquecimento.

Ninguém na praia reparou nela, nem sequer a olhou uma segunda vez. Um casal passou perto, de cabeça baixa, procurando conchas na areia. Um homem de galochas arrumava a vara de pescar. Gargalhadas vinham de um grupo debaixo de uma barraca. É claro que se Alex tivesse realmente corrido algum risco, alguém teria reagido, uma daquelas pessoas teria feito alguma coisa para ajudá-la.

ERA DIVERTIDO DIRIGIR O carro de Simon. Tão sensível e tão ágil que chegava a assustar. Alex não havia se dado ao trabalho de tirar o maiô, e o estofado de couro queimava suas coxas. Mesmo a uma boa velocidade e com as janelas do carro baixadas, o ar estava pesado e quente. Que problema Alex precisava resolver nesse instante? Nenhum. Não tinha qualquer variável para calcular, o analgésico ainda cumpria sua função. Em comparação com a cidade, aquilo ali era o paraíso.

A cidade. Ela não estava na cidade, e graças a deus por isso.

Era Dom, claro, mas não só Dom. Mesmo antes dele, algo havia azedado. Em março, fizera 22 anos, sem grandes comemorações. Tinha um terçol recorrente que deixava a pálpebra esquerda desagradavelmente caída. A maquiagem que usava para disfarçar só piorava a situação: acabava reinfectando a si mesma, o terçol pulsando por meses a fio. Enfim conseguira uma receita de antibiótico em uma clínica. Toda noite puxava a pálpebra e espremia um fio de pomada direto na órbita. Lágrimas involuntárias escorriam somente do olho esquerdo.

No metrô, ou nas calçadas cobertas com a neve recém-caída, Alex começara a perceber que estranhos lhe lançavam um certo olhar. Um olhar prolongado. Uma mulher com um casaco xadrez de pelo de cabra angorá analisou Alex com uma concentração exasperante, o rosto contorcido pelo que parecia ser uma preocupação crescente. Um homem, os punhos brancos sob o peso de muitas sacolas de plástico, encarou Alex até ela enfim saltar do trem.

O que as pessoas estavam vendo em sua aura, que fedor ela emanava?

Talvez estivesse imaginando coisas. Talvez não.

Chegara na cidade aos 20 anos. Na época ainda tinha energia para usar um nome falso e acreditava que atitudes como essa continham algum valor, significavam que as coisas que fazia não estavam acontecendo em sua vida de verdade. Na época, ainda fazia listas: o nome dos lugares aos quais ia com os homens. Restaurantes que cobravam o pão e a manteiga. Restaurantes em que dobravam o guardanapo de novo quando o cliente ia ao banheiro. Restaurantes que só serviam carne, rosadas mas insossas e grossas que nem um livro de capa dura. *Brunches* em hotéis três estrelas, com morangos verdes e sucos doces demais, cheios de polpa. Mas o interesse nessas listas passara rápido, ou algo nelas começara a deprimir Alex, então parou de fazê-las.

Com o tempo, deixara de ser bem-vinda em certos bares de hotel, passara a ter que evitar certos restaurantes. O charme que tinha estava perdendo a força. Não por inteiro, não por completo, mas a ponto de ela começar a entender que a possibilidade existia. Já tinha visto acontecer com outras, com as garotas mais velhas que conhecia desde que se mudara para lá. Elas fugiam de volta para a cidade natal, tentando se prender a uma vida normal, ou então desapareciam por completo.

Em abril: um gerente tinha, em voz baixa, ameaçado chamar a polícia depois de Alex tentar botar o jantar na conta de um cliente antigo. Muitos dos homens habituais haviam parado de procurá-la, por alguma razão — provavelmente, ultimatos lançados em terapias de casal e a nova moda de sinceridade radical, ou os primeiros sinais da culpa precipitados pelo nascimento de um filho, ou o simples tédio. Seu fluxo de caixa mensal despencou. Alex cogitou colocar silicone. Reescreveu o anúncio, pagou uma quantia exorbitante para aparecer na primeira página dos resultados. Abaixou o preço, depois abaixou mais.

Seiscentas rosas, os anúncios diziam. Seiscentos beijos. Coisas que só garotas bem novinhas desejariam receber nessa quantidade.

Alex fez uma série de tratamentos a laser: lampejos de luz azul saturavam seu rosto enquanto ela olhava através de óculos de proteção coloridos, como uma astronauta sombria. No meio-tempo, refez as fotos com um estudante de artes nervoso que perguntou, com delicadeza, se ela cogitaria uma permuta de serviços. Ele tinha um coelhinho de estimação que espreitava pelo estúdio improvisado, os olhos de um rosa demoníaco.

Maio: uma das meninas com quem dividia o apartamento questionou por que o Rivotril delas acabava tão rápido. Um cartão-presente tinha desaparecido, uma pulseira preferida. O consenso de que era Alex quem tinha quebrado o ar-condicionado. Ela tinha quebrado o ar-condicionado? Não se lembrava, mas era possível. As coisas em que encostava começavam a parecer condenadas.

Junho: o desespero a fez relaxar com a triagem dos potenciais clientes — renunciou às referências e aos documentos com foto, e foi roubada mais de uma vez. Um cara a mandou pegar um táxi até o hotel do aeroporto JFK, com a promessa de reembolsá-la pessoalmente, e então parou de atender às ligações; Alex ficou na calçada telefonando sem parar, o vento atacando seu vestido enquanto os taxistas desaceleravam para olhar.

E em julho, depois que os colegas de apartamento lhe deram duas semanas para pagar o aluguel atrasado, senão trocariam a fechadura, Dom voltou à cidade.

FAZIA QUASE UM ANO que Dom tinha ido embora, um exílio autoimposto decorrente de algum problema sobre o qual ela não queria saber muito. Quando se tratava de Dom, era melhor nunca saber muito. Ele disse que tinha sido preso — mais de uma vez —, mas não parecia ter passado tempo algum na cadeia, fazendo uma vaga alusão a um tipo de imunidade diplomática, uma intervenção no último segundo de autoridades de alto escalão. Será que ele achava que alguém acreditava nessas coisas? Ele mentia mais do que ela, mentia sem motivo. Alex havia prometido a si mesma que não veria Dom outra vez. Então ele mandara mensagem — alguém que realmente queria passar um tempo com ela, talvez a única pessoa. Não conseguia lembrar por que sentira medo dele. Os dois se divertiam juntos, não se divertiam? Ele gostava dela, não gostava?

Dom estava morando em um apartamento que dizia ser de um amigo. Tomaram *ginger ale* em temperatura ambiente. Ele andava pela casa descalço, baixando todas as persianas. Havia uma fileira de embalagens de chantili cobertas de adesivos no parapeito da janela, latas de água com gás vazias em uma sacola da farmácia em cima da lixeira. Dom não parava de olhar o celular. Quando o interfone do apartamento tocou, e continuou tocando sem parar, ele ignorou, dando risadinhas até que parasse. Fez uma omelete às quatro da manhã, que nenhum dos dois tocou. Assistiram a um reality show: as mulheres mais velhas na tela estavam sentadas no pátio ensolarado de um restaurante, sugando copos de chá gelado com violência. A conversa era acalorada e o rosto delas, uma máscara de dramaticidade. "Eu nunca falei isso", disse a mulher de cabelo castanho, estridente.

— Você já tinha visto isso? — perguntou Dom, sem desviar o olhar da televisão.

Ele aninhava um pinguim de pelúcia nos braços, agarrando os reluzentes olhos de botão.

A mulher na tela se levantou, derrubando a cadeira. "Você é tóxica!", berrou ela. "Tóxica", repetiu, o dedo fodendo o ar. Ela se afastou batendo o pé, a respiração acelerada, e um câmera recuou fora do quadro quando ela passou enfurecida.

Assistiram a outro episódio, e depois a outro. Dom deitou a cabeça na perna de Alex, lambendo as drogas dos dedos. Quando pôs a mão dentro da calcinha dela, Alex não se afastou. Eles continuaram assistindo. Todas as mulheres do programa se odiavam, muito, só para poder evitar o ódio aos maridos. Apenas os cachorrinhos, que ficavam quietos no colo delas, pareciam ser de verdade: eram a alma daquelas mulheres, Alex concluiu, pequenas almas trotando atrás delas na guia.

Quanto tempo ficara lá com Dom? No mínimo dois dias.

E, depois que ela foi embora, quanto tempo ele demorou para perceber?

Foi quase na mesma hora.

Dom ligou para ela quatro vezes, uma seguida da outra. Ele nunca ligava, só mandava mensagem. Então, Alex logo entendeu que tinha cometido um erro. As mensagens chegavam num ritmo frenético.

> *Alex*
> *Você tá de sacanagem com a minha cara*
> *Que porra é essa*
> *Atende*
> *a porra*
> *do telefone*

Alex estava na décima hora de uma ótima e vertiginosa maratona de calmantes quando ele ligou: uma compressa quente esfriava nos últimos resquícios do terçol, a quentinha de comida empesteava o ambiente, felizmente bem longe dela. Achou as mensagens de Dom engraçadas.

Até ele deixar um recado no dia seguinte, quase chorando e sendo bem legal com ela. Quase um amigo, daquele jeito inoportuno.

Alex acabou respondendo:

> *Não estou podendo falar. Entro em contato daqui a uns dias, ok?*

Havia presumido, a princípio, que alguma solução iria aparecer — sempre aparecia. Então continuou evitando Dom. Ele falava com ela quase todo dia.

> *Alex?*

A situação foi degringolando. Dom continuou ligando. Deixando mensagens de voz. No começo, com uma postura despreocupada, até brincalhona, como se fosse um mal-entendido sem importância. Então deu uma guinada louca rumo à agressão, a voz passando a um registro lúgubre de psicopata, o que a fez sentir um medo genuíno. Alex se lembrou daquela vez, no ano anterior. Talvez tenha sido antes, antes de ele ir embora da cidade. Quando ele a acordou com as mãos no pescoço dela. O olhar de Alex fixo no dele, as mãos de Dom apertando. A expressão do homem era de concentração moderada. Alex só desviou o olhar quando ele apertou com tanta força que os olhos dela se fecharam, como se estivessem se voltando para dentro da cabeça.

Alex poderia trocar de número, mas e os anúncios que já estavam pagos, os anúncios que remetiam a esse telefone? Dizia a si mesma que Dom acabaria se cansando. Ele iria atrás de sangue novo.

Um dia, porém, ao sair de casa de manhã, ela avistou Dom do outro lado da rua. Fazendo hora na calçada, a mão no bolso. Era Dom, não tinha como não ser. Talvez não fosse. Seria apenas coincidência? Ela não lhe dera o endereço novo. De repente, sentia-se paranoica. O terçol estava voltando. Os colegas de apartamento a ignoravam nas áreas comuns. Tinham trocado a senha da internet e tirado todos os remédios do armário do banheiro, até o ibuprofeno.

Alex tinha a sensação desnorteante de que era contagiosa.

*\*\*\**

TINHA SIDO UMA NOITE MORTA, sem interessados.

Talvez Alex emanasse um ar mordaz, desesperado — as pessoas sabiam quando alguém estava precisando de coisas, tinham um faro animalesco para o fracasso. Alex não parava de olhar as mensagens, esperando que alguém mordesse a isca, mas Dom iluminava seu celular, oferecendo-se para chamar um carro para ela, tentando convencê-la a ir se encontrar com ele na estação de metrô perto do parque. Alex virou a tela para baixo.

Estava no segundo copo de água com gás, com gelo — melhor não beber de verdade, apenas dar essa impressão —, quando um homem se sentou no bar a alguns bancos de distância. Um homem de camisa social branca e sem entradas no cabelo. Normalmente, ela logo pensaria se tratar de um civil, alguém cuja autoimagem não incluiria a participação em certos arranjos. Esses homens não valiam o gasto de energia. Mas talvez isso tivesse sido um erro, o foco em recompensas instantâneas — aonde isso a levara? Vinha subestimando a proteção que um civil poderia lhe oferecer. Algo mais permanente. Sentiu a adrenalina percorrer o corpo: esse era um homem que poderia lhe oferecer uma virada de jogo.

Quem puxou a conversa, ele ou ela? Em todo caso, a convite do homem, Alex foi se sentar no banco ao lado dele. O relógio reluziu quando ele fez questão de enfiar o celular no bolso: ela tinha sua total atenção.

— Meu nome é Simon — disse o homem.

Ele sorriu. Ela retribuiu o sorriso.

Lá estava a resposta, a saída de emergência que sempre acreditou que surgiria.

Alex estava tomando todas as decisões certas, como se tivesse treinado para esse momento, e talvez tivesse. Deixou que Simon pedisse um drinque de verdade para ela. Quando riu, tampou a boca com a mão, como se fosse muito tímida. Viu que ele reparou nesse gesto, assim como reparou nas duas taças modestas de vinho branco que ela tomou, o guardanapo aberto com recato sobre o colo. A conversa fluiu fácil. Alex devia ter parecido, para Simon, uma garota comum. Uma garota jovem, comum, curtindo a vida na cidade. Mas não curtindo demais: ela recusou a terceira taça de vinho e aceitou um café para encerrar o jantar.

Tudo tinha ido bem. Simon quis marcar de revê-la. Um encontro de verdade. E depois mais um. Alex parou de sair com outros homens. Evitou alguns gatilhos, algumas partes da cidade. Alex nunca convidou Simon para ir à casa dela. Parou de atender a ligações tarde da noite. Resistiu ao ímpeto de pegar certas coisas de Simon: as abotoaduras peroladas, o maço de dinheiro que guardava de qualquer jeito na mesa de cabeceira.

Quando as coisas ficaram horríveis? Algumas semanas depois?

Agosto estava dobrando a esquina: Alex ainda evitando Dom, tentando pensar com quem poderia ficar se — ou quando? — os colegas de apartamento a pusessem para fora. As chaves de casa sumiram da bolsa, ou teriam os colegas se apossado delas? Ela tinha passado a noite inteira aguardando na escada, até que o colega mais legal enfim chegou em casa depois do expediente noturno. Assim como parecia acontecer com todo mundo nos últimos tempos, o rosto dele desabou quando a viu. Pelo menos ele permitiu que ela subisse para tomar um banho, embora não a tenha deixado ficar mais.

Então Simon apareceu para salvá-la.

A casa dele no leste. Adoraria se ela fosse com ele para lá em agosto. Alex poderia ficar o mês inteiro. Ele sempre dava uma festa no Dia do Trabalho, seria divertido.

Alex abandonou o apartamento sem pagar os aluguéis atrasados, mas deixou para trás a maioria das roupas velhas e todos os móveis baratos de madeira prensada, uma parcial do pagamento. Ignorou as ligações e as mensagens dos ex--colegas de apartamento, bloqueou o número de Dom. Ele superaria mais cedo ou mais tarde. Ninguém de sua antiga vida, como ela já estava considerando, sabia de Simon nem para onde Alex havia ido. Nenhuma das pessoas que ela tinha, de alguma forma, vaga ou séria, enganado.

Alex se fizera desaparecer — tinha sido fácil.

ELA PASSARIA O RESTO do verão ali, com Simon, e então, em setembro... Simon tinha uma casa na cidade, e já haviam falado sobre Alex se mudar para lá. Sempre que ele aludia a um possível futuro, ela baixava o olhar, caso contrário desespero seria óbvio demais. Simon ainda acreditava que Alex tinha o apartamento dela, e isso era importante. Manter a aparência de uma jovem independente, deixá-lo com a sensação de que era ele quem conduzia tudo isso. A essa altura, restringir era a melhor coisa.

\* \* \*

SIMON.
Ele era uma pessoa bondosa, de modo geral.
Tinha mostrado a Alex fotos de quando era jovem, lindo e com um rosto ávido. Estava na faixa dos 50 anos agora, mas ainda tinha o cabelo volumoso e ele se mantinha em boa forma. Era todo o halibute que se amontoava no congelador, as postas brancas que ele grelhava com tanto limão que Alex sentia a boca vibrar. O personal trainer de Simon o conectava a eletrodos que enrijeciam os músculos com choques e sugeria banheiras de gelo e receitas com vísceras, todas as novas técnicas dos profissionalmente saudáveis. Simon mantinha essa disciplina psicótica porque parecia acreditar que até o menor dos lapsos desencadearia uma catástrofe. E é provável que tivesse razão. De vez em quando, o controle arrefecia: Simon levava um pote de pasta de amendoim para o sofá e o comia com um cuidado meticuloso até que ficasse vazio, a colher limpa por sua língua, cujo tom de rosa era surpreendente. Depois, olhava com tristeza para o pote raspado, como se a imagem o ofendesse.
Simon tinha uma filha que não morava com ele e uma ex-mulher que vivia no outro lado do país, mas não havia rancor, pelo que Alex sabia. Simon sempre saía do cômodo para falar com a filha ao telefone. Caroline tinha o cabelo escuro reluzente dos ricos, as sobrancelhas feitas e roupas de tecidos que só deveriam ser lavados a seco. Uma dessas filhas de rico que são dignas de pena, porque, no fim das contas, podiam comprar tudo, menos beleza. Alex só tinha visto Caroline em fotos, uma menina magra segurando os próprios cotovelos, um rosto que parecia carrancudo mesmo quando sorria. Tinha o sonho desesperado de virar cantora.

Alex via sofrimento no futuro dela, mas era provável que estivesse apenas se projetando na garota.

A casa de Simon no leste ficava bem próxima do mar. O pé-direito da sala era de seis metros, cortado por vigas. Assoalho de concreto polido. Quadros grandes que, por mera força da metragem, insinuavam um alto valor. A especialidade de Simon era o mercado secundário, e Alex cultivava uma expressão pensativa quando ele lhe mostrava uma série de JPEGs ou se iam a um jantar na casa de algum colecionador. Às vezes tentava chutar o preço das coisas, ou o que Simon diria quando ficassem a sós. Mas Alex nunca acertava — eram muitos os contextos invisíveis. Talvez obras similares tivessem apresentado um desempenho ruim em um leilão privado. Talvez o artista tivesse usado certos materiais com tendência à degradação, o que tornava a peça volátil demais para ser coberta pelo seguro. Se a pessoa errada houvesse sido a dona anterior — um colecionador que tivesse acabado de enriquecer e fosse alguém com um olhar ingênuo, CEOs de empresas de tecnologia sob investigação federal —, a obra podia sofrer alguma mácula. O valor era baseado em um conjunto de fatores em constante alteração. Às vezes, a obra era a mera ideia da obra, existia apenas como uma imagem em e-mails que iam e voltavam, colecionadores revendendo uma peça comprada sem nunca a terem visto pessoalmente.

Era o jogo de convencer as pessoas do valor que as coisas tinham — nesse sentido, ela e Simon não eram muito diferentes.

*　*　*

AS ÚLTIMAS SEMANAS TINHAM sido agradáveis. Fora fácil se entranhar na vida de Simon naquele lugar: as texturas e os hábitos eram trançados com tamanha elegância que Alex só precisava se deixar subjugar. Eles iam jantar na casa dos amigos dele, e assistentes mandavam e-mails antes para indagar a respeito de possíveis restrições alimentares. Nenhuma, Alex sempre respondia. Este era o objetivo dela: não deixar transparecer qualquer atrito. Iam a festas em jardins nas tardes mais animadas, enxameadas, e Alex ficava lá parada enquanto Simon conversava e tomava vinho branco. Os amigos dele olhavam para ela com sorrisos vagos — talvez presumissem que já tivessem se conhecido antes, ou a confundissem com uma das outras jovens de Simon. "Bom ver você", diziam sempre, uma frase segura que permitia um caminho ou outro. "Está se divertindo?", alguém talvez perguntasse, enfim dirigindo uma pergunta a Alex, e ela assentia, mas o olhar da pessoa já teria se voltado para Simon. Às vezes eram condescendentes, os amigos dele, mas já fazia muito tempo que ela tinha se acostumado à reprovação de estranhos. Todas aquelas vezes que, em público, se sentara de frente para homens com o dobro da idade dela, com o couro cabeludo suado, visível. Alex tinha o pressentimento de que seria encarada, e sabia como se preparar para esses olhares.

Mas esse não era o caso. Essa coisa com Simon. Ela se aproximava e ele continuava falando, mas colocava a mão em sua lombar. A caminho de casa, contava dos amigos. Falava sobre a vida particular deles, seus problemas secretos. Quando Alex fazia perguntas e o estimulava a continuar, Simon abria um sorriso, com uma animação quase infantil.

Era verdadeiro, ela e Simon. Ou poderia ser.

Durante o dia, Alex assistia à televisão no solário, lia revistas na banheira até a água esfriar. Ia à praia sozinha ou nadava na piscina. Às segundas, quartas e sextas, uma mulher ia lavar as roupas e fazer faxina. Alex passava horas sendo expulsa de cômodo em cômodo pela silenciosa e diligente Patricia, que encarava a presença dela com a mesma expressão impassível com que encarava qualquer bagunça.

Não era difícil. Nada daquilo era difícil.

De vez em quando, Alex tomava um dos analgésicos de Simon para costurar as horas mais soltas, mas não dividia essa informação com ele. Comportava-se muito bem. Se usava um copo, lavava na mesma hora e o colocava no escorredor. Enxugava o círculo de água que ficava na mesa. Não botava toalhas molhadas em cima da cama nem deixava a pasta de dente destampada. Monitorava o número de comprimidos que pegava escondido para evitar que ele percebesse. Fazia questão de ser carinhosa com o cachorro, Chivas — que Simon beijava na boca.

Quando Simon mandava mensagem para avisar que estava quase saindo do trabalho, Alex jogava uma água no rosto e escovava os dentes. Vestia a blusa cara que ele lhe dera de presente e ficava sentada, esperando, como se o fim de cada dia fosse um primeiro encontro.

Simon já tivera que esperar por Alex, já ficara ansioso pela sua chegada?

Não. Mas quem ligava para isso?

Eram pequenas concessões, levando-se em conta o que possibilitavam.

\* \* \*

é claro que não tinha falado de Dom para Simon. Não contara um monte de coisas. Logo aprendera que era necessário manter certa distância. Sustentar algumas inverdades. Era fácil, e com o tempo foi ficando ainda mais fácil. E não era melhor dar às pessoas o que elas queriam? Uma conversa executada como uma transação fluida — um vai e vem sedoso, sem a interrupção da realidade. Quase todo mundo preferia a fantasia. Alex tinha aprendido a fornecê-la, a atrair as pessoas com uma visão delas mesmas, reconhecível, mas uns dez graus acima, amplificada até se tornar algo melhor. Ela aprendera a aludir aos próprios desejos como se fossem os dessas pessoas. Em algum lugar no fundo do cérebro delas, as sinapses eram deflagradas, explodindo na direção que Alex estipulara. As pessoas ficavam aliviadas, satisfeitas em entrar em sintonia com algo maior, mais simples.

E era bom ser outra pessoa. Acreditar, mesmo que por meio instante, que a história era outra. Alex tinha imaginado de que tipo de pessoa Simon gostaria, e foi essa a pessoa que lhe disse que era, o histórico impalatável de Alex extirpado até começar a parecer, inclusive para ela mesma, que nada tinha acontecido.

Simon acreditava que Alex tinha se formado na faculdade no ano anterior e acabado de se mudar para a cidade. Acreditava que a mãe dela era professora de artes e o pai, treinador de futebol americano de times do ensino médio. Acreditava que Alex havia sido criada no meio do país. Tinha perguntado, uma vez, por que não era próxima da família, e ela respondeu que os pais estavam chateados porque ela não ia mais à igreja.

— Pobre pecadora — dissera Simon, embora tenha parecido genuinamente comovido com a ideia de Alex estar sozinha no mundo.

E isso não era uma inverdade. Simon pensava nela como uma pessoa real, ou real o bastante para os objetivos dele. Alex falava na possibilidade de uma pós-graduação, e isso parecia apaziguá-lo, a insinuação de uma vida modesta de autoaperfeiçoamento, ambiciosa na versão mais amena da palavra.

AINDA HAVIA ENTULHO NO caminho de volta da praia, resquícios de uma tempestade de verão, mas já tinham recolhido a maioria dos galhos grandes. O sol fraco apagava qualquer lembrança, uma luz açucarada nas casas de telhas de cedro.

Todas as ruazinhas pareciam iguais. Árvores se encontravam no alto, criando um vale junto a uma ou outra entrada de garagem. As pistas eram margeadas pelo mesmo verde intenso do verão, um verde tão denso que não se via algo além. As casas ficavam escondidas atrás de sebes e portões, sem oferecer pontos de referência.

Como a cabeça de Alex estava em outro lugar, ela não reparou na rua em que tinha entrado. Um movimento súbito entre as árvores a fez desviar o olhar. Um cervo, talvez. Havia muitos por lá, e sempre atravessavam as ruas correndo.

O som de uma buzina chamou sua atenção. Um carro vinha na direção dela. O motorista buzinou de novo, dessa vez mais agressivo. Era uma rua de mão única, Alex se deu conta. Tarde demais. Tentou entrar de ré em um acesso da garagem para mudar de direção. Deve ter errado no cálculo da distância. O barulho a assustou, até ela perceber que vinha do próprio carro. Ou melhor, do carro de Simon. O para-choque traseiro bateu, um toque audível.

O outro motorista não parou, nem sequer desacelerou.

Talvez, se não estivesse tão nervosa — a confusão, Dom, a névoa do analgésico —, aquilo não tivesse acontecido. Alex já estava ensaiando o que iria dizer a Simon, avaliando até que ponto precisaria agir de forma infantil para escapar da raiva dele.

Alex deixou o carro ligado e saiu para ver o estrago. Tinha batido o para-choque em um muro de contenção de pedra: uma das luzes traseiras vermelho-cereja de Simon rachara e perdera um pedaço não tão insignificante. Ela o achou na terra, reduzido a alguns cacos de plástico vermelho. Talvez o conserto custasse uns quinhentos paus, não era tão ruim assim. Mas vai saber, se tratando desses carros chiques, com suas mecânicas particulares e peças especiais. A tinta importada. Pelo menos o para-choque só estava um pouco amassado. Ela olhou ao redor, como se o socorro estivesse vindo de algum lugar, como se alguém fosse chegar e lidar com a situação.

Simon ficaria chateado, ele adorava aquele carro. Isso se tornaria uma mácula contra ela.

O resto do carro parecia estar normal, mas Alex manteve a vista um pouco desfocada enquanto o examinava — melhor para a confissão se ela não soubesse de todo o escopo dos danos. Ainda assim, não havia sido nada de mais.

* * *

ELA PISOU NA CASA de Simon e no mesmo instante a umidade caiu. O choque do ar-condicionado transformava a tarde em uma leve irrealidade. O dia se apagou.

O escritório de Simon ficava em outra construção no terreno — pela janela, Alex viu o ventilador de teto rodando, o que indicava que ele estava lá, trabalhando. Que bom. Ainda não queria vê-lo. Estava agitada demais.

*Não pense no carro, não pense no Dom, não dê nome a essa nova sensação de pavor.*

Um mergulho rapidinho, ela decidiu.

A porta de tela que dava para o quintal tinha sido fabricada de um jeito que tornava impossível batê-la: ela se fechou silenciosamente às costas de Alex, em câmera lenta.

A assistente de Simon, Lori, estava sentada a uma mesa na beira da piscina com dois celulares à sua frente. Morava a uma hora dali, em uma cidade mais barata, e acordava antes do nascer do sol para ir dirigindo até a casa de Simon. Tinha uma rosa tatuada no antebraço esquerdo e uma namorada com quem morava e que às vezes a deixava ali, sem nunca sair do carro. Entre outros deveres, Lori era a responsável por Chivas, o cachorro de Simon. Vivia tentando ensiná-lo a usar uma mochilinha, para que ele carregasse uma garrafa d'água durante os passeios. Quando voltavam, Lori sempre passava uma hora sentada no chão de pernas cruzadas, os olhos semicerrados, procurando carrapatos no pelo de Chivas com uma concentração tão inabalável que chegava às raias do erótico.

— É a pior temporada de que se tem registro — observara Lori inúmeras vezes. — Tem carrapato por toda parte. Os cervos estão infestados deles.

Chivas estava latindo para o homem de uniforme agachado na grama, que fazia a manutenção da churrasqueira a gás antes da festa do Dia do Trabalho. Quando o cachorro pulou nas costas dele, o técnico olhou para Lori pedindo socorro. Ela não se mexeu.

Alex via uns buracos no gramado, nos lugares onde Chivas tinha caçado roedores. Simon ficaria irritado, embora adorasse o cachorro — não ligava para os olhos azuis lacrimosos do bicho nem para as verrugas brancas que lhe empesteavam o focinho.

Alex estendeu a toalha de praia em uma das cadeiras de metal e a puxou para o sol de modo a secá-la. Tinha a impressão de estar se movimentando em uma velocidade normal, fazendo coisas normais.

— Como estava a praia? — perguntou Lori, mal erguendo o olhar.

Houvera outras antes dela, Alex sabia, outras jovens com bolsa de viagem e corpo esperançoso, cuidadoso, outras mulheres que entravam na cozinha às dez da manhã para tomar o café que alguém tinha preparado para elas, tirando a calcinha de algodão da bunda e procurando Simon com o olhar. Garotas magras de camisola que tomavam iogurte de pé. Mas Alex tinha durado mais do que elas, tinha adentrado outro âmbito, mais permanente. As outras mulheres eram fantasmas; ela era real. Alex morava ali: tinha roupas guardadas no armário. Pelo menos até o fim do verão. Já não era vulnerável à opinião de Lori.

— Estava ótima. — Alex se obrigou a sorrir, atraindo o olhar de Lori. Difícil saber exatamente até que ponto a mulher a detestava. — A água estava perfeita.

Antes de entrar na piscina, alongou-se por tanto tempo que sentiu que Lori a observava. Será que a mulher percebeu que havia alguma coisa errada?

Alex mergulhou na água.

A PISCINA ERA ESTREITA mas comprida, perfeita para nadar, o que Simon fazia diariamente com uma concentração obsessiva. Ele dissera a Alex que se exercitava tanto porque, na época em que fazia o curso de administração na Europa, tinha engordado de tanto comer hambúrguer — era a única coisa que sabia pedir. Desde então, era paranoico com a ideia de ficar gordo de novo: levantava-se às seis da manhã para se exercitar em uma máquina na qual subia o equivalente a oitenta lances de escada, depois entrava na piscina, na qual dava braçadas febris até o sol nascer.

Mesmo com a natação matinal, ele nadava mal, com uma técnica inculcada demais para ser aprimorada.

— Por que você não tenta assim? — sugeriu Alex no primeiro dia lá, mostrando a Simon uma braçada que diminuiria a tensão sobre sua coluna traiçoeira. — Isso tira a pressão.

Simon nadou um pouco do jeito corrigido, controlando o esforço selvagem, depois acabou retomando a velha forma.

— Você voltou a fazer daquele jeito — disse Alex, aproximando-se de Simon na água. — Deixa eu te mostrar.

— Não precisa — retrucou Simon, a voz entrecortada, afastando a mão de Alex.

Ela se obrigou a dar uma risada. Sentou-se na escada da piscina. Simon voltou a nadar, a água agitando-se ao redor.

Toda essa energia que ele gastava. Simon disse alguma coisa, que ela fingiu não escutar. Alex fez uma concha com as mãos e juntou as folhas que boiavam, as flores despedaçadas na superfície da água. Ela fez uma pilha molhada no concreto que margeava a piscina e a arrumou, distraída. Então esta era mais uma informação para arquivar: não corrija Simon. Alex tirou uma abelha da piscina pela asinha diáfana e a acrescentou à pilha de coisas mortas.

Quem limparia? Alguém. Não ela.

DEPOIS DE NADAR UM POUCO, Alex ficou boiando de costas. Ouvia o coração bater nos ouvidos. Inspirou contando quatro tempos, segurou a respiração por quatro tempos, expirou em quatro tempos. Lá no alto o céu estava limpo, de um azul que parecia distendido. O aeroporto ficava do outro lado da estrada — um aviãozinho cruzou, em um arco, seu campo de visão, desacelerando para a aterrissagem.

Alex tinha andado de helicóptero uma vez, com Simon, no caminho até lá. O barulho era ensurdecedor, como em um filme de guerra, e era estranho, aquela barulheira de agitar o coração combinada com a sensação onírica de subir rapidamente no ar. O voo foi à noite, no último horário antes do toque de recolher imposto ao aeroporto. O helicóptero parecia estar voando em uma altitude extraordinária de tão baixa, a ponto de ela enxergar, em meio à ondulação escura das árvores, as piscinas iluminadas que pontilhavam a paisagem, bolsões azuis e verdes pairando no breu. Ficou se preparando para a queda — como se esse excesso tão desavergonhado fosse digno de um castigo imediato.

Um som abafado, uma sensação ruim: Alex abriu os olhos e viu uma figura sombreada à beira da piscina. Era Lori, as mãos no quadril.

— Perdão? — disse Alex.

— Eu perguntei se você precisa de alguma coisa antes de eu ir embora.

O QUARTO DE SIMON ficava nos fundos da casa, no fim de um corredor comprido. Estava silencioso, as cortinas fechadas para evitar a luz do dia e o calor. A cama estava muito bem arrumada. Era de uma limpeza chocante, que beirava a perversão. Alex queria se jogar naquelas cobertas sem vinco, mas não o fez. Os lençóis perfeitos, os cômodos gelados: eram coisas idiotas vistas uma a uma, mas juntas se tornavam um tipo de vida convincente. Uma vida em que o sofrimento parecia não ter vez, a ideia de dor ou azar esfiapando-se e parecendo menos provável. E quem seria capaz de rivalizar com isso, com o desejo de se sentir protegido? Nenhum problema era insolúvel. Ela era capaz de acreditar que a trajetória continuaria ascendente? A boa sorte se acumulando cada vez mais, o mundo de repente se abrindo em qualquer direção, como uma daquelas caixas de segredos, as laterais caindo e revelando não haver mais limites.

Até a situação com Dom poderia ser contornada. Como se Alex pudesse dar um jeito nela.

De que maneira? Ela não sabia direito.

Para se acalmar, Alex fez um inventário do quarto, observou as árvores se mexerem atrás das cortinas. Fingiu não notar as notificações na tela do celular. Clicou em um joguinho em que tinha que recolher diamantes antes que uma tartaruga preta os comesse. Continuou a jogar até a tartaruga comer todos os diamantes.

VOCÊ PERDEU, disse a tela, as palavras vibrando, e ela deixou o celular cair na cama.

ESTA PARTE ERA RECONFORTANTE: se arrumar. Tomar atitudes concretas, dar cada passo da familiar rotina. Alex tinha se tornado boa nisso ao longo dos anos, nessa cerimônia de preparação.

Ela não teve pressa naquela noite, deixando-se levar em um transe. O banheiro tomado de vapor, os rolos de papel higiênico ondulados pela umidade. Com todo o trabalho cuidadoso que fez, a tarde parecia cada vez mais distante. Alex se olhou no espelho por tanto tempo que seu rosto também se tornou abstrato, só luz e sombra.

Usou os dedos para pontilhar base na testa, debaixo dos olhos, no maxilar. Trabalho enérgico com uma esponja úmida para espalhar tudo e tirar os defeitos. Em seguida, precisava ressuscitar a si mesma: blush, um iluminador perolado nas têmporas. Escureceu as sobrancelhas com pinceladas curtas — ficavam mais realistas assim. Viu os próprios olhos no espelho enquanto apertava o curvador de cílios em silêncio.

Treze, catorze, quinze vezes.

Como muitas outras garotas, Alex descobriu rápido que não era bonita a ponto de virar modelo. As sortudas se deram conta disso cedo. Mas ela era alta o bastante e magra o suficiente para as pessoas volta e meia presumirem que era mais bonita do que era. Um bom macete.

Cabelo castanho fino cortado na altura dos ombros. Dedos curtos com unhas imundas — como uma menina deste século conseguia ficar com as unhas tão imundas? Acrescentar à lista:

Manter as unhas limpas.

Manter o hálito doce.

Não deixar pasta de dente na pia.

Ela raspou as axilas, fazendo uma cruz ao arrastar a lâmina. Então passou de novo na pele, e estremeceu com o leve arranhar. A pele estava macia quando ela terminou, ardendo um pouco nos cortes. O cabelo estava quase sujo, mais um dia e precisaria lavá-lo, mas ainda bom para essa noite, puxado para trás com a escova. Simon não gostava quando ela deixava as mechas caindo sobre os olhos — Alex passou óleo para que ficasse sedoso, para que ficasse no lugar certo.

— OLHA ELA AÍ — DISSE Simon ao entrar no quarto.

A imagem dele era um tônico: lá estava, a vida de Alex. Do jeitinho que ela a deixara.

Quando Simon encerrava o dia de trabalho, sempre parecia meio desnorteado. Dava batidinhas no bolso da camisa, distraído, procurando o celular.

— Uau.

Simon a olhou de cima a baixo como sempre, o gesto tão exagerado que era quase cômico, um lobo de desenho animado trajando um terno.

— Que vestido bonito — disse ele. — Você tem bom gosto.

Simon comprara o vestido para ela.

Em sua maioria, as roupas atuais de Alex eram presentes de Simon, e os nomes das marcas pareciam palavras de um vocabulário estrangeiro. As peças antigas ela tinha largado no apartamento — eram uma porcaria, de modo geral. Não valiam nem o custo da revenda: vestidos com manchas de desodorante, saltos de camurça cujas solas tinha trocado inúmeras vezes. Desconfiava de que Simon estivesse tentando fazer com que ela parecesse ter mais de 22 anos, com essas roupas escuras que escolhia. As camisas de linho, as calças, saias que batiam nos joelhos. As roupas ainda eram justas, é claro, ainda marcavam a cintura e os seios. Era só uma forma mais enviesada de alcançar o mesmo objetivo, mais palatável por ser menos óbvia.

Os brincos que usava também eram presente: Simon entregara os brincos a Alex dentro de uma caixa dentro de um saquinho de pano dentro de outro saco, e o ato de abrir as várias camadas fizera o processo inteiro tomar um tempo grotesco, o que talvez fosse a intenção. Ela não agradecera: as outras meninas a tinham ensinado assim. Você não diz "obrigada"; você sorri e aceita o que lhe derem, como se já fosse seu.

— Que lindo — dissera Alex, erguendo os brincos —, eu amei.

E o estranho é que era verdade, ela havia gostado daquelas gotas de prata. Eram brincos que talvez escolhesse para si. De vez em quando acreditava que ela e Simon realmente estavam meio que apaixonados.

— Não vai guardar a caixa? — perguntara Simon, e Alex assentira e imediatamente se corrigira, alisando o saquinho antes de dobrá-lo e enrolando a fita branca em seguida.

SIMON SE SENTOU NA cama e Alex se acomodou ao lado, a mão indo automaticamente para a nuca dele. Ela a massageou com força, depois fez cafuné no cabelo. Bem de leve. Muito de leve.
— Não para — pediu Simon.
Esses momentos eram agradáveis — Alex lhe dava algo tangível ao passar as unhas no couro cabeludo dele. Simon deitou a cabeça no colo dela que nem criança, de olhos fechados. Alex o analisava do alto. Era razoavelmente bonito. Estava tentando tomar mais água e tinha começado a despejar sachês de pó de cogumelo na garrafa térmica. Alex tinha dado um gole para provar: a água ficava com um gosto pantanoso e caro.
— Você está cheirosa. — Os olhos de Simon continuavam fechados.
— Eu tomei banho — disse ela.
— Foi à praia?
— Fui.
Alex pressionou mais os dedos no couro cabeludo de Simon, sem se deixar remoer o que tinha acontecido depois da praia. Sem pensar no carro ferrado, no problema de centenas ou milhares de dólares que havia criado. Queria fazer com que a fita começasse a rodar na praia, mostrasse o trajeto monótono para casa, e o filme poderia terminar com Alex estacionando o carro. Poderia contar a Simon da correnteza.

Do momento em que acreditou estar em perigo. Poderia contar de Dom. Não fez nada disso.

— As ondas estavam meio altas — comentou Alex. — Mas estava bom.

— Hum. — Simon ficou um minuto quieto, deixando Alex esfregar seu pescoço. — Talvez seja melhor você usar o vestido azul — disse. — Hoje à noite. Fica muito frio perto da água.

— Claro — respondeu Alex, a voz leve.

Silêncio.

Normal, disse a si mesma, tudo estava normal.

Ela temia que Simon percebesse seu nervosismo. Mas é claro que não perceberia. Estava de olhos fechados. Alex deixou a mão deslizar até a virilha dele, observando-o. A boca de Simon se abriu no mesmo instante, as pálpebras pesadas. Ele abriu os olhos e encarou Alex, depois os fechou. Em seguida, afastou as pernas, empurrando Alex para o chão pelo pulso. A facilidade com que essas coisas aconteciam.

Alex se ajoelhou ao lado da cama. Simon estava deitado. Ela tirou a calça dele, mantendo uma expressão amena no rosto. Demorou um tempo até Simon ficar totalmente duro: a mente dela vagou e então voltou. Os pensamentos se fixaram em cantos diferentes do quarto. Os galhos da árvore brilhando na janela. A pintura acima da cama, um acréscimo recente. O que tinha acontecido com a antiga? Ele enjoava das coisas rápido demais. Ela teria que arrumar a maquiagem depois, mas não poderia passar a impressão de se importar com isso. Sentiu Simon crescer em sua mão. Alex o hipnotizou ao olhar, como todos pareciam preferir, bem nos olhos. O vestido provavelmente estava arruinado, mas tudo bem. Simon queria que ela usasse o azul.

EMBORA FOSSE SEGUNDA-FEIRA, o trânsito estava ruim, a rua principal abarrotada em ambas as direções. Simon suspirava e procurava uma estação de rádio. Os joelhos de Alex balançavam, os nervos à flor da pele. Ela se obrigou a parar.

Estava tudo bem, disse a si mesma.

Simon não tinha percebido o estrago no para-choque do carro. Ou, melhor ainda, tinha percebido e simplesmente não mencionara o fato. Seria possível?

— É segunda-feira, de onde está saindo toda essa gente? — murmurou ele. — Caramba.

O trânsito andava e parava, o ar cheirava a escapamento. Simon ficava tentando ver além dos carros à frente, como se pudesse espiar uma rota alternativa invisível a todos os outros. E era possível que pudesse — todas aquelas ruazinhas, as pessoas ziguezagueando, vorazes por alguns minutos a mais.

— Você está calada — comentou Simon, sem olhar para Alex.

Ela deu de ombros.

— É só cansaço.

Alex tentou desacelerar o ritmo dos pensamentos, ajustá-los ao rastejar do tráfego. Era calmante até, tentar se sujeitar às forças maiores que estavam em jogo, à estática mental que o engarrafamento possibilitava — não havia algo que Alex pudesse fazer para melhorar aquele momento, nenhum ponto de vista a considerar, nenhum gesto a executar. Ela alisou o vestido sobre as coxas.

A bolsa estava no colo, um couro macio cor de tabaco, outro presente de Simon. Tinha vindo com uma sacola de pano própria para guardá-la e um paninho especial para lustrar as ferragens. Bolsas, as outras meninas também tinham lhe ensinado, são a única coisa com valor de revenda. Nenhum dos outros homens lhe presenteara com coisas de qualidade: lingeries que pareciam de plástico em cores vivas demais, um shortinho de cetim caramelo, meias-calças baratas que fediam a produto químico. Era como se esses homens sentissem um prazer punitivo ao negar a Alex acesso a objetos que valessem alguma coisa. Ela cuidava muito bem da bolsa, monitorava qualquer dano à peça. Da primeira vez que viu uma imperfeição, um arranhão acidental de unha, ficou triste de verdade.

O celular estava dentro da bolsa, e, caso mexesse no aparelho, ela conseguiria olhar a tela sem que Simon notasse. Mas o que ela queria olhar? Só poderia ser Dom, mandando outras mensagens com variações desesperadas de Atende. Essa. Merda. Desse. Telefone. E, de qualquer forma, Simon não gostava que Alex mexesse no celular quando estavam juntos. Nunca tinha falado isso, mas ela sentia que ele lançava olhares, fazendo observações mentais de reprovação. Comportamento exemplar, disse a si mesma. Não encostou no celular.

A festa seria na casa de uma mulher chamada Helen. O primeiro marido havia se afogado, contou Simon a Alex durante o percurso, quando estava mergulhando, ou algo assim, Simon não se lembrava direito. Um daqueles acidentes esquisitos que os ricos sofrem — havia sempre muita gente os mantendo em muito boa forma para que morressem de causas naturais. A vida tinha deixado de ser perigosa; os tanques de oxigênio, os testes hormonais e as seringas cheias de vitaminas B repeliam as antigas causas de morte.

O trânsito estava quase parado.

Simon desligou o rádio com um estalo. A música parecia não lhe dar prazer algum — Alex gostava do fato de ele não fingir o contrário. Homens mais jovens sentiam a necessidade de que tudo tivesse significado, tinham que transformar todas as escolhas e preferências em um referendo da própria personalidade. Eles, os homens com quem saíra e que tinham uma idade mais próxima da dela, deixavam Alex desconfortável. A possibilidade de exposição era grande demais. Muito melhor ter como amortecedor uma geração completamente diferente: os homens mais velhos não tinham contexto para Alex, não conseguiam nem sequer começar a reconstituir algo minimamente parecido com a verdadeira personalidade dela.

Alex pousou a mão no joelho de Simon. Pela janela, passavam casas e vitrines, depois um terreno baldio. Um novo edifício sendo construído, para quem não ligasse de morar bem na beira da estrada, com aquela barulheira toda. A gente se acostuma com tudo, essa é a questão.

— Que merda — disse Simon. — Olhe aí o problema.

O trânsito serpenteava em torno do cenário de um acidente. Um conversível branco estava amassado à margem da pista, um carro esportivo tombado atrás dele na rodovia. Duas viaturas estavam paradas no acostamento com os faróis acesos e as sirenes desligadas.

Não se viam vítimas nem feridos, apenas um policial de colete laranja fazendo sinal para que os carros seguissem.

Simon assobiou, desacelerando para olhar.

— É a curva à esquerda — disse ele. — É péssima.

— Vai ver todo mundo ficou bem. — A voz de Alex parecia irritada, e ela tentou abrandá-la.

— Duvido. — Simon estava lúgubre, balançando a cabeça, mas Alex pôde detectar um toque de empolgação. — Ninguém sai vivo de uma situação dessas.

Embora Alex entendesse que estavam dentro do carro de Simon e que o veículo tinha sofrido apenas uma batida leve — uma batidinha de nada —, teve a sensação repentina, por algum motivo, de que estivera no carro branco naquela tarde. De que tinha morrido lá na estrada. Era um pensamento idiota, mas não conseguia se livrar dele. Talvez estivesse enlouquecendo. Ao mesmo tempo, sabia que jamais enlouqueceria — o que era ainda pior. Quase invejava as pessoas que conhecera na cidade, as que tinham pirado totalmente, descambado para outro mundo. Era um alívio ter a opção de se retirar da realidade e encontrar a paz.

Simon atravessou a via principal e virou em uma ruazinha menor, depois em outra. As casas iam ficando mais afastadas, até quase tudo ser escondido por muros ou cercas vivas. Alex sentiu o cheiro da maresia cada vez mais perto.

— Sabia — disse Simon, gesticulando para fora da janela — que isso tudo já foi plantação de batata? Difícil de imaginar, né?

Não era a primeira vez que ele dizia esse tipo de coisa. Parecia agradá-lo pensar no processo através do qual algo sem valor se tornava valioso. Na verdade, não era tão difícil de imaginar: era só tirar aquelas casas, as enormes caixas que agitavam bandeiras dos Estados Unidos acima das portas, e tudo aquilo voltaria a ser uma terra verde e dourada que, à própria maneira, não era muito diferente do lugar de onde Alex viera.

# 2

PARARAM EM FRENTE A um portão de metal ladeado por uma cerca alta de madeira, e então ouviram uma voz entrecortada no interfone. Simon repetiu o nome duas vezes para que o portão se abrisse e eles pudessem seguir pelo caminho de cascalho branco. Bem adiante, havia um semicírculo de carros estacionados em frente à casa principal. Alex conseguia ver uma quadra de tênis e uma piscina atrás de um portão menor.

Ela manteve o rosto inexpressivo e meigo, embora sentisse o choque da proximidade óbvia do mar. Passou a língua nos dentes de cima, tateando à procura de qualquer coisa errada.

Simon desligou a ignição.

— Vamos?

A porta da casa principal se abriu, e um pug veio saltitante na direção deles. Um homem de camisa polo preta e calça preta veio atrás, mas o pug os alcançou primeiro, rosnando em volta dos tornozelos de Alex.

— Sejam bem-vindos — disse o homem. — Por aqui.

Velas bruxuleavam dentro da casa em enormes vasos transparentes. Ainda assim, o vestíbulo estava escuro demais, desnorteante após o brilho do sol. Alex se virou para verificar se Simon estava atrás dela.

— Para a frente e para cima — disse Simon, a voz ecoando de um jeito estranho, enquanto as unhas do pug batiam no mármore.

O SALÃO QUE DAVA no pátio estava parcialmente tomado pela bruma, resultado da umidade da neblina que tinha atravessado as janelas. Logo além do pátio via-se a imensidão do mar. O sol iria se pôr em breve, a luz já vacilante.

A porta do pátio estava aberta. Lá, emoldurada pelo limiar, via-se Helen.

Estava toda de preto, com um vestido sem manga que tinha uma espécie de capa que caía pelas costas. O cabelo louro estava preso em um coque apertado. Quantos anos tinha? Alex não sabia dizer, a pele fora suplantada profissionalmente por um rosto insípido de 30 anos. Os olhos escuros hesitaram até enfim focarem Simon e Alex.

— Simon — disse Helen, dando um passo na direção dele, os braços abertos. — Eu não sabia se você viria.

Eles trocaram dois beijos nas bochechas. Helen se virou para Alex.

— E quem é essa? — perguntou.

Alex se obrigou a parecer alegre, uma alegria de escoteira. Quem se sentiria ameaçado por uma escoteira? Reverente, limpinha, essa era a postura que tinha aprendido a adotar com mulheres mais velhas. No entanto, Helen olhou Alex da cabeça aos pés, se demorando em todas as partes importantes. Alex a viu assimilar a informação do vestido, a bolsa que Simon lhe dera. Era provável que alguém como Helen soubesse exatamente quanto cada peça tinha custado.

— Muito obrigada por me receber — disse Alex.

O melhor a se fazer é não elogiar a casa, nunca indicar a falta de familiaridade com esses lugares.

— Ah, imagina — falou Helen, a atenção se esvaindo.

A mulher tinha certo ar de insensatez, mas talvez fosse apenas o efeito da capa do vestido, que se retorcia com a brisa. Alex deixou que Simon pegasse seu braço e a conduzisse rumo às mesas arrumadas no terraço.

Os convidados estavam de frente para o mar, ou amontoados sob a tenda de tecido, bebericando taças cheias que seguravam com as duas mãos. Alex os analisou, sempre vigilante. Depois de uma olhada rápida para o entorno, constatou que ninguém lhe parecia familiar, nenhum homem a fitava com uma pergunta ansiosa no rosto.

A maioria das mulheres usava algum vestido reto e sem mangas que deixava à mostra as pernas magras. Quanta energia, quantas horas de exercícios aquelas pernas exigiam? Os punhos eram carregados de pulseiras de ouro, a mesma escala exagerada dos brincos. As mulheres tinham um ar engraçado, de meninas — os passinhos e os sorrisos inseguros, as fitas de cetim no rabo de cavalo —, embora fosse provável que a maioria já tivesse passado dos 60, criadas em uma época em que a infantilidade era uma simulação feminina vitalícia.

No terraço, dois homens de cabelo grisalho com galochas e macacão tinham arrumado um bar de mariscos crus e se punham a abrir ostras encrustadas com facas afiadas. Alex já havia visto aqueles homens: estiveram em mais de uma festa a que ela e Simon foram nas últimas semanas, cuidando dos leitos de gelo picado, servindo as ostras em copinhos de salmoura. A anfitriã nunca deixava de destacar aquela presença grisalha, de comentar que tinham pegado tudo *naquele dia*. Alex sentia certa camaradagem em relação àqueles homens — estavam lá, assim como ela, para performar.

Helen olhava fixamente para o vestido de Alex. A mulher perguntou se a peça era de algum estilista específico.

— Não — respondeu Alex.

Era.

Havia algo estranho no tom de Alex, tanto que Helen franziu um pouco a testa. Alex torceu para que Simon não tivesse percebido. Para se controlar, se forçou a sorrir.

ALEX ACHOU QUE O HOMEM que lhes serviu uma taça de vinho fosse o que abrira a porta da casa para eles, mas era apenas alguém vestido com a mesma camisa polo preta.

— Que bela vista — disse Alex, e era mesmo.

De onde ela e Simon estavam, a areia era invisível. Havia apenas água, lisa e prateada, parecendo se estender da ponta do terraço até a linha rosa-choque do horizonte. Como seria morar ali, ocupar aquela beleza irrestrita todo dia? Será que era possível se acostumar ao impacto da água? A inveja agia feito adrenalina no corpo de Alex, uma vertigem ligeira e estimulante. Às vezes, era melhor jamais descobrir que certas coisas existiam.

— Venha ver o pôr do sol — chamou Helen, agarrando o braço de Simon.

A mulher não incluiu Alex no convite, mas ela foi atrás mesmo assim.

PARARAM NA BORDA DO terraço, no alto dos degraus de madeira que davam na água. A areia estava tingida de roxo pelos resquícios de luz. Mais adiante, na praia, um cachorro corria em silêncio na beira do mar.

Helen examinou seu trecho da praia. Algo a fez se enrijecer e soltar um suspiro ressentido.

— Ah — disse ela —, olhe só isso. Bem, espero que eles estejam se divertindo.

Alex seguiu o olhar de Helen até um par de cadeiras de praia abertas sob um enorme guarda-sol. Era possível distinguir um casal sentado, conversando. Estavam de calça jeans, um deles de camiseta listrada — obviamente não eram convidados de Helen, ela não os conhecia.

— Eu devia levar uma limonada para eles — continuou Helen, assustando Alex com uma risada. — Devem estar achando que deram uma baita sorte de dar de cara com essas cadeiras vazias. Só para eles!

Helen se virou para buscar ajuda. Quando um funcionário se aproximou, ela murmurou instruções enquanto os dedos acenavam na direção das cadeiras de praia.

Os três assistiram ao homem uniformizado atravessar a areia. Quando ele se curvou para conversar com o casal, os intrusos caíram na gargalhada, nem um pouco envergonhados. Demoraram a se levantar. Exageraram a saída. O homem uniformizado ficou de guarda e, quando se convenceu de que o casal seguiria caminho, começou a desmontar o guarda-sol e a dobrar as cadeiras com eficiência.

O SOL HAVIA SE posto, os funcionários lutavam para ajustar os ambientes à escuridão. Ligaram as luminárias ao ar livre e acenderam as velas de citronela. O nome de Alex fora escrito à mão em um cartão que indicava seu assento, um óbvio acréscimo de última hora. Simon estava em outra mesa. Acenava para ela com um exagero cômico. Alex lhe soprou um beijo. Um austríaco estava à esquerda dela. A testa do homem era lisa como um ovo. A família dele tinha uma loja de departamento com muitos endereços espalhados pela Áustria, um empreendimento que tinha 100 anos. Ele vinha todo ano, em agosto.

— Não tem nada parecido — disse ele. — Todos os nossos amigos também vêm.

— É um lugar lindo mesmo — respondeu Alex, entediada.

— É, sim. — O homem suspirou. — Lindíssimo.

Todo mundo dizia que aquele lugar era lindo. Quantas vezes essa constatação seria repetida? Era um consenso educado para se retomar, o apoio de todas as conversas — um slogan que unia todo mundo em sua sorte compartilhada. E quem seria capaz de discordar? O lugar era tão lindo que as pessoas não precisavam fazer nada. E ninguém fazia, a julgar pelas conversas à mesa. Ninguém parecia se ocupar além das formas esperadas: melhorar o *backhand*, cozinhar ao ar livre, dar uma caminhada antes que esquentasse demais.

O único outro assunto seguro, além do clima ou das flutuações da temperatura do mar, era a discussão de quando exatamente as pessoas pretendiam ir embora daquele lugar lindo, como planejavam evitar o trânsito. Desde o instante em que chegaram, Alex ouvia as pessoas conjurando a partida, ponderando em detalhes a logística precisa da saída.

Quando o primeiro prato foi servido, o austríaco contava sobre um crime terrível em Munique, um caso ocorrido no começo do verão. Uma mulher tinha matado cinco bebês.

— Eram dela? — indagou Helen.

Ela ia de mesa em mesa, entrando nas conversas. Parecia se considerar a anfitriã de um grande evento.

— Acho que sim. E a outra filha, veja só, achou os bebês no congelador.

— Os cinco?

O austríaco fez que sim.

— O congelador devia ser imenso — comentou Helen. — Qual era a marca?

O homem não sabia.

— Chocante, não é? — continuou ela, a voz ganhando volume. — Não vemos algo assim acontecer na natureza. A mãe que mata os próprios filhos. Aquela mulher em Los Angeles, na semana passada, que largou o filho para ir atirar nas pessoas. Não tem precedentes. A ciência fica desconcertada.

Alex mal ouvia. Natureza, ciência, moralidade, assuntos condizentes com aquele grupo de pessoas numa segunda-feira à noite de agosto. Ela provou com indiferença a sopa verde batida que foi colocada à sua frente em uma tigela rasa de porcelana.

O segundo marido de Helen estava na mesa ao lado — Simon o indicara antes do jantar. Era muito mais novo do que ela, tinha uns 35 anos, a pessoa mais jovem ali, além de Alex. Como ele e Helen haviam se conhecido? Alex imaginou uma daquelas pseudofundações, um pseudoconselho do qual o homem talvez fosse consultor. Ele tinha cabelo comprido — uma escolha sagaz mantê-lo daquele tamanho, um estilo que ressaltava sua juventude. Combinado com o terno e a camisa branca, aberta no colarinho, era uma presença simpática. Alex o observou conversar com a mulher à direita dele, viu quando ele segurou sua mão para inspecioná-la e depois ergueu a própria para compará-las — uma piada qualquer, a mulher obviamente lisonjeada com a atenção.

Uma funcionária pairava ao lado de Alex para lhe servir mais água. Quando se recostou para deixar a mulher reabastecer o copo, os rostos ficaram tão próximos que sem querer elas fizeram contato visual. Alex olhou depressa para o prato, tentando ser educada.

QUANDO ESTAVA NA METADE do peixe-carvão-do--pacífico, um garoto desceu os degraus da casa saltitando, juvenil. O cabelo escuro estava molhado e usava o moletom fechado até o pescoço. Ele foi direto na direção de Helen e curvou-se para lhe dar um beijo no rosto. Com os dedos, pegou um pedaço de peixe do prato dela.

— Nossa! — exclamou Helen, dando um tapinha no menino, mas abrindo um sorriso. — Meu filho — anunciou. — Theo.

O garoto sorriu. As feições eram suaves e adolescentes, Alex não saberia dizer se viraria um homem bonito. Mas o menino tinha o dom de parecer muito educado mesmo comendo de boca aberta.

— E aí, quais são os planos? — disse Helen, apertando a mão do menino.

— Fogueira — respondeu. — Só uma galera. A gente vem dar um oi, não esquenta.

DURANTE O PRATO SEGUINTE, Alex os viu aparecer pouco a pouco, os amigos de Theo: meninos de bermuda de praia e moletom, uma menina de short curto que deixava a popa da bunda à mostra. Outro garoto, limpo, o cabelo de um louro angelical, a calça de moletom caindo no quadril. Os adolescentes se amontoavam no pátio, tomando cerveja. Deixavam as garrafas vazias para os garçons recolherem em silêncio.

Mais tarde, quando olhou para onde estavam, Alex viu a menina tirando fotos dos meninos com o celular, todos eles fluentes na linguagem das poses. Houve apenas um segundo em que o aparelho nos dentes inferiores do louro angelical ficou aparente — ele aprendera a escondê-lo sorrindo de boca fechada, imaginou Alex.

Quando voltou a atenção para a mesa, o austríaco a encarava com expectativa.

— Hum — disse Alex, um tapa-buraco neutro que pareceu aceitável.

Incrível como precisava oferecer pouco, na verdade. As pessoas só queriam escutar a própria voz. A resposta do outro era apenas uma vírgula pontuando o monólogo.

Será que Alex sabia, disse o austríaco, que em certos países insulares as mulheres usavam roupas que indicavam seu lugar na hierarquia e os homens tinham várias esposas? Alex não achava esse grau de clareza lindo, não admirava essa capacidade de saciar desejos sem pudor ou vergonha?

— Este aqui — disse o austríaco, batendo o nó dos dedos na mesa — é um país muito baseado na vergonha.

Ela não concordava?

Alex fez que sim. Sentia-se bêbada, incapaz de exercer o controle habitual. Obrigou-se a parar de pensar. Procurou Simon na outra mesa. Quando ele acenou, Alex lhe lançou um beijo e sorriu.

NO DECORRER DA NOITE, Alex vislumbrava o jovem marido de Helen com diversas mulheres mais velhas, sempre as tocando de maneira inócua, a ponta dos dedos se deslocando até pousar no braço bronzeado e ossudo de uma delas, ou a mão se demorando na lombar de outra. Ele era bom nisso — e era divertido observá-lo, ver se conseguia levar aquilo adiante. Onde estava Simon? Do outro lado do terraço, conversando com um homem que era um bloco queimado de sol: um general aposentado, os braços cruzados e um suéter amarrado sobre os ombros.

A inquietude de Alex tomava forma, o desejo de que a noite se afiasse com uma ação. O austríaco passara a entreter a mesa com elogios à maravilha que eram os cafés da manhã de Helen. Tinha começado a listar as comidas oferecidas nesses famosos desjejuns, os cereais e os sucos. Alex só se deu conta de que sorria quando sentiu as bochechas começarem a doer. Helen falava sem parar de um aplicativo no qual tinha investido. O aplicativo, se era possível acreditar nela, estava aperfeiçoando uma tecnologia que diagnosticava doenças com a ajuda de um bafômetro acoplado ao celular. Helen enfatizou certas expressões: *SDKs*, *granularidade diária*. Alguém devia ter acabado de lhe ensinar o significado desses termos.

— Nossa arte precisa de mais tecnologia e nossa tecnologia precisa de mais arte! — exclamou Helen, olhando algo a meia distância.

Alex virou a taça de vinho, depois o copo d'água. O mar parecia tranquilo, mais escuro do que o céu. Uma onda de ansiedade umedeceu a palma das mãos dela. De repente, achou muito tênue acreditar que alguma coisa permaneceria escondida, que poderia ser bem-sucedida em sua passagem de um mundo para o outro.

A imagem de Simon do outro lado do pátio deveria ter sido mais reconfortante. Alex pediu licença e se levantou.

— Já volto — anunciou, embora ninguém a estivesse escutando.

OS FUNCIONÁRIOS ESTAVAM OCUPADOS, entrando e saindo da cozinha e do pátio. O resto da casa estava sossegado. Esboços emoldurados cobriam as paredes do corredor, projetos de alguma coisa — provavelmente resquícios de alguém importante. Pessoas como Helen adoravam exibir os artefatos da criatividade como se isso as envolvesse no processo.

Alex seguiu pelo corredor, abriu uma porta e encontrou um quarto vazio. Prateleiras forravam as paredes. Uma luminária lançava um círculo de luz sobre uma poltrona de couro. Havia uma flor branca em um vaso e um acendedor na lareira imaculada. Era um não quarto, morto e sem uso.

Os objetos nas prateleiras eram feios: um peso de papel de latão antiquado, uma bola de teca ornamental com cheiro de âmbar. Parou para analisar um pedacinho de pedra, esculpido até ficar liso. Cabia direitinho na mão de Alex. Era de um preto opaco, marcado por alguns buracos de ar, algumas ranhuras verdes e azuis, e o peso era agradável, maior do que o esperado. Talvez a ideia fosse representar um animal, tinha algumas saliências que podiam ser patas. Ela fechou os dedos em torno do objeto.

— Posso ajudar em alguma coisa? — perguntou uma voz.

Era um homem de camisa polo preta. Só um dos funcionários.

— Estou procurando o toalete. — Alex se virou com tranquilidade, deixando a pedra cair dentro da bolsa. — Você poderia me dizer onde fica?

NÃO HAVIA ARMÁRIO PARA bisbilhotar, nenhuma gaveta de remédios pela qual passar os olhos: era um banheiro de visitas. Um tubo de batom em uma estante alta — obviamente era de Helen, escondido para retoques durante a festa. Alex estava prestes a pegá-lo, mas o batom era um toco cor de vinho. Pouco promissor. Uma vela acesa criava sombras saltitantes no rodapé. A testa de Alex reluzia. Suando, ela estava suando. Usou um pedaço de papel higiênico para tirar o brilho. Nada nos dentes. Estava tensa, a sensação de urgência crescendo sem qualquer obstáculo.

Alex se sentou no tampo do vaso, tirou os sapatos e pressionou os pés descalços no assoalho frio de mármore. Distraída, brincou com o animalzinho de pedra. Talvez fosse valioso. Talvez não valesse qualquer obstáculo.

Era inevitável. Depois de algumas taças, ela se viu pegando o celular e abrindo as mensagens.

Dom.

Ela enfim responderia.

Estava bêbada, sim, mas também botava a culpa na casa. Certos lugares davam a sensação de que todos os problemas podiam ser solucionados. Como se ela pudesse neutralizar toda essa situação com Dom. E por que não poderia?

Alex conversaria com Simon. Depois da festa. Explicaria a situação de forma bem editada. Ele estaria de bom humor, embriagado e generoso. Os dois transariam quando chegassem em casa. Em sua experiência, porém, os homens não ficavam mais magnânimos depois do sexo — eles se retraíam, se fechavam. Então, melhor conversar com Simon no caminho de volta. A mão no joelho dele. Diria que Dom era um ex. Derramaria algumas lágrimas, que viriam fácil depois de ter bebido… Só de imaginar essa conversa, os olhos de Alex já marejavam — talvez tivesse mais medo de Dom do que pensava.

Como deturparia a história para torná-la palatável?

Descobriria no carro. E Simon saberia exatamente o que fazer. Como resolver o problema.

Ela digitou uma mensagem para Dom.

*Dsclp te ligo amanhã. Prometo.*
*Vai ficar tudo bem*

Uma barrinha azul apareceu, a mensagem voando devagarinho até o celular de Dom, mas ela não carregou por completo e um alerta vermelho saltou na tela.

Não entregue. Sem sinal de rede.

Tampouco havia sinal no corredor de Helen. Ou na sala de estar espaçosa. Um dos funcionários viu Alex mexendo o celular de um lado para o outro.

— O sinal pega melhor na praia.

ALEX DESCEU ATÉ A areia escura. Até onde não poderia ser vista da casa. Uma fogueira estava acesa na praia, maior do que se esperaria. Tinha um jipe ali. Ao redor do bruxuleio da fogueira, Alex viu os meninos de antes, Theo e os outros. O tamanho do grupo havia triplicado. O telefone de alguém tocava música, amplificada em uma cumbuca de metal vazia. As meninas estavam sentadas no colo dos meninos, trêmulas, os ombros nus cobertos pelas toalhas de praia. O fogo estava forte, com um tamanho quase assustador — mas o que poderia queimar ali na areia?

Alex continuou andando, o celular esticado à frente do corpo. Quando algumas barrinhas ficaram visíveis, ela se agachou na areia, tentando atualizar as mensagens, mas então o breu ao redor entrou em foco e ela pôde ver um casal se retorcendo na toalha. Alex demorou um instante para reconhecer o menino de antes, o amigo louro bonito de Theo, cuja mão estava dentro do short desabotoado de uma menina, mexendo freneticamente. Não notaram Alex.

— Meu Deus — disse a menina, a voz embriagada e molhada —, pode fazer o que você quiser.

Alex fez uma careta.

O celular soou: a mensagem tinha sido enviada.

Quase no mesmo instante, três pontinhos apareceram. Dom estava digitando.

> *vc fala que vai ligar e não liga*
> *ouvi dizer que vc tá no leste*

Como era possível que Dom tivesse descoberto onde ela estava? Alex considerou as possibilidades. Será que um dos colegas de apartamento sabia? Alex tinha contado para alguém? Não fazia sentido. Teve a sensação nauseante de que Dom nunca largaria o osso. De que jamais conseguiria escapar dele, não de verdade.

Alex digitou uma mensagem.

> *A gente conversa amanhã.*

A resposta dele foi imediata.

> *Não. Me liga agora.*

Ela fixou o olhar na tela. Outra mensagem de Dom.

> *Alex?*

O celular começou a tocar, a tela piscando.
Ela o desligou.

* * *

QUANDO ALEX VOLTOU À FESTA, os pratos do jantar já tinham sido retirados, as mesas estavam cheias de tábuas de queijos e travessas de biscoitos que pareciam ressecados.

Será que o nervosismo de Alex era perceptível?

Mas ninguém reparava nela: pegavam queijo ou se agrupavam junto aos aquecedores posicionados ao ar livre. A festa tinha se deteriorado um pouco. Manchas de suor visíveis, o rabo de cavalo de algumas mulheres cedendo. Simon e o general aposentado estavam com a esposa dele, uma mulher robusta com um vestido formal demais, cuja bainha roçava o chão. Simon cruzou olhares com Alex e arqueou as sobrancelhas. Ela sabia que isso significava que ele queria sua companhia. Normalmente, Alex iria para o lado dele na mesma hora, uma obediência alegre e sem atritos. Dessa vez, sorriu para Simon, mas não foi ao seu encontro.

O rosto dele esboçou irritação.

Tensa. Alex estava tensa. Não queria que Simon a visse nervosa daquele jeito, fora de forma. Tomando decisões ruins. Dom sabia que ela estava ali. A situação toda seria delicada. Conversaria com Simon mais tarde. A caminho de casa. Não adiaria mais: contaria a história toda, ou uma versão dela. Resolveriam juntos.

Enquanto Alex estava fora, alguém havia reabastecido sua taça. Ela fez sinal para um garçom e pediu uma vodca tônica. Helen fazia carinho no pug com as unhas compridas, aparentemente desatenta ao marido, que estava do lado oposto do terraço com outra mulher.

Alex já estava bêbada o bastante para entrar na órbita do marido.

— Oi — disse ela, erguendo a taça.

A mulher com quem ele conversava não gostou da intromissão.

— Vou pegar meu suéter — anunciou, ignorando Alex. — Já volto.

— Vou estar esperando aqui — respondeu o marido de Helen.

Tinha um sotaque, mas parecia forçado, algo que exigia trabalho. Alex ainda não havia visto qualquer interação entre ele e Helen.

— Você é muito paciente — disse Alex, depois que a mulher já tinha saído. — Fazendo serviço comunitário.

Eles trocaram um olhar, e lá estava, uma ligeira mudança de energia, um reconhecimento. O rosto do marido recalibrado, abandonando uma camada de falsidade.

— Eu me chamo Alex. Você é o marido da Helen, né?

— Victor — respondeu o sujeito. — Você conhece a Helen?

— Meu namorado conhece. Simon. — Ela deu um gole na bebida. — A festa está divertida.

— Está, sim.

— Helen parece ser ótima — continuou Alex, mantendo a voz amena.

— É uma senhora interessante — disse Victor.

Ele estava sendo cauteloso. Alex admirava a dedicação. O que seria necessário para que aquele homem estourasse, saísse do personagem?

— Vocês são casados há muito tempo?

— Cinco anos.

Alex ergueu as sobrancelhas, mas não falou nada. Pelo menos Simon era uma pessoa de verdade. Era fácil se convencer de que ele era agradável, desejável. Ela não conseguia imaginar alguém escolhendo Helen. E não era temporário: Victor havia se comprometido por completo, feito disso sua vida, ou pelo menos resolvido chamar o que tinha de vida.

— Vocês vão passar o verão inteiro aqui?

— Sim, são só mais uns dias — disse Victor. — Até o Dia do Trabalho.

— Nós também. Simon vai dar uma festa. No feriado.

— Hum.

Alex gesticulou em direção à água.

— Você acorda todo dia e dá um mergulho no mar? É o que eu faria.

— De vez em quando — respondeu Victor. — Helen prefere a piscina.

Victor parecia achar Alex interessante, mas estava precavido. Alex tentou encará-lo, não desviar o olhar. Ela mesma não sabia direito o que estava fazendo. Qual era o jogo entre eles?

— Posso ver?

— A piscina? — Victor deu de ombros. — Acho que sim.

Ao deixar a casa e a festa para trás, o ar pareceu melhor de imediato, como se de repente os dois tivessem se libertado. O caminho era iluminado por lâmpadas embutidas no chão, que faziam a folhagem acima deles parecer recortada, feito papel de parede. O portão da piscina estava emperrado, Victor teve que empurrar com força para abri-lo.

— Depois de você.

A piscina era um antro de luz, maior que a de Simon e delimitada por um pátio de tijolinhos. Alex imaginou como seria bom nadar naquela extensão, algumas puxadas fáceis de água. Ela tirou os sapatos e passou o pé na superfície da água. Estava mais quente do que o ar.

Victor ficou parado atrás dela, hesitante, mas, quando Alex se sentou e colocou as pernas na água, ele se acomodou ao lado.

— Quase me afoguei hoje — Alex se pegou dizendo. — No mar.

— Caramba. — O interesse de Victor parecia genuíno.

— Sei lá. Eu nado muito bem. Acho que pode ter sido uma corrente de retorno.

— Essas coisas são um perigo. Não são brincadeira.

O silêncio entre eles não era incômodo.

Alex alisou o vestido.

— Foi um presente do Simon — comentou. — Este vestido.

— É bonito.

Alex deu de ombros.

— Meio austero, né? Ele gosta de tudo meio austero.

Ela tirou o celular da bolsa. Continuava desligado.

— O sinal aqui não pega muito bem — falou Victor. — É o problema deste lugar.

— É assim que ela mantém você trancado aqui dentro? Seus pedidos de socorro não são enviados?

— Ei — retrucou Victor.

Ele sorriu, mas Alex percebeu que falar dessa forma o deixava nervoso.

— Desculpa.

Não podia exagerar na pressão, Alex sabia, não podia dizer certas coisas em voz alta.

— Ela é ótima — afirmou Victor. — Uma senhora ótima.

Alex estava bêbada demais. Sentia que sorria feito louca. Segurou o celular com força e mexeu os pés dentro da água.

— Pena que não estou de maiô — comentou Alex. — A água está perfeita.

— Ah, é só entrar.

— Não acho que a festa seja desse tipo. — Alex tomou mais um gole. — Ou vocês todos mergulham depois da sobremesa e eu é que interpretei mal o clima?

— Ela não é tão ruim assim. Helen.

— Eu não falei isso.

Era arriscado se expressar daquele jeito, deixar a informação solta, atribuir um nome a ela.

— Você entra primeiro — sugeriu Alex. — A casa é sua, não é?

— É, sim. Tudo isso. Até onde a vista alcança.

— Onde você morava antes?

— Londres — respondeu ele. — Depois Bruxelas. Agora aqui.

Ele não desviou o olhar.

Alex teve a ideia idiota de que Victor poderia ajudá-la de alguma forma. Com a situação com Dom. Bastaria explicar tudo. Alex e Victor não eram tão diferentes assim. Ele parecia ser capaz de entender como as coisas podiam se complicar com facilidade.

Ela sorriu para ele. Uma emoção conhecida. A ansiedade eufórica de se observar e esperar para ver o que faria em seguida.

— Eu entro se você entrar — disse Alex.

Ideias ruins tinham sua própria lógica inexorável, um ímpeto desconfortável, mas também correto.

— E se alguém empurrasse você? — provocou ele. — E aí?

— Você não faria uma coisa dessas.

Um instante, uma pergunta no ar à espera de resposta.

Alex só teve certeza de que ele o faria quando realmente o fez: Victor investiu contra ela, envolvendo-a em um abraço de urso — eles balançaram juntos por um momento, antes de ele trocar a perna em que apoiava seu peso e ambos caírem na água. Alex subiu à tona rindo. Seu drink tinha caído na piscina, a fatia de lima-da-pérsia à deriva, o copo descendo até o fundo em câmera lenta.

O celular, ela estava segurando o celular, e o aparelho ainda se encontrava em sua mão, pingando.

— Puta merda — disse Alex, mas Victor também ria, puxando a camisa encharcada.

Ele se aproximou dela, as feições ondulando à luz da piscina. Não se tocavam, mas estavam próximos. O vestido de Alex estava pesado, mas boiava. Fizeram contato visual, e ele parecia sentir o mesmo que ela: aquilo soava correto, a situação correta, os dois ali, na piscina. Alex chutava a água para não sair do lugar. Nada tinha acontecido, ainda não, mas algo estava pairando entre eles.

— Alex.

A voz veio do outro lado do portão.

Lá, sob a luz esquisita, estava Simon, as mãos no bolso. Ele os observava sem sorrir.

*Rá, rá*, pensou Alex. *Esse homem é meu namorado. A filha dele não é uma boa cantora. Não posso voltar para a cidade porque fiz coisas idiotas.*

— Você não quer vir aqui fora, Alex? — disse Simon.

Victor tinha parado de rir, não estava mais sorrindo. Alex, porém, não conseguia parar. Sabia que estava piorando a situação, rindo daquele jeito, mas, ainda assim, boiou por um segundo a mais, esperou um segundo a mais antes de se arrastar até a escada, antes de sair.

# 3

DE MANHÃ, ALEX SE sentiu mais ou menos normal.
A cortina estava fechada, mas o sol brilhava, radiante, atrás do tecido. Então já era tarde. Uma dor de cabeça ameaçava surgir, mas não se anunciava por completo. Ela rolou para o lado mais fresco da cama. Vazio — então Simon estava trabalhando, ou pedalando na academia, diante de um dos filmes a que assistia a conta-gotas, em parcelas de trinta minutos. Nem os exercícios bastavam: cada instante tinha que ser potencializado, espremido.
O corpo de Alex dava pistas da noite anterior. Um cheiro repugnante, suor nas dobras dos joelhos, nas axilas. Os lençóis estavam fedidos. A lembrança lhe veio — ela tinha nadado, ou pelo menos entrado na piscina.
Simon tinha ficado irritado. Alex estava se lembrando dessa parte, teve um lampejo da volta para casa: o aquecedor do carro direcionado com toda a força para o vestido encharcado, Alex sentada em cima do paletó de Simon para não molhar o estofado.

Ele ficou enfurecido de verdade?

Existem muitas maneiras de esconder uma informação de si mesmo, de não pensar com muito afinco nas coisas que não se quer confirmar.

Alex se sentou e tateou à procura do celular. Quando o ligou, os ícones apareceram, mas a tela logo ficou cinza. Puta que pariu. O aparelho tinha caído na água. Estava pifado? Quando Alex o ligou de novo, tudo parecia funcionar. As mãos dela tremiam. Só um pouquinho.

Não se deu ao trabalho de verificar as mensagens, conferir se havia algum veneno fresco enviado à noite. Como Dom havia descoberto que ela estava no leste?

Desagradável, desagradável... Ela precisava falar com Simon. Estava na hora.

Alex escovou os dentes, depois esperou a água esquentar para jogá-la no rosto. Começava a se sentir melhor. Parecer mais desperta. Ela seguiu a rotina, iluminando os olhos, passando uma cor nas bochechas. O trabalho lhe parecia virtuoso. E, se não se concentrasse na náusea, ela quase sumia. Alex estava bem. Estava tudo bem. Tinha sido uma idiota imprudente na véspera, mas não acontecera nada entre ela e Victor. O celular não estava pifado de verdade. Conversaria com Simon. Ele saberia o que fazer a respeito de Dom.

Ela não tinha estragado tudo. A ruína não encostou nela, só chegou perto, a ponto de Alex sentir o ar frio da brisa de um desenlace diferente.

A CASA ESTAVA SOSSEGADA. Lori devia ter passado por ali — alguém tinha deixado café na prensa francesa e uma caneca vazia na bancada. O café ainda estava quente. O leite de cânhamo da geladeira deixou bolotas boiando na superfície do café. Alex tentou tirá-las com o dedo. O quintal também estava vazio. Abriu a geladeira de novo: lá estavam o suco, as geleias. Um pão saudável que, quando torrado, ficava massudo e com sabor de nozes. Tudo tinha um visual e um aroma intensos demais. Ela fechou a porta da geladeira. Melhor pular o café da manhã.

o pátio estava vazio. A piscina estava vazia. Era provável que Simon estivesse trabalhando.

Depois que conversassem, Alex iria à praia, pegaria uma das bicicletas na garagem. Simon vivia insistindo para que ela usasse uma das bicicletas, como se ela tivesse a responsabilidade de aproveitar as coisas para que ele não precisasse fazê-lo. Talvez Alex pudesse nadar ali mesmo. A piscina estava com uma aparência agradável, um retângulo azul, o céu refletido na superfície.

Alex colocou um maiô. Escolheu um de que Simon gostava. Inspecionou um pelo encravado na virilha, uma protuberância que piorava à medida que a cutucava. Ela se forçou a parar de enfiar a unha, mas o estrago já estava feito.

a porta do escritório de Simon estava fechada. Alex bateu, depois a empurrou.

— Oi? — chamou.

Simon ergueu os olhos para ela, mas logo voltou a atenção para o computador.

— Está tudo bem? — perguntou Simon, encarando a tela.

— Só vim dar um oi.

Algo no tom de voz dele fez Alex achar que devia ter vestido uma roupa de verdade. Sapatos, pelo menos. Ela fingiu interesse nos livros das prateleiras. Veio à sua mente que ainda dava tempo de voltar para dentro da casa, esperar aquilo passar.

— Tem alguma coisa que você esteja querendo me dizer? — indagou Simon, enfim olhando para ela.

Como era possível que ele tivesse ficado sabendo de Dom? Não, não fazia sentido. Será que Dom tinha dado um jeito de descobrir que Alex estava lá?

— Eu vi o carro agora de manhã — continuou Simon.

Alex sorriu, um sorriso involuntário, de puro alívio. Antes que ela pudesse se corrigir, Simon percebeu o sorriso, visualmente enojado.

— O para-choque — disse ele —, a lanterna traseira.

— O que tem eles?

Simon não respondeu. Alex pressionou:

— Alguém bateu no seu carro ontem à noite?

— Alex. — Simon suspirou. — Lori falou que já estava assim ontem à tarde, ela viu o estrago.

— Não reparei — disse Alex. — Desculpa.

Simon sorriu para um canto do teto.

— Tá. Você não reparou.

Alex acompanhava o olhar de Simon, a forma como fugia do dela. Foi aí que começou a se preocupar. Hora de ir embora.

— Só vim dar um oi — declarou. — Desculpa incomodar.

Ela se virou para sair. Estava quase a salvo, quase na porta.

— Grandes planos para hoje? — perguntou Simon.

— Ah, nada de mais — respondeu Alex, se virando para ele. — Talvez ir à praia. Depende.

— Eu estava pensando — começou ele. — Quem sabe você não volta para a cidade hoje? Tem um trem que sai daqui a uma hora e meia. Ou mais tarde, se você preferir.

— Perdão? — Alex deu uma risadinha.

— Eu preciso trabalhar, e Caroline talvez queira vir um pouco.

Simon fez um gesto na direção da mesa, a forma invisível de suas obrigações.

— Eu sei me cuidar — disse Alex. — Não preciso de nada, sério. Então, se você e a Caroline quiserem passar um tempo juntos...

Ela foi dominada por uma urgência quase empolgante, pela sensação vibrante de que precisava consertar o que tinha dado errado. *Estava* dando errado. Simon não olhava para ela. O maiô tinha entrado na bunda, mas Alex se obrigou a não o ajeitar.

Ela continuou sorrindo.

— Ou eu poderia ficar em outro lugar por alguns dias — disse. — Com certeza tem um quarto disponível em algum hotel, assim vocês têm mais espaço.

— Não sei se isso faz sentido — rebateu Simon.

— Ou posso conhecer a Caroline. Eu iria adorar.

Simon afastou a cadeira da mesa.

— Não é uma boa hora, Alex.

Ela ficou imaginando como seria se ver do lugar onde Simon estava sentado. Uma menina magra, descalça, com um maiô caro que ele mesmo tinha lhe dado. Outro problema a resolver.

— Você está bravo comigo?

Era uma pergunta horrível, Alex soube assim que a fez; uma pergunta que sempre continha a própria resposta. Ela viu que Simon já não estava mais envolvido, que não se sentia enredado no drama qualquer que Alex vinha criando. Um interruptor tinha sido desligado. Essa era a pior parte: observar a rapidez com que ele se ausentava, com que uma emoção profissional o dominava.

— A gente se fala daqui a uma semana, sei lá, uns dias — disse Simon.

Falava como se não houvesse ninguém mais exausto do que ele. Tentava apaziguar Alex, conduzi-la como fazia com os clientes.

— Mas meu celular pifou — argumentou Alex.

Ela percebeu o quanto soava inferior. A crueldade de Simon parecia injusta, de uma forma quase criminosa.

— Você foi nadar com o celular…

— Ele me empurrou na piscina. Você sabe que ele me empurrou.

Simon apertou a ponte do nariz. Alex sentia que lhe restavam poucos minutos, que tudo chegava a um fim repentino. Ficou tonta. Pensou na cama que tinha deixado naquela manhã; havia se acostumado àquela cama. E agora tudo se desintegrava.

— Eu não tenho onde ficar — disse Alex.

— Isso não é verdade. Você não tem a sua casa?

Alex fitava Simon, tentando pedalar mentalmente em busca de alguma tração, mas não havia nenhuma. A situação não lhe permitia sentir raiva, ou mesmo o sentimento repentino de desamparo que a acometeu.

— Por favor. — Alex sentiu o rosto se desmanchar.

— Você quer dinheiro? — perguntou Simon. — Você está me pedindo dinheiro?

— Não — respondeu ela, as bochechas pegando fogo.

Os cálculos eram desesperadores demais para que os fizesse; é claro que ela precisaria de dinheiro.

— Não era assim que eu queria que as coisas acontecessem — declarou Simon. Ele deu uma olhada na tela do computador, tentando fazer isso sem que ela percebesse. — Lori pode levar você até a estação. Ela compra a sua passagem.

Simon pegou o celular, os polegares a todo vapor, embora Alex soubesse que ele não estava trabalhando. Será que poderia ficar lá parada até que mudasse de ideia? Usar o simples fato de sua presença para esperar aquilo passar? Contanto que não fosse embora, será que as coisas poderiam terminar de outra forma?

Simon ergueu os olhos para Alex, mas sua expressão era inquisitiva, como se uma desconhecida tivesse entrado no escritório. Então o olhar amoleceu: só um tiquinho, mas o suficiente para Alex notar.

— Qualquer dia desses eu ligo para você — ofereceu Simon. — Quem sabe quando a Caroline for embora.

ALEX JUNTOU AS ROUPAS enquanto a empregada rondava perto da porta do quarto, a sentinela nervosa. Será que Lori tinha postado a empregada ali? O que a mulher pretendia impedir que Alex fizesse? Roubar? Alex encheu a bolsa de viagem preta, uma mala bem grande, com as roupas que ganhara de Simon. Os vestidos de cor mixuruca, as calças com ares de escritório. Até pensou em deixar para trás tudo que Simon havia comprado para ela — largar todas as roupas em uma pilha em cima da cama —, mas no momento em que imaginou o gesto já sabia que jamais o concretizaria. Poderia vender algumas daquelas coisas, caso precisasse. Tinha dado bobeira ao arrancar as etiquetas. Ao presumir que qualquer parte daquilo seria permanente.

Alex dobrou todas as peças com cuidado antes de enfiá-las na bolsa. Viu manchas que não havia percebido em uma blusa de seda, uma aura de suor nas axilas. Todas aquelas coisas encantadoras que ela tinha estragado.

No banheiro, pegou os frascos, os cremes. Havia comprimidos dentro do armário: os soníferos de Simon, os analgésicos. Alex pegou alguns dos soníferos e os colocou junto com os analgésicos restantes. Não tinha mais por que não pegar o estoque inteiro. Antes de guardar o frasco, tomou um dos analgésicos com um pouco de água da torneira. Ela merecia.

Por um segundo, foi como se Alex amasse Simon, como se o abismo que ela encarava fosse a perspectiva de um futuro sem essa pessoa, a pessoa que ela amava. O mundo de Simon se fecharia, os cômodos da casa esqueceriam a presença de Alex. Ela esteve bem nesse lugar. Fora protegida. Embora sentisse os olhos marejarem, no entanto, havia um porém, uma insegurança, um asterisco em qualquer emoção sincera. Teria que achar um lugar para ficar. Precisaria manter Dom afastado. Os horrores dessas tarefas cotidianas começavam a se avultar. A vida se achatava tão rapidamente diante dessas logísticas banais... Como Alex tinha sido idiota de pensar que poderia relaxar.

Achou uma nota de cinquenta no bolso de uma calça de Simon que estava no cesto de roupa suja, depois pegou e largou um dos relógios dele duas vezes até enfim jogá-lo na bolsa. A bolsa que Simon lhe dera.

O DIA ESTAVA RADIANTE e o céu, claro. Lori estava de óculos escuros, um desses baratos de posto de gasolina, cujas lentes eram espelhadas, azuis. Ela esperava ao lado do próprio carro.

— Pronta para ir?

O carro de Simon já tinha sumido.

— Cadê ele? — perguntou Alex.

— Não sei direito — disse a mulher.

Em vez de entrar no carro de Lori, Alex marchou na direção do escritório.

— Não! — gritou Lori para ela.

Mas o que a mulher poderia fazer? Não iria conter Alex fisicamente.

Quando abriu a porta, o escritório estava vazio.

— Eu avisei — disse Lori, que tinha ido atrás dela.

Alex não sabia o que esperava: uma última chance, uma oportunidade de implorar. Sempre tinha dado um jeito.

Lori não esperou que Alex a seguisse até o carro, mas é claro que foi isso que ela fez.

\* \* \*

ALÉM DA ESTAÇÃO DE madeira branca e da larga plataforma de concreto, uma fileira de árvores estremecia com a brisa, uma ondulação verde. Um verde mais intenso que o próprio verde. Tudo parecia vívido demais. Levaria algumas horas, uma única baldeação, e Alex estaria de volta à cidade. Então uma membrana se fecharia sobre aquele verão, vedando-o. Iria se tornar algo que tinha acontecido, algo que tinha acabado. Uma vida que quase se tornara realidade. Alex sabia muito bem a sorte que tivera: o problema não fora esse.

LORI ESTAVA TAGARELA NO trajeto até a estação, quase descontrolada, o tom de fofoca e animação. A situação devia ser normal para ela, talvez aquilo ocorresse com frequência: ela ter que dar sumiço em uma mulher jovem, uma menina, enquanto Simon se escondia, delegando a Lori a limpeza de sua bagunça.

Você era a exceção, até não ser mais.

O carro era uma bagunça: café azedando em copos de papelão, um toldo impermeável metálico dobrado no banco de trás em cima de um saco de dormir. O interior do veículo cheirava ao cachorro de Simon. A ressaca de Alex havia se cristalizado, sequestrando o sistema nervoso.

— Pode ser bom — estava dizendo Lori. — Ficar na cidade.

Alex não respondeu. Olhava pela janela enquanto a mulher dirigia e passavam por várias ruas arborizadas, até se aproximarem da estação, da cidade. Passaram por restaurantes a que Alex tinha ido com Simon, ruas que davam na casa de amigos. Nada daquilo estava mais à disposição dela.

— Sabe como é… — continuou Lori. — A cidade esvazia em agosto. Pode ser legal.

Como Alex não respondeu, Lori olhou para ela.

— Ele é um cara complicado — disse. — Não é você.

Alex não sabia por que de repente ela estava sendo legal; parecia até pedir desculpa.

— Eu estou *bem* — retrucou Alex.

— Ele é meio imaturo, para ser sincera — comentou Lori. — Incapaz de viver no mundo real. Imprestável. Se eu não estivesse lá, provavelmente morreria de fome.

Alex analisou o rosto de Lori. A mulher odiava Simon, sempre o odiara. Parecia óbvio agora. Estranho que não tivesse percebido antes.

ALEX A DEIXOU COMPRAR a passagem de trem. Lori ficou com o recibo, para que Simon pudesse computar em suas despesas, imaginava. Ou talvez a mulher devesse apresentá-lo como prova de que Alex tinha ido embora.

— É só isso? — disse Lori enquanto Alex estava ali, de pé, com uma única bolsa.

Não era uma pergunta.

# 4

ALEX SE SENTOU NA plataforma. Em um banco próximo, dois caras de bermuda chino desbotada e boné batiam papo, as pernas abertas. Seguravam garrafas de água enormes e só paravam de falar para tomar goles teatrais. Estavam discutindo o eclipse daquele verão, um eclipse parcial. Debatiam o fato de que a lua começaria a balançar. Não agora, ao que tudo indicava, mas em breve. A lua balançaria lá no céu, e então nós todos estaríamos fodidos. A perspectiva parecia empolgá-los. Quando repararam em Alex, passaram a falar ainda mais alto.

Quanto mais alto falavam, mais Alex sentia a dor de cabeça pulsar, sobrepondo-se à névoa do analgésico. De vez em quando a pessoa se vê dominada pela antipatia por estranhos: caso aqueles garotos deixassem de existir, o mundo sentiria mesmo a falta deles?

Em compensação, quem sentiria falta de Alex?

Ela folheava a revista gratuita de uma pilha que havia na plataforma. Entrevistas com donos de restaurantes da cidade e professores de ginástica com ares de coach e sorrisos de anfetamina; dicas para presentear anfitriãs que se resumiam aos mais variados tipos de vasos de murano; um rosé edição limitada produzido por uma supermodelo que tinha uns 50 e poucos anos. A revista era composta principalmente de anúncios. Ao examinar a fundo as entrevistas, Alex percebeu que também eram propagandas. Uma página inteira era ocupada pelo rosto de um corretor imobiliário musculoso, de terno e sem gravata, que dava um sorriso constrangido.

O hálito de Alex estava azedo, o suor empapava a raiz do cabelo. Tinha uma maçã na bolsa. Uma maçã verde e um pacote de amêndoas saborizadas. Uma barrinha de proteína amassada. O ar parecia carregado. Outro castigo. As coisas se alternavam depressa entre real e irreal.

Alex revirou o celular. Passava os nomes — algumas pessoas ela só tinha visto uma vez, homens cujos sobrenomes nunca ficara sabendo.

*Chris Festa*
*Não atender*
*Amigo do Ben (gramercy)*
*Rua 86*

Uma lista de pessoas que já tinham sido esquecidas ou afastadas de alguma forma.

Quantos meses de aluguel Alex devia aos antigos colegas de apartamento? De qualquer forma, achava que Dom sabia que ela morava lá. Ela não era bem-vinda no Mercer, não era bem-vinda no Mark. Alex não conseguia pensar em alguém para quem ligar, a quem implorar.

Começou a digitar uma mensagem para Simon.

*A gente não pode conversar?*

Ela observou o cursor piscar — depois apagou a mensagem.
O trem chegaria em trinta minutos.

ALEX TELEFONOU PARA WILL, que ainda devia estar na cidade. Ela achava provável que estivesse, pelo menos. Fazia um ano que não se falavam. Talvez mais. Mas os dois eram amigos, não eram? Ela pedira desculpa, tinha quase certeza.
— Alô — atendeu Will, após o segundo toque.
Alex ficou na área coberta da plataforma de trem.
— É a Alex.
Ele expirou o ar e soltou uma risada afiada. Nem mesmo uma pausa antes de se lançar de cabeça.
— Não me liga mais — disse Will. — É sério.
Ela o ouviu murmurar alguma coisa para a pessoa com quem estava, continuar uma conversa, e então, sem cerimônia, ele desligou.
Alex tentou Jon.
— Oi. — A chamada falhou um pouco. Alex andava de um lado para o outro debaixo do sol. — Sou eu — disse ela.
— O que manda? — perguntou Jon, a voz sem emoção.
Jon foi uma das últimas pessoas com quem Alex saiu antes de conhecer Simon, era um semifreguês.
— Nada. — Alex riu. — Você está em casa?
— É terça-feira. Estou no trabalho.

— Ah. — Houve um silêncio demorado. — É a Alex — disse por fim.

— É, eu sei.

Não era promissor.

— Então — continuou ela —, estou pensando em voltar para a cidade.

Jon havia largado o telefone, ou algo assim. Uma onda de barulho percorria o alto-falante.

— Alô? — disse Alex.

— Eu nem sabia que você não estava aqui — retrucou Jon.

A voz dele estava desanimada, fraca, mas não zangada. Apenas desinteressada, e muito.

— É... Bom — continuou Alex, suas voltas nervosas limitadas a extensões cada vez menores —, eu não estava, mas agora, sabe como é, vou estar.

— Legal.

Alex podia imaginar a cara que Jon estava fazendo do outro lado da linha, no ar reciclado do escritório. Ela tinha botado uma conta alta de hotel no cartão dele, recordava-se vagamente — havia ficado uma noite a mais, deixando que os funcionários a chamassem de sra. Anderson, ou seja lá qual fosse o sobrenome dele. Jon não ficou contente. Ela tentou não se ater aos detalhes.

— Estava pensando — recomeçou ela — que talvez eu pudesse ficar um tempinho com você.

Alex só tinha pisado no apartamento dele uma vez: um quarto e sala simples em Tribeca. Ele colocava tapetes higiênicos em um canto para o cachorro e tinha uma barra de exercício na porta do quarto.

— Hum. — A linha ficou em silêncio. — Não sei se é uma boa ideia.

— Só uma semana. Uns dias. — Silêncio. — A gente se diverte bastante juntos, não é? — insistiu Alex, modulando a voz para um registro mais suave.

Jon soltou um suspiro de arrependimento fingido.

— Alex — disse ele. — Realmente não é uma boa ideia.

O celular morreu antes que ela pudesse responder. Ela o ligou de novo. Quando ressuscitou, uma linha de estática oscilava na tela. Alex desligou o aparelho.

*Não é uma boa ideia.*

Era a segunda vez que alguém lhe dizia aquilo desde que ela acordara.

Olhou para o telefone, por força do hábito, embora soubesse que estava desligado. Seu reflexo turvo a encarava na tela. Para quem mais poderia ligar?

O relógio da estação informava ser quase meio-dia. Alex sentia o braço arder, a primeira comichão de uma queimadura de sol.

Simon já teria sido informado de sua partida?

Simon.

Estava irritado com ela, sim. Naquele instante. Mas Alex o conhecia, as partes dele que eram solitárias e gananciosas e temerosas de não ter as coisas que desejava. Ele começaria a sentir sua falta. Em breve.

E não tinha falado que ligaria para ela? Não tinha feito questão de não fechar a porta por completo? Era esperto demais para dizer coisas que não queria dizer.

Ela repassou a última conversa mentalmente. E depois de novo.

A situação estava ficando mais clara. Como lidar com ela. Simon vinha dando sinais. Pedindo a Alex que esperasse, que lhe desse alguns dias.

Como não tinha entendido antes? Uma pausa — era só isso.

Simples. Alex ficaria afastada até o Dia do Trabalho. Só até a festa.

Simon estaria meio bêbado nesse dia. Estaria esperando Alex, talvez até preocupado com a possibilidade de que ela não aparecesse. Preocupado com a possibilidade de que tivesse, por alguma razão, ignorado o sinal dele, de que não tivesse compreendido o convite.

Então Alex chegaria. Iria direto até Simon. Pediria desculpas, o apaziguaria. E depois? Depois ele a aceitaria de volta, pois esse era o jogo que tinha armado, ambos cumprindo seus papéis, e tudo ficaria bem.

Era óbvio agora, depois de ter refletido. Menos óbvio: como passar os próximos seis dias.

NA CONTA, ALEX TINHA uns quatrocentos paus. Talvez um pouco mais. Não olhava desde que havia chegado na casa, porque não precisava: Simon cuidava de tudo.

Não era o suficiente, por mais que remoesse a quantia. Poderia arrumar um quarto de hotel para passar uma noite. Talvez. Mas aquele lugar nem sequer tinha hotéis, só pousadas vitorianas cheias de pessoas detestadas pela própria família e de europeus branquelos. Mais do que nunca, aquele lugar parecia uma coleção de casas, para todos os lados que olhasse, ou uma coleção de portões. Era um bom truque, parando para pensar. Como tudo era particular, tudo era escondido. A melhor forma de manter afastadas as pessoas que não eram de lá. Era inconcebível, revoltante, a quantidade de casas vazias.

O TREM QUE CHEGAVA da cidade parou na plataforma e as portas se abriram com dificuldade. Um fluxo de pessoas saiu: uma mulher com um bebê junto ao peito; um casal munido de raquetes de tênis; adolescentes taciturnos, precavidos e impacientes, que olhavam ao redor à procura das empregadas que estavam ali para buscá-los. As pessoas miravam em algo ou alguém, algum ponto final que estivesse lhes aguardando.

Os últimos passageiros saltaram do trem, com risos e gritinhos ao se locomoverem pela plataforma. Havia um grupo de dez ou doze pessoas, todos com 20 e poucos anos, vestidos para algum tipo de atividade de lazer. Todo mundo falava alto demais, encenando o fato de estar de férias, as garrafas de bebida alcoólica despontando das sacolas. Naquele ano, as mulheres deviam comprar bolsas minúsculas em formato de cesta, como se fossem Jane Birkin. Alex analisou uma menina que usava uma cestinha. O efeito lastimável era fazer o observador se dar conta de que a pessoa com a bolsa não era Jane Birkin. A menina usava um vestido floral longo que parecia novinho, provavelmente comprado para a viagem.

Aquelas pessoas dividiriam uma casa, Alex entendeu, quinze ou vinte pessoas amontoadas em um imóvel frágil recém-construído para fins especulativos, com garrafas de tequila barata compradas na cidade e transportadas enroladas em toalhas de praia. Iriam embora na segunda-feira à noite, imaginando ter se aproximado de alguma coisa, ter tido uma experiência exclusiva. A verdade é que o mundo que imaginavam jamais os incluiria.

OS DOIS CARAS QUE esperavam na plataforma se levantaram para encontrar o grupo. Distribuíam apertos de mão, se apresentando. Então ninguém se conhecia muito bem, Alex compreendeu. Um menino deu um tapinha nas costas de outro enquanto comparavam alguma coisa nas telas do celular.

Quando uma das garotas olhou para ela, Alex se empertigou um pouco, por força do hábito.

— Oi — disse a menina, a voz se elevando em uma pergunta.

— Ei — respondeu Alex, acenando. — Oi.

A menina deu um sorriso por puro reflexo. Meninas eram tão educadas, tão dispostas a deixar os outros à vontade.

Alex se levantou quando a garota se aproximou.

— Como foi a viagem? — perguntou Alex.

— Ah, foi boa. Mas foi meio "terceiro mundo". Tipo, todo mundo se empurrando e se acotovelando. — Ela usava brincos minúsculos de pérola. Um casaquinho leve, uma saia de estampa tropical que deixava à mostra as pernas brancas.

— Está quente hoje, né? Mas o ar-condicionado do trem é tão forte que estava, tipo, congelante.

Alex riu, mas observava a garota e as pessoas atrás dela ao mesmo tempo. Chegou um pouco mais perto.

— Meu nome é Alex. Acho que a gente já se conheceu, né?

— Sim, claro — disse a menina, parecendo surpresa. — Oi. Sou a Lynn.

— Isso, Lynn! — exclamou Alex. — Eu me lembro. — As coisas estavam acontecendo, ganhando impulso. — Qual é o plano agora?

— Hum, acho que o Brian pediu um carro? — Lynn deu de ombros. — Talvez a gente precise de mais de uma viagem.

Um dos caras que aguardavam na plataforma se aproximou.

— A gente vai pegar um táxi — anunciou ele. — É caro pra cacete, mas estou perdendo tempo das férias sentado aqui.

— É para eu ir agora? Com vocês? — indagou a menina. — Não é melhor alguém mandar uma mensagem para o Brian?

— A gente devia ir logo — sugeriu Alex. — Mandamos mensagem para ele do táxi.

O cara olhou para Alex e houve um gaguejo de confusão, uma leve indecisão.

— É — disse ele. — É, boa.

E então Alex estava se amontoando no banco de trás de uma minivan. O taxista já parecia saturado do grupo, assim como Alex. As vozes eram altas demais e as piadas, sem inspiração, plagiadas de alguma *sitcom* ou algum filme. Mas Alex sorria. Era importante sorrir. Tudo ficaria bem. A minivan não tinha espaço suficiente: ela teve que se sentar no colo de um dos garotos.

— Confortável? — perguntou o menino.

Ele estava pressionando o pau contra a bunda dela? Alex continuava sorrindo.

ALEX TINHA PROCURADO UM COPO de vidro limpo, mas não havia nenhum nos armários da cozinha. Apenas copinhos de plástico vermelho e algumas canecas de café usadas na pia. Quando abriu a lava-louça, estava assustadora e úmida, com cheiro de cerveja. Tampouco havia copos de vidro ali. A música pulsava no quintal e atrapalhava qualquer tentativa de raciocínio. Difícil imaginar que as pessoas hospedadas lá aguentassem aquilo, que dirá os vizinhos.

Uma garota entrou pela porta da frente arrastando uma mala grande.

— Onde eu ponho minhas coisas? — indagou.

Alex não ouviu bem o que a menina disse em seguida por causa da música.

Apontou para a escada.

— Pode ser no primeiro quarto lá em cima.

A casa era nova, com colunas falsas de gesso, uma sala de estar com pé-direito duplo, móveis de madeira maciça e assentos almofadados que podiam ser jogados na máquina de lavar. Cheirava a purificador de ar e batatinhas compradas a granel. A bancada de mármore estava grudenta, tomada por garrafas de bebida alcoólica em tamanhos gigantescos, industriais. Alex já tinha olhado a piscina lá fora. Estava meio cinza. De vez em quando, o limpador automático dava solavancos no fundo, e uma boia meio murcha flutuava na superfície da água. Garrafas de cerveja pontilhavam as mesas em volta e transbordavam de um saco de lixo preto deixado no gramado.

Alex entrou no banheiro para colocar um biquíni. O traje perfeito para aquele lugar, para aquela gente. O banheiro era nojento — um secador de cabelo abandonado ligado na tomada, uma toalha riscada de bronzeador embolada no chão, o vaso sanitário coberto de manchas. Ela deu descarga com o pé calçado com sandália.

Alex escondeu a bolsa no armário. Achou um quarto onde havia quatro colchões de solteiro sem roupa de cama e um futon, e pôs um suéter no futon para reivindicá-lo.

Encheu um copo de plástico com água da torneira, tomou, depois a batizou com um pouco de vodca. Penteou o cabelo com os dedos, passou a língua nos dentes de cima. Preparou um segundo drinque, esse com muito mais álcool e um pouco de suco de cranberry em temperatura ambiente, e levou os dois copos para o quintal.

Analisou a cena: um grupo jogava *beer pong*, a cerveja respingando no gramado esburacado. Uma plateia de meninas de tops de biquíni e saltos anabela hesitava, segurando os cotovelos com ansiedade, suas expressões congeladas em um interesse fingido. O ambiente parecia saído de um pornô de baixo orçamento, ninguém muito bonito, mas todo mundo decidido a entrar em ação.

— Aqui — disse Alex, entregando a bebida mais forte ao cara deitado em uma espreguiçadeira, que era quem parecia estar no comando.

Será que era Brian?

Ele ficou surpreso, Alex percebeu, tentava distinguir o rosto dela atrás dos óculos de sol.

— Valeu — disse.

Não era muito bonito, forçava as feições a tomarem forma com uma barba agressiva.

Alex encostou o copo no dele em um encontro oco de plástico barato.

— Tim-tim.

Alex virou a bebida, e ele seguiu o exemplo.

— Foi uma boa ideia — comentou ela. — Sair da cidade.

— Não foi? — concordou o homem, assimilando o sorriso fácil de Alex, o biquíni.

Ela sentiu que ele estava relaxando, trocando a leve desconfiança por uma amabilidade confusa, a disposição para concordar com a ideia de que talvez se conhecessem de algum lugar. Era sempre assim, Alex se aproximava a ponto de as pessoas prestarem atenção, ficarem tensas. Era fácil transformar essa tensão em adrenalina, interesse, indulgência.

NO FIM DA TARDE, Alex estava embriagada o bastante para meio que estar se divertindo. Não era diversão, exatamente, os momentos estavam apenas se atropelando e ela não ligava de perder o fio da meada.

Quem se importava com Lori, com o que ela falaria para Simon? O cachorro horrível cheio de carrapatos. A vida de Alex com Simon parecia estar a milhões de quilômetros de distância, parte de uma história que não a envolvia mais, não naquele minuto, e, quando ela tentou se lembrar do rosto de Simon, só lhe vieram detalhes que ressurgiram sem aviso: a veia magenta que riscava o comprimento do pau;

como ele gostava de um dedo indicador no cu; os orgasmos que sempre soavam pesarosos e chegavam a ser alarmantes.

Alex não sabia que horas eram. A música estava alta, parecia infinita. Daria para viver assim para sempre, em um universo alternativo governado pelo imediatismo? O grupo parecia já ter passado por muitos incidentes, muitos dramas. Enquanto ia buscar mais gelo, Alex aconselhou uma menina que chorava no banheiro; até o choro tinha um ar de alegria forçada, embora a garota estivesse encurvada sobre a pia, uma postura que exacerbava uma leve papada. Usava um minúsculo "E" de prata em uma correntinha pendurada no pescoço e não parava de tocar na letra enquanto chorava.

Pelo que Alex conseguia discernir, a menina e um dos caras de lá terminavam e voltavam toda hora, e ele tinha estourado com ela por ter tentado beijá-lo na frente dos amigos. Às vezes, Alex se achava sortuda por estar isenta dessas confusões corriqueiras. Seus arranjos, pelo menos, eram uma tentativa de saciar as necessidades de ambas as partes, ofereciam um atalho que contornava todos esses problemas pantanosos. Quem gostaria de ser aquela menina no banheiro, chorando por causa de um cara de rosto vermelho que a ignorava em público?

O seio direito da menina ficava pulando para fora do top do biquíni.

Alex ajustou a peça.

Pegou um copo d'água para a garota. Ela fitou o copo.

— Vamos lá — disse Alex —, beba. Tome tudo.

A menina derramou metade do conteúdo do copo no peito. Então olhou para baixo, parecendo levemente surpresa.

— Que merda.

Ela se enxugou com o punho meio aberto. Alex enfiou o cabelo dela atrás da orelha.

— Está tudo bem — disse —, você está bem.

Quando a menina se acalmou, Alex pediu o celular dela emprestado.

A garota assentiu com a cabeça, desolada, e empurrou o aparelho no chão até ela.

Alex verificou o e-mail — nenhum sinal de Simon. Por que ele diria alguma coisa? Bem, o relógio. Ela tinha pegado o relógio. Ruim, pensou consigo mesma, muito ruim, mas naquele momento não parecia ruim. Só engraçado, de um jeito distante. Ele ficaria bravo com isso? Ela o devolveria na festa. Simon provavelmente não tinha nem percebido.

Alex abriu uma nova mensagem de e-mail, mas sentia a garota ali perto e não sabia o que escrever nem para quem. Fechou o e-mail, depois limpou o histórico. Enquanto massageava as costas da menina, teve a ideia de pegar o celular. Usá-lo até descobrir como consertar o próprio. A menina soluçava, e Alex a consolou com mais delicadeza. Deixou o celular ao lado dela. Melhor deixar passar ao menos uma noite primeiro.

TALVEZ ALEX TENHA NADADO. Difícil imaginar que tivesse entrado naquela piscina imunda, a água devia ser metade cerveja àquela altura, mas, caso contrário, como havia molhado o cabelo? Sentia o cheiro do cloro. O biquíni parecia úmido. Poderia se trocar, botar uma lingerie seca, evitar infecções, mas achava que seria muito esforço. O cara sentado ao lado de Alex — talvez Brian? — tentava lhe mostrar uma foto que tirara do cervo que tinha visto no jardim.

— Eles ficam, tipo, de boas no quintal — disse ele. — Nem parecem ter medo.

*É verdade*, pensou Alex. Havia muitos cervos naquela região. Às vezes vislumbrava alguns saltitarem pelo quintal de Simon enquanto o cachorro trotava enlouquecido atrás deles. Vai saber como entravam, considerando que havia um muro ao redor da casa. Mas entravam.

O que Simon estaria fazendo naquele momento? Terminando de trabalhar, planejando o jantar. Dando os toques finais no planejamento da festa. Ligando para a ex-mulher, ou para uma nova — ele era do tipo que sempre tinha alguém na reserva, que não suportava um hiato, um instante em que ficasse a sós consigo mesmo. E talvez ele saísse com outra garota, desperdiçasse uma noite, mas isso só o faria se lembrar de Alex. Faria com que sentisse ainda mais saudade dela. Ele ficaria contente ao vê-la na festa. Simon não precisaria saber como ela passara esses dias. Ficaria constrangido por ela: Alex com aquele cara, o nariz queimado de sol, a bermuda até o joelho. A ligeira saliência da barriga, como se estivesse ensaiando para a meia-idade.

— Eu fiquei em pânico por um segundo — continuou o cara, olhando as fotos — quando vi essa porra desse bicho selvagem parado na minha frente.

Alex mal prestava atenção às fotos, o cara percorrendo diversas imagens de um cervo com pelagem mesclada, até que ele passou demais e surgiu na tela um pau, feito um dedo grande borrado.

— Puta merda — disse ele. — Desculpa.

Ele deu uma olhada para Alex, arrependido, atrapalhando-se ao enfiar o celular no bolso. Ela piscava de um jeito tolo. Recostou-se na espreguiçadeira. O sol estava gostoso. O cara não parava de falar, mas Alex não escutava. Ela estava de óculos escuros, então o garoto provavelmente não conseguia ver se tinha os olhos abertos ou fechados.

QUANDO ALEX ACORDOU, o céu estava escuro e o quintal, iluminado por refletores. Ela congelava, ainda de biquíni, uma toalha jogada sobre as pernas. Algumas pessoas estavam aglomeradas em volta da mesa de pingue-pongue, sacos de gelo rasgados derretendo a seus pés. A música ainda soava, só que em um volume mais baixo. Alex não viu, mas ouviu alguém vomitando na cerca. O celular continuava pifado. Ela o segurava mesmo assim, com firmeza.

O relógio digital do fogão dizia ser uma da manhã. O futon lá em cima, que Alex havia reivindicado, tinha sido tomado por duas garotas, esparramadas debaixo de um saco de dormir aberto. Todas as outras camas estavam ocupadas.

Ela abriu outra porta no final do corredor. A luz do teto ainda acesa, um cara adormecido de bruços no sofá-cama. Tinha chutado os sapatos, e um lençol cobria apenas metade do colchão. Ele roncava.

Melhor do que nada.

Alex apagou a luz e se deitou na parte do colchão em que havia mais espaço. O homem se revirou e esticou um braço em sua direção. Ela o deixou fazer contato com seu ombro antes de dar batidinhas na mão dele e se desvencilhar do toque.

Ela dormiu bem o suficiente, embora tenha acordado no meio da noite quando alguém abriu a porta e acendeu a luz.

— Porra, mano, desculpa.

Em seguida risadas, a luz se apagando, a porta se fechando. Mais risadas. Eram risadas grosseiras. Alex não ligava. Não veria mais aquelas pessoas.

DE MANHÃ, QUANDO O homem acordou e se deparou com Alex e depois com a própria carteira aberta na frente dela, arregalou os olhos, ficou tenso, e então ela reparou que só lhe restava uma coisa a fazer.

— Que porra é essa? — Ele pegou a carteira. — Quem é você?

— Minha nossa. — Alex se obrigou a rir, levando a mão ao pescoço. — Que vergonha. Eu estava só, tipo, vendo qual é o seu nome.

Ele se sentou, ainda a encarando, embora olhasse de relance para os seios sob o biquíni. Ela riu de novo e tocou no joelho dele.

— Ontem à noite… — disse ela. — Desculpa, nós dois estávamos bem mal.

O cara passou a mão pelo cabelo, pareceu surpreso. Alex percebeu a inquietação dele, ainda assim se aproximou.

— Mas foi divertido — continuou, sorridente e olhando para ele, com a cabeça baixa.

— Foi?

Um sorriso afetado se formava enquanto ele processava a nova informação, satisfeito com a visão de seu eu do passado.

— Muito divertido — afirmou ela, rouca.

Às vezes era fácil assim: o rosto se levantando até se beijarem, a mão dele indo desajeitada em direção ao seio de Alex.

A reação também foi fácil: os braços em volta do pescoço do cara, a cabeça inclinada para acomodá-lo. Era automático, o mesmo murmúrio de prazer que já soltara inúmeras vezes e soltaria inúmeras mais.

— Puta merda — falou ele, o pau ficando duro.

Parecia extasiado pela visão da própria mão tocando em Alex. Ele tinha um rosto oleoso, cravos pretos que pareciam pimenta. Era fácil fazer os ruídos, posicionar o corpo.

Quando ele enfiou o mamilo na boca, ela cedeu ao momento. De repente, seu corpo estava envolvido, o cérebro forçado a reconhecer o que estava acontecendo. Um rubor irradiou por seu corpo. E depois? Depois nada.

Era sempre possível fazer uma filtragem do que quer que estivesse sentindo, assimilando os fatos e colocando-os de lado. Havia uma estática que levava a pessoa de um momento ao outro, e então ao seguinte, até que tivessem passado, transformando-se em outra coisa.

E a bem da verdade, era agradável ter a mão de um estranho nela. Nunca se incomodava com essa parte.

MAIS TARDE, QUANDO ALEX foi até a cozinha, viu as caixas de pizza saqueadas e um galão de leite suando na bancada. De repente, sentiu muita sede.

Uma loura de saída de praia floral interrogava as meninas no sofá sobre a forma certa de se preparar um White Russian.

— Bom dia — disse Alex, obrigando-se a sorrir.

Ninguém retribuiu o sorriso, nem a loira nem as meninas no sofá. Uma delas chegou a fechar a cara.

A cafeteira estava vazia, manchada de cálcio. Depois que localizou um saco de café barato, Alex começou a colocar a água e fez um chumaço de papel-toalha para esfregar as laterais da cafeteira. A energia do ambiente estava esquisita. Havia certa estática no ar. Quando Alex deu uma olhada para o lado, viu que as garotas do sofá estavam cochichando.

— Não foi muito legal — balbuciou uma das meninas, olhando para ela.

— O quê?

— Nada — cantarolou a menina, abrindo um sorriso rude.

O rosto da outra, porém, tremeu, e Alex se deu conta de que era a garota do banheiro.

— Você ficou com o Matt.

A frase foi recitada sem qualquer emoção pela loura, que despejava leite em um copo de plástico e o misturava com o dedo.

O cara do sofá-cama, Alex supôs.

— Ele é meu namorado — anunciou a menina chorosa.

— Eu não sabia — disse Alex, tentando conferir a seriedade apropriada à voz.

A garota parecia estar quase chorando, enquanto a amiga esfregava as costas dela em círculos firmes que pareciam sinalizar seu ultraje.

— Qual é o seu nome mesmo? — perguntou a amiga.

— Alex.

Ela continuou limpando a cafeteira, o papel-toalha se desintegrando, como se o esforço fosse ajudar, como se pudesse evitar o que viria em seguida.

— E quem você disse que conhecia? Porque ninguém aqui se lembra de você. — A menina indicou o cômodo inteiro.

— Brian — respondeu Alex. — Ele me convidou.

— Brian? — A menina no sofá balançou a cabeça. — Beleza, tá, *Brian*. Qual é o sobrenome dele?

DURANTE UM TEMPO, ALEX andou sob o sol. Em alguns trechos, onde as copas das árvores se encontravam, a rua era sombreada. Ainda assim, a umidade a fazia suar. A testa estava molhada, o pescoço também. Levantou a barra da blusa e tentou evocar uma brisa. As sandálias esfolavam o pé. Vez por outra, precisava parar, se abaixar e passar o dedo entre a pele e as tiras da sandália. A bolsa de viagem era pequena a ponto de parecer uma sacola de praia, não uma mala que continha todos os seus pertences, e isso era importante: não aparentar desespero, nada fora do normal. Era uma garota caminhando no acostamento, e, contanto que se limitasse àquelas ruas sossegadas, não estaria fazendo algo muito incomum.

Sabia para que lado o mar ficava, sabia que estava perto quando atravessou a rodovia correndo bem na frente de um caminhão de entregas. O trânsito estava ruim, as pessoas voltando para a cidade. Era quarta ou quinta-feira? Quarta. Seria bem fácil conseguir uma carona para a cidade — apertaria os olhos contra o sol até ficarem embaçados e úmidos, então faria sinal para um carro. Explicaria que tinha brigado com o namorado, que ele a deixara na beira da estrada.

Mas qual era o sentido disso? A festa de Simon seria em menos de uma semana. E não havia coisa alguma a esperando na cidade. Jon tinha voltado com a esposa, ou foi isso que

Alex concluiu pelo tom de voz dele. Não seria bem-vinda no apartamento de antes. A cidade era uma série de pessoas que a conheciam havia tempo demais. E Dom estava lá — Alex começou a recapitular a situação, e o destino final não era um lugar onde quisesse estar.

QUANTO TEMPO ALEX FICARA com Dom? Naquele apartamento esquisito? Dois dias, no mínimo. Talvez mais.

Olhando para trás, parecia idiotice. Era óbvio o que aconteceria em seguida, como Dom reagiria. Mas na época, não.

No último dia, Alex acordou à tarde. A garganta ardia. O apartamento estava deserto. Nenhum sinal de Dom. Ele tinha ido embora, estava cuidando das tarefas misteriosas que constituíam sua vida.

Alex tinha uma vaga lembrança da noite anterior, de Dom puxando a coberta e ela usando a mão para tentar se cobrir, em vão. Mas a cena apresentava o jeito fragmentado de um sonho — talvez tivesse sido só isso.

Analisou o terçol no espelho do banheiro: tinha basicamente sumido. Levemente avermelhado.

Havia um ninho de lenços ensanguentados no lixo de madeira. A imagem era assustadora à primeira vista, mas tratava-se apenas do resquício de uma das inúmeras vezes que o nariz de Dom começava a sangrar. Ela tomou um banho rápido, escaldante. A pressão da água fez Alex lembrar que a água de um chuveiro deveria mesmo ter força.

Teve que procurar uma calcinha: a de algodão fora parar embaixo da cama, sabe-se lá como. Tinha uma limpa na bolsa, se conseguisse achá-la.

Nada na geladeira além de um jarro turvo de pepino em conserva, um queijo duro embalsamado em diversas camadas de embalagem plástica. Uma caixa de repositores hormonais fechada — e vencida. Burritos vegetarianos congelados. Não estava mais com fome, de qualquer forma. Comida parecia ser apenas um conceito.

Alex enfim achou a bolsa, o cordão de camurça com as ferragens douradas. Uma falsificação de qualidade, embora o dourado fosse brilhante demais. Encheu um copo de água da torneira e começou a perambular à toa pelos cômodos.

A culpa era de Dom se Alex estava sozinha naquele apartamento. Ele ficou relaxado. Descuidado.

E algumas coisas permaneceram iguais — Dom ainda usava os mesmos esconderijos. Não devia a ela?

Alex pegou tudo. A grana também.

E agora tudo havia evaporado. O dinheiro tinha sido usado para cobrir diversas dívidas, ganhar um pouco mais de tempo. O problema é que foi menos tempo do que ela esperava, levando em conta a quantia chocante de dinheiro, um montante que parecia suficiente para mudar de vida. Tinha feito apenas uma pequena diferença, no fim das contas.

As drogas também acabaram. Essa parte tinha sido quase imediata.

Alex imaginara que o furto passaria despercebido, ou melhor, que Dom perceberia, mas que, de um jeito distorcido, acabaria não se importando. Que encararia como uma perda esperada, o custo de se fazer negócios.

Ou talvez Alex soubesse, em certa medida, que estava estragando tudo, que a situação poderia ficar péssima, e tivesse feito aquilo mesmo assim.

\* \* \*

NADA DO CELULAR DE Alex ligar. Era um retângulo morto, imprestável, mas de certo modo ainda era reconfortante segurá-lo, fino como um livro de orações.

Alex continuou seguindo a estrada.

Não sabia a distância dali até a casa de Simon, mas tinha noção do caminho. Ela se imaginou aparecendo de repente, abrindo a porta do terreno murado. Mas era muito cedo. Lori lidaria com a situação. Ligaria para outra pessoa se necessário, caso Alex se mostrasse difícil demais de controlar. Era prazeroso imaginar-se causando problemas para Lori, imaginar-se forçando-a a deixar bem claro o asco que sentia. Simon jamais se envolveria: pessoas como ele detestavam ter que dizer as coisas em voz alta, preferiam venenos mais sutis.

Era claro que Alex não faria isso. Era claro que se controlaria. E Simon não estava bravo de verdade, só irritado, e a irritação se dissiparia em breve. A festa era o objetivo correto, o contexto correto para ressurgir na órbita dele — Alex só precisava se ocupar até lá. Esperar.

Mais cinco dias.

QUANDO ALEX CHEGOU À PRAIA, uma que não reconhecia, o sol estava forte demais para que ela ficasse muito tempo ali. Pôs o maiô no banheiro público lotado. O chão de concreto estava arenoso, a água parada se acumulava nos cantos.

Ficou um tempo sentada em um banco à sombra. Alguns carros iam embora, outros estacionavam. Ficou olhando um pai fazer o longo trajeto até a areia carregado de cadeiras dobráveis, guarda-sóis, um saco de brinquedos de praia, todos os acessórios desajeitados da diversão familiar. Adolescentes gritavam em um jipe branco, o cachorro pulando em suas pernas enquanto arrastavam um isopor até a praia. Três vezes Alex foi devagarinho até os carros que as pessoas tinham acabado de desocupar e verificou se haviam ficado destrancados. Um estava aberto, mas não havia nada útil dentro dele — recibos, um filtro solar em bastão, uma bermuda secando no painel. Seis dólares amassados no porta-luvas, que Alex pegou. Patético.

Passado um tempo, o sol já não estava a pino, e Alex pôde se sentar na areia junto à bolsa e tentar parecer satisfeita com a própria companhia, acalmada pelo som das ondas e pelo ar que vibrava com íons carregados. Chegou até a nadar, sabendo que a bolsa ficaria bem.

Um ganido violento, um esguicho. Alex olhou para a origem dos sons: um grupo de meninos fazia algazarra em meio às ondas. Um dos meninos se iluminou em um sorriso repentino. Sorria para ela. O cabelo era uma touca loura de cachos. Alex retribuiu o sorriso — seria um caminho, uma possibilidade proveitosa? Era um universitário? Ela boiou um pouco, fingindo estar perdida em devaneios. Ao mesmo tempo, vigiava o garoto louro pelo canto dos olhos, atenta a qualquer brecha, mas quando ele enfim saiu da água foi para se reunir, na areia, a uma facção de adultos com a cabeça curvada sobre os livros em seus colos.

Alex se sentou junto à bolsa e deixou o sol secar seu corpo. Desejou ter uma toalha. As lentes dos óculos escuros estavam sujas, mas ainda conseguia analisar a cena: mulheres de legging caminhando à beira d'água. Crianças esguias e de camisa UV correndo em meio às ondas, berrando em deleite quando eram derrubadas. O grupo de adultos que travava uma conversa em câmera lenta. Os olhos do menino louro estavam fechados, como se ele absorvesse o sol. Quando o ar ficou mais agradável, os adultos murmuraram que deviam ir embora. Começaram a juntar as cadeiras e sacudir as toalhas, tomaram os últimos goles da garrafa d'água e amarraram os cabelos molhados.

ALEX ADORMECEU POR POUCO TEMPO, mas quando acordou já parecia ser outro dia. O sol baixo, a praia se esvaziando. Os adultos já tinham ido embora, mas os adolescentes ficaram para trás. Vestiam moletom com capuz agora. Jogavam uma bola de futebol neon de um lado para o outro com um vigor chocante. Pouco depois, outros adolescentes se juntaram a eles, todos meninos. Uma sacola de papel com cervejas foi rapidamente descarregada no isopor, e os garotos organizaram um jogo de raquete que precisava de uma rede em miniatura.

Por quanto tempo Alex poderia ficar deitada ali sem parecer deslocada?

Um dos garotos havia reparado nela, a encarava com certa intensidade, e ela fingiu ignorar. Não era o louro, mas um outro menino de peito côncavo.

Ela se sentou e começou a mexer na bolsa quando percebeu que o menino se aproximava. Ele parou a uma distância apreensiva.

— Quer uma cerveja? — perguntou.

Alex resolveu continuar de óculos escuros. Levar um tempo para responder. A lentidão também funcionava.

— Perdão?

O menino tinha uma carinha de rato, espremida.

— Perguntei se você quer uma cerveja — repetiu —, porque a gente, tipo, tem umas.

Ele era mais confiante do que deveria ser com um rosto daqueles.

Alex analisou o garoto.

Às vezes era melhor simplesmente dizer sim e ver até onde uma situação poderia ir. Se aquela seria uma escolha boa ou ruim, ainda não tinha como saber.

— Tá — respondeu Alex. — Pode ser.

— Beleza — disse o menino, transparecendo nada além de uma ligeira surpresa. — Bora lá.

O GAROTO COM CARA de rato abriu uma cerveja para Alex com um esforço muitíssimo exagerado, como se o gesto exigisse uma força enorme.

— *Salud* — disse ele, lhe entregando a garrafa, que ainda estava bem gelada.

Alguns dos meninos se aglomeraram em volta de uma grelha minúscula. Um cara usou os dentes para rasgar um pacote de plástico que continha salsichas para cachorro-quente, depois furou o pacote com um canivete. Espremeu as salsichas para fora do saco e os tubos úmidos caíram, um por um, na grelha.

Alex estava sentada em uma toalha desocupada. O menino da toalha ao lado se encolheu e parecia evitar olhar para ela, por educação. Era o menino que antes brincava nas ondas, o cabelo louro quase seco agora.

— Acho que conheço você de algum lugar — declarou Alex.

Uma coisa idiota de se dizer, mas a verdade é que tinha mesmo a impressão de que o conhecia, de outro lugar completamente diferente: o rosto liso, o cabelo cacheado feito um querubim de cartão de Dia dos Namorados. A calça de moletom puxada até a panturrilha.

— Ah, é?

O maxilar dele era um pouco arredondado, rechonchudo, e os olhos estavam semiabertos. Chapado? Cansado por causa do sol?

— Sei lá — disse Alex. — Acho que sim.

O garoto sorriu, um sorriso tímido que expôs o aparelho que usava nos dentes inferiores, e foi então que ela se lembrou.

— Ah! — exclamou Alex. — É isso. A festa.

— Hã?

— Helen — explicou Alex. — Não sei qual é o sobrenome dela. Aquela mansão à beira-mar.

— A sra. R? — O menino franziu a testa de um jeito vagaroso, amistoso. — Você conhece o Theo?

Alex fez um muxoxo.

— Que nada — disse. — Deixa pra lá, só tive a impressão de que vi você lá.

O menino estava ficando vermelho? Ele tomou um gole de cerveja, depois ficou mexendo, distraído, nos cordões do capuz do moletom. A boca era tão rosada, quase infantil, que de alguma maneira se tornava sexual.

— Você não tem idade para beber — constatou Alex —, tem?

Ele ficou ainda mais vermelho.

— Tenho 19 anos.

Alex imaginava que fosse mais novo. Ela tomou um gole.

— Quantos anos você acha que eu tenho?

— Sei lá. — O menino riu. — Uns 24? Talvez 25?

Por um instante, Alex cogitou mentir, mas a expressão dele era tão meiga.

— Tenho 22 — respondeu. Com a mão, cavava um buraco na areia, sentindo o frescor que havia abaixo da superfície. — Muito velha, né?

— Que nada — disse o garoto, como se ela tivesse falado sério. — Não é tão velha assim.

— Ei. — O menino com cara de rato deu um tapa nas costas do outro. — Me empresta a chave? A gente deixou o *vape* no seu carro.

O garoto jogou a chave para o amigo.

— Valeu, cara. — Ele arqueou as sobrancelhas como se Alex não fosse perceber.

Ela e o garoto louro o viram seguir em direção ao estacionamento e lá destrancar o Range Roger retangular.

— Aquele é o seu carro?

— É do meu pai.

Ele parecia só um pouco constrangido. Mordeu o lábio inferior. Os lábios estavam rachados e rosados. Quando Alex se recostou na toalha, ele deu uma olhada em seu corpo, depois ficou olhando obstinadamente para a frente. Por que ela achou isso meio fofo?

— Meu nome é Alex, aliás — disse ela.

— Jack.

— Jack, é?

Ambos sorriam.

— Onde você está hospedada? — perguntou o menino.

— Aqui em frente.

Ele assentiu.

— Legal.

Alex despejou as últimas gotas de cerveja na areia.

— Quer outra? — perguntou ela.

Havia três cachorros-quentes queimados em um prato de papel e ao lado deles um rolo de papel-toalha. Ela deu uma mordida no cachorro-quente: o gosto era de carvão, o interior ainda estava frio.

Alex voltou para perto do garoto com uma lata de cerveja barata.

— É a última. A gente pode dividir.

Ela se acomodou um pouco mais perto de Jack do que estava antes. Ele empertigou-se na mesma hora.

— Ainda tem alguns cachorros-quentes — disse ela.

— Sou vegetariano — respondeu Jack. — Na maior parte do tempo.

— Mesmo?

— Estou tentando. Eu li um livro, sabe. — Ele verificou se Alex o escutava, e ela assentiu. — *Sidarta*. Já leu?

Ela deu de ombros de um jeito que não confirmava se sua resposta era sim ou não.

— É basicamente sobre Buda. Ele não era vegetariano, porque tinha que aceitar qualquer comida que oferecessem. Porque eles suplicavam, sabe? — Jack mais uma vez verificou se Alex estava prestando atenção. — Mas me fez pensar em, tipo, como causar menos danos. — O garoto pareceu envergonhado de repente. — É bobagem, sei lá.

— Parece ser um bom livro.

— É, é muito bom. De verdade.

— Onde fica a sua casa nessa região? — perguntou Alex.

— É do meu pai. — Jack tomou um gole de cerveja como quem toma o chá da tarde. — Digo, é meu pai quem tem casa aqui.

— Então você veio pra cá com o seu pai? — disse, torcendo por uma casa sem responsáveis.

— É — respondeu Jack. — Meu pai e minha madrasta. Está vendo? A casa fica, tipo, logo ali. No lago. Está bem poluído este ano.

Ela seguiu o dedo indicador do menino, que apontava para uma fileira de árvores e o cume indistinto das casas.

— Aquela que parece um celeiro, sabe? — explicou ele.

Um telhado cinza se destacava ao longe, mais alto do que os outros. Então era óbvio que ele tinha tudo de que precisava.

O celular de Jack tocou. Ele olhou na mesma hora. Havia uma sequência de mensagens de texto na tela inicial, que ele leu rápido, com habilidade.

— Puta merda — disse. — Tenho que ir.

— Você está indo embora? — Ela se surpreendeu, analisando a própria decepção.

— É, merda, desculpa, minha irmã acabou de chegar. É a única noite que tenho que estar lá.

— Que pena.

Ele pareceu triste por ter que ir, os dentes puxando o lábio inferior.

Alex estendeu a lata para ele.

— Quer terminar?
— Pode ficar.
— Você vai ficar um tempo aqui? — perguntou ela. — Quem sabe não dou o meu número para você? E aí você me manda mensagem, sabe, se alguma coisa divertida estiver acontecendo.

Ele hesitou, assimilando a ideia.

— Tá. Certo, podemos fazer isso — disse Jack. — Aqui, salva o seu número — pediu, entregando o próprio celular.
— Eu te ligo, aí você também salva o meu contato.

O fundo de tela do garoto era uma mandala pixelada. Alex salvou o número dela, o do celular que mal funcionava.

Jack apertou para ligar. Ela ouviu o telefonema ir direto para a caixa postal, a caixa postal que nunca se deu ao trabalho de trocar e, portanto, dizia: *Você ligou para o celular de...* E então silêncio, uma unidade de ar morto. Em seguida: *Por favor, deixe sua mensagem após o sinal.*

— Oi — disse o menino ao telefone. — Sou eu, Jack. Estou aqui sentado com você neste exato segundo. E agora — falou, olhando para ela — você tem o meu número.

QUANDO COMEÇOU A ESCURECER, Alex soube que era melhor se afastar do estacionamento, continuar andando. Junto às dunas, viam-se luzes acesas em algumas casas, mas eram distantes umas das outras e da água. A areia ainda estava quente do último suspiro de calor armazenado. Ela continuou andando até a praia ficar vazia. À esquerda, a água. À direita, as dunas, a grama ondulante, o calçadão de madeira que levava às casas. Uma delas devia ser a de Jack, a família sentada para jantar uma salada ao pesto, salmão e milho de uma das barracas da feira dos produtores. O pai, a madrasta e os dois filhos. Alex imaginou que a irmã de Jack fosse mais velha do que ele, talvez tivesse a mesma idade de Alex.

*Bem*, pensou ela, *tudo bem. Tudo bem.*

Ela fez uma rodada de respiração em quatro tempos, como um cara a ensinara certa vez — ele era um coach empresarial, atendia ligações apressadas de negócios enquanto Alex se distraía nas cobertas, vendo CNN sem som e tentando ignorar os restos pavorosos na bandeja do serviço de quarto. Esse cara tinha narcolepsia, haviam lhe receitado um remédio que ele dizia ser usado por pilotos de caça e terroristas do ISIS. O homem acreditava na respiração. Escutava resumos de livros famosos de autoajuda enquanto se exercitava com cordas gigantescas. O filho morrera após sofrer um acidente jogando futebol americano no colégio, "meu menino", ele o chamava, e sorria ao mostrar fotos a Alex. Ela chegou a chorar. Naquele momento, sentira um afeto genuíno pelo homem. Ele pressionara o punho contra o peito dela, dissera-lhe para inspirar fundo.

— Inspire por quatro segundos, prenda por mais quatro e expire contando quatro segundos também. E prenda.

Onde estaria aquele homem hoje em dia?

Ela fez outra rodada de respiração, depois mais outra. Sentia-se melhor? Talvez.

QUANDO JÁ HAVIA ESCURECIDO totalmente, Alex estava tão afastada do estacionamento que não via ninguém ao redor, em direção alguma. Passou pelo esqueleto branco de uma torre de salva-vidas. Uma embalagem metálica de bala estalou no chão.

O mar era tão bizarro à noite: estranhamente plácido, as ondas se desmanchando na areia em educadas reconsiderações. As casas também ficavam estranhas, se avultando nas dunas, com as janelas acesas feito olhos brancos, o tamanho inacreditável demais, como se estivessem em um set de filmagem. A neblina, o calor artificial, o luar refletido na areia pálida: faria sentido se nada daquilo fosse real.

O que parecia tão pacato, a extensão preta do mar, se tornava assustador quando ela se aproximava. Seria fácil se perder. Um passo água adentro. Depois outro. Simples, e as perguntas seriam todas respondidas.

Estava ficando assustada? Só um pouquinho. Sentou-se em um pedaço de madeira ao pé de uma duna. Bom. Não era tão ruim assim, nada terrível. Chegava a ser tedioso — ficar sentada ali, matando hora —, e tedioso significava manejável, embora houvesse outro pensamento subjacente, a compreensão de que aquilo que estava fazendo, o que quer que fosse, era temporário. Não era algo que ela poderia fazer para sempre. Só até... Quando?

Cinco dias para a festa do Dia do Trabalho. Ou quatro? Não, cinco dias.

No horizonte, bem ao longe, Alex viu um lampejo. Um barco da polícia, um farol? Fogos de artifício? Não, mas lá estava de novo: um raio surgia com um silêncio radiante. Uma tempestade no meio do mar. Uma tempestade que, pelo menos, não estava caindo ali.

*   *   *

EMBORA ESTIVESSE NUBLADO, Alex achava que não conseguiria dormir. Em certa medida, por causa da fome. Tinha comido apenas um punhado dos salgadinhos dos meninos, além do cachorro-quente. Ela se recostou na duna com as mãos nas axilas, um hábito reconfortante da infância, e sentia a aspereza do pelo que começava a crescer. Pegou um suéter na bolsa. Tateou até achar uma calça jeans. A areia era inevitável: arranhava as coxas, a dobra dos joelhos.

Não conseguia pegar no sono. O celular não ficava ligado por tempo suficiente para ela ver as horas. Devia ser apenas meia-noite, ou talvez mais cedo. Talvez fosse bom o telefone não funcionar. Melhor não saber exatamente quantas horas teria que aguentar.

Talvez ficar nessa região tivesse sido uma idiotice. Será que as coisas seriam tão piores assim na cidade? A cidade: Alex teve um vislumbre imediato da infelicidade que estaria lá, à sua espera. Dom batendo à porta, se recusando a ir embora. (Que porta? Onde exatamente ela ficaria?) Não, dramático demais, ele não fazia esse tipo de coisa. Se bem que, na verdade, fazia, já fizera. As mãos no pescoço dela. O dia em que Dom roubou o celular da bolsa dela, a obrigou a rastejar no chão para consegui-lo de volta.

E o que ele faria dessa vez, considerando que estava bravo de verdade agora? Ela se perguntava isso, mas sabia que a resposta era óbvia.

Faltavam apenas alguns dias para a festa. Só um pouco mais de espera até Simon esfriar a cabeça, uma pausa. Então tudo voltaria a ser como antes.

Alex achou o frasco de comprimidos na bolsinha com zíper e jogou alguns na palma da mão. Examinando-os de perto, conseguia distinguir os analgésicos e os soníferos. Pegou um sonífero e o engoliu a seco.

Ela e Simon tinham ficado acordados sob efeitos de Zolpidem umas semanas antes. A ideia fora dele. Simon havia aprendido sobre as possibilidades de uso recreativo e a melhora do desempenho sexual após ver notícias sobre o escândalo de traição de um jogador de golfe. Simon adormecera no mesmo instante, mas só depois de chorar — uma imagem rara, assustadora, a mão espalmada nos olhos molhados, Simon falando, com a voz arrastada, do orgulho que sentia da filha.

— Ela é uma menina ótima — dissera ele. — De verdade. Caroline teve uma vida difícil.

Ele ficara preocupado com a ideia de que Alex o estivesse gravando.

— Não filma isso. — Simon soluçava. — Não filma isso.

Essa foi a última coisa que falou antes de seus olhos se fecharem e a cabeça cair no travesseiro. As feições dele mudaram enquanto Alex o observava, o rosto se fragmentando.

Tantos homens tinham medo de que ela os gravasse, de que armasse para eles de alguma forma. Isso nunca passara pela cabeça de Alex — o que fazia já parecia demais uma armação. E para que ela iria querer provas? Por que iria querer se ver, observar o próprio corpo se mexendo, ouvir a própria voz atingindo um tom artificial, distante?

ALEX SE ENCOLHEU EM volta da bolsa, esperando o cansaço chegar. A luz, independentemente do que fosse, havia cessado. O mar parecia calmo, abrandado pela neblina.

Era lindo à noite, ela concluiu, e era provável que pouquíssimas pessoas o vissem desse jeito — a praia indiferente, livre de seres humanos. O lugar se bastava: um contorno bruto.

Quando os faróis surgiram, estavam tão distantes que à primeira vista pareciam um par de lanternas. Ela se sentou. Seria algum fantasma do sonífero, uma instabilidade ótica? Mas não, as luzes se aproximaram, e ela pôde ver a forma retangular de um carro, os faróis formando duas colunas na névoa. Um carro, andando devagar na areia, andando em direção a Alex. O comprimido estava fazendo efeito, sem dúvida. O cérebro se encontrava defasado, cada pensamento acompanhado da própria aura confusa — o carro, ela entendeu, vinha atrás dela. Vinha buscá-la. Estava nítido: ele a achara. Dom. Parecia bastante óbvio e bastante certo. É claro que tinha que acontecer desse jeito.

Durante tempo demais, ela ficou sentada, imóvel, observando as luzes se aproximarem, e então disse a si mesma, com muita calma, que precisava se levantar.

A instabilidade da areia foi uma surpresa. Alex pôs a bolsa no ombro e tropeçou no trecho áspero de grama alta, subindo a duna. Ela se deitou, de costas, vai saber se estava de fato escondida, e lá permaneceu, ofegante, uma das mãos na bolsa e a outra no coração. As luzes inundaram a duna, passaram por seu corpo, brilhantes feito a luz do dia — e então sumiram.

DEPOIS DISSO, ALEX NÃO quis mais ficar na praia. Caminhar parecia mais difícil do que antes, os sapatos afundando na areia. Quando as casas começaram a ficar mais distantes da água, separadas por pequenas florestas de arbustos, foi mais fácil saber o que fazer. Descobriu uma passagem nas dunas e seguiu esse caminho por um tempo, uma série de tábuas dispostas no chão feito os trilhos de uma ferrovia. Havia areia por todos os lados: nos sapatos, grudada às pernas da calça. Quando avistou árvores o suficiente, ela abandonou o caminho e achou uma clareira. A bolsa servia bem como travesseiro, um dos vestidos esticados no chão, amassando a grama das dunas. Ela tentou amassar mais a grama. Não era ali que os carrapatos supostamente se escondiam, na grama? Melhor não imaginar que pontos pretos a encontrariam durante a noite, entrariam na corrente sanguínea e canalizariam bactérias direto para seu cérebro.

Uma menina que conhecera no primeiro ano na cidade — quando tinha um emprego de verdade, em um restaurante — disse a Alex certa vez que, sempre que sentia medo, forçava-se a acreditar que tudo era apenas um filme, o que quer que estivesse acontecendo com ela. Porque quem se importava com os filmes? Era tudo diversão, não era?

A garota parou de aparecer nos lugares habituais, nas festas, ao que parecia tinha sumido, embora as pessoas dissessem que apenas voltara para a cidade natal. Ela era muito alta, usava óculos escuros engraçados, redondos, que lhe davam um ar antiquado, e tinha os antebraços escurecidos por pelos pretos sedosos. A garota contou a história de quando um cara com quem estava saindo se irritara com ela, e que ela havia continuado no jantar chique enquanto o sujeito berrava, aguentando a situação e deixando que ele a atacasse, até que por fim ela pegara a taça cheia de vinho e a despejara no chão do restaurante.

Alex não conseguia se lembrar do nome da menina.

Piscando, olhou para o céu, obscurecido pelas árvores, embora as nuvens tivessem sido sopradas para longe. Ela se obrigou a fechar os olhos. Percebeu que ainda se esforçava para ouvir algum barulho, à espera de alguma perturbação. Mas estava tudo quieto, até o mar estava distante demais para ser captado.

# 5

A JULGAR PELO SOL, devia ser quase meio-dia.

Alex acordara cedo: um estrondo a sobressaltara, o pânico dominando o organismo. Uma das mãos de Alex se erguera em um frenesi para tampar o rosto, a outra se esticara para proteger… Quem?

Ela demorara mais um segundo para entender que o barulho era apenas um cervo, a súbita aparição do animal entre as árvores. O cervo não parecia ter notado Alex, não parecia ligar para a garota sentada no chão sozinha.

Agora Alex andava pelo acostamento, só até ver uma rua que conhecia, embora sentisse que alguns motoristas esticavam o pescoço para olhá-la. A situação toda a deixava muito exposta, parecia muito anormal. Ninguém mais ia a lugar algum andando — não às margens da estrada, pelo menos. Só um ou outro ciclista passavam por ela: homens cobertos por macacões elásticos em cores chamativas, que pedalavam bicicletas reclinadas com uma compenetração sinistra.

Continuou andando, a temperatura bastante agradável, pelo menos por enquanto, e então ela ouviu. Alguém chamou seu nome.

— Alex?

A voz vinha de alguém atrás dela.

Alex sentiu o coração acelerar. Dom? Simon? Ela se forçou a não se virar para trás, a seguir em frente.

— Alex, ei!

Um carro branco desacelerou na pista ao lado da qual ela caminhava, depois parou no acostamento à sua frente, as luzes de emergência piscando.

Um homem saía do veículo, acenando para Alex. Ela não reconheceu o carro, mas, ao se aproximar, reconheceu o homem — tinha esquecido o nome dele, mas se lembrava daquele rosto. Era o cara que administrava a casa de George, um dos amigos colecionadores de Simon. Ela tinha ido com Simon a um jantar na casa de George na primeira semana deles lá, um evento interminável em que parecia que ninguém estava se divertindo — até o último minuto, quando todos começaram a exclamar que a noite tinha sido divertida, tão divertida que precisavam repeti-la em breve.

— Eu estava indo na direção oposta — explicava o homem — e tive a impressão de que era você, então dei meia-volta. Está tudo bem?

Ele era jovem, 30 e poucos anos, e bonito de um jeito entediante, profissional, vestido com uma camisa social e calça cáqui.

— Nicholas — disse o homem, tocando no próprio peito. — Trabalho para o George.

— Ah, claro, claro. — Ela fez um muxoxo. — É que... — Hesitou, pensando na história que ia contar. — Fui pedalando até a praia e aí... — Alex deu uma risadinha. — Acho que alguém pegou minha bicicleta. — Ela ajustou a bolsa mais alto no ombro. — E meu celular morreu.

— Nossa! — exclamou Nicholas. — É sério? — Ele passou as mãos no cabelo, em uma angústia genuína. — Não é possível.

Alex deu de ombros.

Nicholas era muito gentil. Era o trabalho dele, imaginava ela. Quando foram à casa de George para o jantar, fora Nicholas quem perguntara a ela se tinha alguma restrição alimentar. Na ocasião, quando Alex fora procurar o banheiro, Nicholas a levara até lá. E foi ele também quem permanecera de pé, estoico, enquanto George e Simon discutiam a dificuldade de achar um *chef*, passando organicamente à recente acusação de estupro contra um jogador de basquete que não fazia muito sentido, disseram, e o que a garota achava que iria acontecer, argumentara George, ao convidar um homem para entrar no camarim dela? Alex ficara de olho em Nicholas: ele não esboçou reação. Assim como Alex, havia se transformado em vapor, sabia que era melhor deixar que as coisas passassem por ele.

Após o jantar, Nicholas trouxera uma travessa de cookies quentinhos para a mesa.

— Eu não devia comer — dissera George, terminando o terceiro cookie.

Havia sido uma das raras noites em que Simon decidira beber, e beber de verdade. Sem que Alex se desse conta, ele tinha quase apagado. No final da noite, Nicholas levara os dois para casa no carro de Simon, os olhos de Simon pesados, ele curvado sobre Alex no banco de trás. Ela não tinha pensado no que Nicholas fizera após deixá-los em casa e estacionar o carro no acesso da garagem, não se perguntara como havia voltado para casa.

— Cadê o Simon? — perguntou Nicholas.

— Foi passar uns dias na cidade — declarou Alex. — Só para fazer umas reuniões. Então estou sozinha em casa.

Sua voz soava bastante despreocupada, casual, e Nicholas não parecia achar nada daquilo estranho.

— Eu te dou uma carona até em casa — sugeriu ele. — Ou você quer dar uma volta para procurar a bicicleta? Vai ver alguém largou por aí.

— Pode ser.

Alex colocou a mão sobre os olhos para ver contra a luz. Ao lado deles, o trânsito zunia: carro extravagante, carro extravagante, carro extravagante, caminhão de empresa de paisagismo. Carro extravagante.

— Sabe de uma coisa — disse ela —, acho que tomei sol demais. Estou um pouquinho zonza.

— Por que você não vai lá em casa um instante? Eu tenho que deixar umas coisas. A gente pode botar seu celular para carregar, você come alguma coisa.

Ela olhou para a estrada, depois para a bolsa.

— George está lá?

— Ele volta no sábado — respondeu Nicholas. — Estou botando tudo em ordem, sabe? Estocando a geladeira, enchendo os pneus da bicicleta.

Ele abriu um sorriso. Nicholas, cuja função era cuidar das coisas.

\* \* \*

ERA BOM ESTAR DENTRO de um carro, movimentar-se naquela velocidade. As janelas estavam abertas. Alex via uma camisa branca extra pendurada em um cabide no banco de trás, uma embalagem com garrafas d'água. Uma raquete de tênis recém-encordoada. Nicholas ouvia uma estação de rádio de música antiga, um Motown animado.

— Posso pegar uma água dessas?

— Claro — respondeu ele. — Pega duas.

A garrafa estava quente por ter ficado no carro. Ela bebeu tudo.

— Está quente lá fora? — perguntou Nicholas.

— Ah, ainda não está tão ruim.

— Que bom que eu achei você. Quer usar meu telefone para ligar para o Simon?

— Não precisa — disse Alex. — Talvez daqui a pouco.

— Claro, sem problema.

O trabalho de Nicholas, óbvio, era ser simpático daquele jeito. Chegava a ser parte de seu trabalho parecer um deles, e não um empregado; se vestir como o genro legal de alguém, uma pessoa que por acaso previa todas as suas necessidades e as satisfazia com discrição. Talvez a inexistência de uniforme deixasse as pessoas mais à vontade com a ideia de ter alguém tão entranhado em suas vidas, como se Nicholas ficasse por perto só por gosto, por desfrutar da companhia.

Quando ela e Simon foram jantar lá, estava escuro, mas naquele momento, durante o dia, Alex viu que a casa de George era muito maior que a de Simon e o terreno, mais espaçoso por muitos graus de magnitude. Havia um lago que ela não tinha visto antes, obviamente artificial, com uma doca de madeira e vitórias-régias às margens. O gramado era impecável, de um verde insípido e imutável.

— Deixa só eu descarregar as compras — disse Nicholas, estacionando na rampa de paralelepípedos de uma garagem pequena.

— Posso ajudar a levar alguma coisa?

— De jeito nenhum — respondeu, os braços cheios de sacolas.

Se estava pesado, ele não deixou transparecer.

Ela o seguiu até a entrada, largando a bolsa junto à porta, depois foi até a sala de estar. Arte em todas as paredes, vibrante, de cores densas. Um gato persa passou, altivo, parando por um instante antes de pular na mesa de centro de vidro. O sofá era uma onda sinuosa de estofados laranja e amarelos, uma coisa italiana dos anos 1960 que lembrava vagamente um mar de seios. A distância entre os móveis do cômodo era de uma enormidade anormal. Pelas janelas, tudo lá fora tinha diferentes tons de verde.

— Vou só ao banheiro — disse Alex, colocando a bolsa no ombro.

— Final do corredor — indicou Nicholas. — Você lembra onde é?

NO BANHEIRO, ALEX JOGOU água no rosto, enxaguou a boca. Um aglomerado de espinhas havia se formado na testa. Resistiu ao ímpeto de cutucá-las. As sobrancelhas estavam finas demais, as bochechas levemente queimadas de sol, os lábios descascavam e estavam ressecados. Tentou arrumar tudo o mais rápido possível — preencher as sobrancelhas, passar corretivo debaixo dos olhos, nos cantos do nariz. Molhou um pouco de papel higiênico com o sabonete da pia e esfregou nas axilas. Nada mal, e até o cabelo parecia melhor depois de trançá-lo, o couro cabeludo um pouco arenoso. Empurrou uns salpicos de areia da pia para o chão. Usou mais papel higiênico para tirar o excesso de batom, depois deu descarga naquela bagunça toda. Uma inspeção das unhas. Ela as arranhou contra a barra de sabonete, depois as enxaguou com a água na temperatura mais quente que conseguiu suportar.

Pronto. Impecável.

ALEX NUNCA TINHA ENTRADO na cozinha: ao contrário do resto da casa, o cômodo parecia não ter sido reformado. Ainda conservava os armários de madeira simples dos anos 1950, pintados de amarelo-claro. O papel de parede floral tinha botões de rosa minúsculos, rosados, que marchavam juntinhos na diagonal. À mesa, havia um telefone fixo e um aparelho de monitoramento, telas que mostravam uma série de filmagens de segurança em preto e branco. Uma pequena campainha de plástico com botão — o controle remoto para abrir a porta da garagem, Alex concluiu, mas em seguida leu a etiqueta: PÂNICO.

Nicholas abriu a geladeira e começou a tirar das sacolas brancas do mercado as embalagens com várias garrafas de Pellegrino, depois garrafas e mais garrafas de suco de laranja e de toranja. Enfileirou tudo nas prateleiras em linha reta.

— Só vai levar um instantinho — disse ele. — Você aceita uma bebida, ou um lanche?

Ela ocupou um banco ao lado da bancada.

— Sim, eu adoraria comer uma coisinha, se não for um problema.

— Claro que não. — Ele fechou a geladeira e dobrou as sacolas vazias com precisão. — O *chef* só chega na sexta-feira, bem tarde, mas o que você está com vontade de comer?

— Não quero arrumar problema para você.

— Por favor — insistiu Nicholas —, é um prazer. A verdade é que eu gosto de cozinhar, acho relaxante. E raramente tenho a oportunidade.

Incrível como ele quase fazia os outros acreditarem em tudo que dizia. Alex poderia aprender com ele.

Nicholas tornou a abrir a geladeira, deu uma olhada.

— Posso grelhar uma posta de salmão com uns legumes — disse ele. — Você gosta de peixe, não gosta? Ou uma saladinha rápida?

— Olha, tudo parece ótimo. O que for mais fácil.

— Vai, pode se sentar lá fora, eu sirvo você.

— Não, pelo amor de Deus — disse Alex. — Posso ajudar?

— Eu dou conta sozinho. Vai curtir o sol.

— Sério — insistiu ela —, prefiro ficar sentada aqui com você.

— Como quiser.

Nicholas pegou uma frigideira e desembrulhou uma posta de salmão rosa do papel da peixaria. Era gracioso, relaxado, embora provavelmente preferisse que ela o deixasse trabalhar em paz. Talvez fosse mais fácil para todo mundo que os limites fossem traçados com mais nitidez, mas sem dúvida outras pessoas já tinham atuado desse jeito com Nicholas, tentado demonstrar como eram diferentes das outras, como ficavam à vontade confraternizando com os empregados. Alex havia experimentado sua própria versão daquilo: os homens que faziam infinitas perguntas sobre ela, o rosto sereno, com uma empatia constrangida, esperando com uma excitação mal contida que ela oferecesse algum trauma escondido. Homens que insistiam que ela gozasse primeiro, como se isso fosse a prova da bondade deles. Não era ruim, só era irritante. Porque na verdade requeria mais energia, mais emoção fingida para combinar com a deles.

Alex tomou toda a água que Nicholas havia lhe servido, o choque bem-vindo do gelo fazendo-a perceber como ainda estava com sede.

O jantar com George fora desagradável, na sala com chão de mármore preto e cadeiras de laqueado preto. Ele estava testando um *chef* novo. A voz de George — rouca, esganiçada — era inquietante, além do fato de que ele se entediava rápido demais, de um jeito nítido. Todo mundo ficava aflito, consciente da necessidade de angariar sua atenção.

A esposa dele era extremamente magra, uma modelo que depois de um tempo tinha resolvido virar pintora. Com base nas conversas do jantar, ser pintora se resumia basicamente a pensar em imóveis, a esposa em uma busca constante por um ateliê mais pitoresco. Ela usava um suéter marrom com punho verde-limão por cima de uma camisa social branca grossa, batom vermelho, e mantinha a bolsa na cadeira ao lado, os dentes cerrados em um sorriso afiado. Enquanto todo mundo recebia uma taça de sorbet, à esposa, sem qualquer comentário, era servida uma taça de mirtilos: ela os comia de um em um. Durante o jantar, mal falara com Alex, sua energia frágil, nervosa, inteiramente dirigida ao marido. George tampouco havia conversado muito com Alex. Ela era uma espécie de mobília social inerte — só sua presença era exigida, o tamanho e o formato universais de uma jovem mulher. Qualquer coisa que fugisse do fato de ela estar sentada na cadeira e assentindo era uma distração. De vez em quando, Simon botava a mão na nuca de Alex ou afagava seu ombro.

No decorrer do jantar, ela se ninou até chegar a uma espécie de transe, o tédio agindo quase como uma droga, algo em que se podia apoiar, fartar-se. Simon lhe dissera que a esposa de George exigia que o marido jamais ficasse sozinho com outra mulher. Como se qualquer mulher fosse se atirar no corpo franzino de George, tomada pela paixão. Mas era melhor acreditar que sua vida era valiosa, que estava sob ataque, do que no contrário.

— TEM CERTEZA DE QUE não está com fome? — perguntou Alex. — A comida está uma delícia.

— Já almocei — respondeu Nicholas.

Vai saber se era verdade. Talvez a ideia fosse parecer isento de necessidades, de qualquer fome humana.

Normalmente, ela teria ficado mais inibida ao comer na frente dele, mas estava esfomeada demais para se importar. E o salmão estava gostoso, a salada também, encharcada de azeite e suco de limão. Sempre que Alex tomava um gole d'água, Nicholas logo completava o copo dela de novo, quase sem que ela notasse. O celular estava carregando na bancada, onde Nicholas o havia ligado a uma tomada.

— Então — disse Alex —, como foi que você conheceu o George?

Nicholas tinha sido ator, contou, ou tentado ser. Participara de algumas coisas, tivera até um papel considerável em uma novela, que na verdade não era um trabalho ruim. Sério. Dava para aprender muito. Ensinava a ser profissional. Chegar na hora, manter a forma. Decorar as falas. Nada daquilo, o sucesso, engatara conforme ele havia imaginado. Conhecera George em uma festa, Nicholas estava trabalhando no bufê: George o roubara da empresa. Nicholas disse que tinha uma filha na Costa Oeste.

— Bem, lá para aqueles lados, pelo menos. Em Reno. Na verdade, não é exatamente na costa.

— Sério? — Alex segurava o guardanapo de linho contra a boca enquanto terminava de mastigar. — Você não parece ter idade para ter uma filha.

— Ela tem 5 anos. Bella.

— Tem uma foto?

Nicholas tocou no celular e mostrou a tela inicial a Alex: ela viu a foto de uma menina loura com uma borboleta pintada na bochecha. A garotinha parecia exausta e ansiosa, o sorriso atordoado. Quem cuidava dela, como era sua vida?

— Que linda — elogiou Alex.

— Obrigado — respondeu Nicholas, olhando para a tela antes de enfiar o celular no bolso. — Bem, é duro não poder ver a Bella sempre, mas este emprego é muito bom. E eu volto para visitar quando posso.

— E você dorme aqui, na casa?

Sem dúvida tinha espaço suficiente.

— Quando a gente está aqui e não na cidade, sim. Tem uma casa para os empregados — explicou. — Fica do outro lado da garagem.

— Deve ser muito esquisito. Esse trabalho.

Nicholas deu de ombros.

— Ah, sim, quer dizer, todos os trabalhos são meio esquisitos.

Lá estava ela, a famosa discrição.

— É, mas é bem doido, né? — Alex ergueu as sobrancelhas para a cozinha, o gramado lá fora, de um verde tão intenso que parecia ecoar.

— Com certeza não fui criado assim — declarou ele.

— Eu também não.

Houve uma pausa, mas nenhum dos dois elaborou aquele pensamento. Ela raspou o resto de comida do prato, usando o dedo para limpar um resíduo de azeite antes de levá-lo à boca.

— Bom demais — disse Alex. — Obrigada.

Ela se levantou para levar o prato até a pia.

— Eu cuido disso — retrucou Nicholas, tranquilo, como se levar os pratos dela fosse lhe proporcionar um grande prazer, e só depois de ele insistir mais duas vezes Alex entregou a louça.

— Como está o seu celular? — perguntou ele. — Me avise quando quiser que eu leve você de volta, não vai ser incômodo algum. Também posso chamar um carro, se preferir.

Ela tentou ligar o telefone. Já não dava nem sinal de vida. A tela estava preta e inerte, uma lacuna de indiferença pura. Sentiu o coração acelerar, embora mantivesse a expressão animada.

— Desculpa, acho que meu celular morreu de vez — disse Alex. — Não sei o que aconteceu.

— Posso dar uma olhada?

— Ah, claro, se você quiser tentar... Vai em frente.

Nicholas usou outro carregador, depois testou outra tomada. Passou um tempo sumido. Sozinha, Alex fez carinho no gato, a pelagem da mesma cor laranja do cabelo de George. O animal parecia se irritar um pouco com aquela atenção.

Nicholas voltou, acenando com o celular como quem pede desculpa.

— Achei que iria funcionar se eu ligasse no computador.

— Não deu certo?

— Ele ligou por um segundo, foi a impressão que tive. Mas depois nada. Tem um lugar na cidade que talvez conserte. Posso levar você lá quando estivermos indo para a casa do Simon. Está pronta?

Alex sorriu para ele, depois olhou para as mãos.

— George ainda demora mais uns dias para voltar — começou Alex —, não é?

— Sábado — respondeu Nicholas. — Cedinho.

— Você se importa, quer dizer, seria muito ruim se eu ficasse aqui mais um tempinho? Sou muito medrosa. Detesto ficar naquela casa sozinha. Eu fico tão assustada que chega a ser meio patético.

Nicholas obviamente foi pego de surpresa, mas era bom em não deixar transparecer. Ficou óbvio que já tinha lidado com coisas piores.

— É claro. — Ele esfregou a nuca. — Eu tenho mais algumas coisas para fazer.

— Mas eu não iria atrapalhar, né? Se eu ficar aqui lendo, ou algo do tipo? E você pode me expulsar quando precisar, sério. — Ela se obrigou a olhar para baixo, contar os segundos antes de encará-lo de novo. E então o olhou fixamente. — Desculpa mesmo por pedir isso — reforçou. — Estou morrendo de vergonha.

Lá estava, a faísca da receptividade, a olhada quase imperceptível para os seios.

— Que nada. Vou só mandar uma mensagem para o sr. H para avisar, mas tenho certeza de que não vai ter problema.

Alex tocou no braço dele.

— Nicholas — disse ela —, escute, você poderia não contar para o George que estou aqui? Não quero que o Simon fique sabendo. — Ela deixou a boca tremer um pouquinho, depois mordeu o lábio inferior. — Para ser sincera, a gente meio que anda brigando — justificou —, e sei que ele ficaria furioso de saber que eu estou na casa do amigo dele. Incomodando você. Ele consegue ser bem cruel às vezes.

Ela falou isso em um quase sussurro, uma confissão relutante, e Nicholas franziu a testa, assimilando a informação. Alex esfregou os próprios braços nus e sorriu para Nicholas, um sorriso corajoso.

— Desculpa mesmo — repetiu ela. — Espero que isso não coloque você em uma situação estranha.

— Não, não — comentou ele, respirando fundo. — Quer dizer, tenho certeza de que não tem problema você ficar um tempinho aqui. Né? Mal não vai fazer.

— Obrigada — disse ela, ficando na ponta dos pés para abraçá-lo.

Sentiu o leve fedor das próprias axilas, mas torcia para que ele não tivesse notado. Nicholas manteve uma distância profissional, dando tapinhas no ombro de Alex.

— Que nada — disse ele. — Fico feliz de poder ajudar.

ALEX ESTAVA SENTADA à sombra, com as pernas dentro da hidromassagem. O sol distorcia a superfície da piscina. Ela lia um livro de memórias que tinha achado na estante da sala de estar, um exemplar antigo em capa dura cujas folhas amarelo-manteiga estavam tão quebradiças que seria fácil rasgá-las com a unha.

Em algum canto do terreno, ouvia alguém operar um soprador de folhas, depois o som de um cortador de grama. Vez por outra, um homem de manga comprida e boné passava pela piscina carregando uma lixeira cheia de ervas daninhas. Quando ela assentiu e acenou, ele apenas olhou para o chão. Tanto esforço e barulho para cultivar aquela paisagem, um cenário feito para evocar paz e sossego. A aparência de calmaria exigia uma campanha infinita de intervenções violentas.

— Quer uma toalha? — perguntou Nicholas ao passar a caminho da garagem. — Filtro solar?

— Por favor, não precisa se preocupar comigo — pediu ela. — Não quero atrapalhar de jeito algum.

Ele mostrou como usar a chave escondida que ficava junto ao portão para abrir o pequeno espaço do bar, com brinquedos de piscina pendurados na parede, uma pia pequena e uma geladeira. Ela podia ficar à vontade, declarou Nicholas, para pegar o que precisasse.

Toda aquela abundância era inebriante por si só. Alex pôs o biquíni rosa que ainda cheirava a cloro. Pegou uma Corona e três garrafinhas de água da geladeira, depois passou dez minutos sem pensar em nada, cobrindo o corpo com filtro solar de um frasco âmbar, um de fragrância amadeirada e cara. Sentiu-se vagamente excitada, a pele deslizando sob as mãos, ciente do biquíni lhe apertando a virilha. Pôs o filtro na bolsa. Uma lembrancinha que mais tarde seria útil. Assim como os óculos escuros novos: ela os tinha achado em uma travessa na mesa da sala de estar ao entrar para fazer xixi, uma enorme armação de tartaruga cujas lentes verdes aguçavam o mundo, tornando chocante a precisão de seus detalhes.

Quatro dias até o Dia do Trabalho. Parecia ser muito tempo. O bastante para ela não se preocupar demais com o que exatamente aconteceria até lá.

Sua pele reluzia ao sol, as mãos estavam escorregadias por causa do filtro, e, quando enfiou as pernas na hidromassagem, percebeu um véu de óleo se espalhando, um arco-íris irradiando da pele. Estava sujando a água, a areia cintilando nos degraus, mas e daí? Alguém limparia tudo de novo.

— Senta aqui comigo — pediu Alex na vez seguinte que Nicholas passou. — Por favor?

Ela estava um pouco bêbada, apesar de ter tomado só uma cerveja. Engoliu um arroto. Empurrou os óculos escuros para a testa.

— Como está a água? — perguntou Nicholas. — Quer que eu ligue o jato?

Difícil saber se ele estava irritado ou não, tendo que lidar com as necessidades dessa pessoa que não o empregava.

— Senta aqui comigo, por favor — insistiu Alex, dando batidinhas na pedra quente a seu lado. — Estou me sentindo sozinha.

— Ainda tenho algumas coisas para fazer. — Nicholas inclinou a cabeça.

ALEX TINHA ADORMECIDO. POR um segundo, ao despertar, ficou desorientada. Então o foco voltou em um estalo. A fileira de espreguiçadeiras ao redor da piscina, o relance amarelo de uma escultura no gramado ali perto. Embora o ar estivesse com cheiro de grama recém-cortada, o caminhão da empresa de paisagismo havia sumido, e o dia — mais um dia — estava quase chegando ao fim.

Alex inspecionou o colo, apertando a pele para ver se ficava alguma marca. Mas não, de alguma forma tinha evitado uma queimadura de sol. Que sorte. Não era sortuda? Havia apenas o fantasma do peixe na boca, o sabor fermentado da cerveja, outra garrafa pela metade na mesa ao lado. Quando a pegou, viu que a cerveja estava quente.

O livro estava aberto no chão — tinha lido quase vinte páginas, mas não conseguia se lembrar direito do enredo. O livro de memórias de uma mulher cuja mãe a amara demais. Cujos irmãos a amaram mais ainda. Um problema de excesso, uma artrite emocional.

Quando se levantou, sentiu o sangue subir para a cabeça. Entrou na água segurando o cabelo acima dos ombros com uma das mãos para que não molhasse. A piscina era aquecida a um grau amniótico, a água sedosa e cheirando a minerais. Deixou o cabelo cair. Prendeu a respiração e mergulhou. Uma volta fácil. Subiu à superfície do outro lado. Na outra ponta, de onde acabara de sair, estava Nicholas, a camisa social branca reluzente no anoitecer. Ele erguia a mão em um aceno. Alex nadou de volta até ele e saiu da piscina, torcendo o cabelo para tirar o excesso de água.

— Está agradável? — perguntou Nicholas.

— Perfeita.

Alex sorriu para ele e pegou uma toalha na espreguiçadeira. Enrolou-se nela, prendendo-a logo abaixo do top do biquíni para levantar os seios. Enxugou o nariz com o antebraço.

— É piscina de água salgada, não é? — constatou ela.

— É.

— Você entra às vezes?

— Na piscina? — Nicholas fez uma careta. — Não.

— Nem quando eles não estão aqui?

Ele deu de ombros.

— Uma ou duas vezes, quem sabe.

Confessar até mesmo essa pequena transgressão já parecia um avanço, embora Alex desconfiasse de que fosse mentira. Esfregou a toalha nas pernas rapidinho, depois começou a trançar o cabelo molhado, deixando-o cair sobre o ombro.

— Posso ver seu quarto?

— Não é muito grande — disse Nicholas.

Ele estava com vergonha? Talvez só estivesse impaciente. Não. Estava curioso, Alex concluiu.

— Mas, sim, pode ver, se é isso que você quer.

— Eu quero — disse Alex. — De verdade.

\* \* \*

A CONSTRUÇÃO ONDE OS funcionários ficavam alojados era um caixote com piso cinza, mas pelo menos o ar-condicionado era forte, os ambientes quase gelados demais para serem aconchegantes. Os móveis eram brancos e de plástico, em sua maioria. Havia uma televisão antiga presa à parede, um sofá de couro preto. Algumas revistas *Surfer* na mesa de centro. Estava tudo bem-arrumado.

— Você mora aqui o ano inteiro? — perguntou Alex.

— Só quando o sr. H. está aqui. Do contrário, a gente fica na cidade.

*A gente*, disse Nicholas, como se ele e os outros empregados fossem uma coisa só.

Ela se sentou no sofá. Tinha vestido um short jeans curto, embora ainda estivesse com a parte de cima do biquíni e uma camisa social que deixara desabotoada. Quando ficava quieta por tempo suficiente, deixando o silêncio se instalar de verdade, as pessoas geralmente se sentiam desconfortáveis demais para organizar os pensamentos. E, portanto, desconfortáveis demais para estruturar alguma pergunta, como, por exemplo, por que Alex ainda estava ali?

— Quer uma bebida ou alguma outra coisa? — ofereceu Nicholas.

Ela se animou.

— O que você tem?

— Posso preparar literalmente qualquer coisa que você quiser. Fiz curso de bartender.

— Sério?

— Aham — disse ele. — Sou uma pessoa estudada. Fiz curso de bartender e três semestres de Actors Studio. E então, o que você vai tomar?

— Pode escolher.

Ele decidiu preparar um drinque de tequila que incluía ervas frescas e levou Alex lá fora para mostrar a horta. Era cuidada pelo jardineiro-chefe, declarou. Tinha tomates em meio a parreiras úmidas espinhosas, um canteiro de manjericão que perfumava o ar com um aroma denso e herbáceo. Ela viu uma abóbora, à sombra de folhas grandes, e Nicholas se abaixou como se fosse pegar uma, mas não o fez, a mão só pousou na casca enrugada.

Havia uma colmeia nos fundos.

— Também tem galinhas — declarou ele —, quer ver?

A sugestão, ela presumiu, atraía as pessoas da cidade.

EM SEGUIDA, NICHOLAS QUIS preparar uma bebida diferente, que tinha uma camada de rum escuro no topo e demandava que ele sacudisse a coqueteleira acima da cabeça feito um psicótico. Ele despejou o drinque nos copos de uma altura teatral. Pouco depois, cada um já tinha tomado dois.

Como a cocaína apareceu?

De algum canto da imaculada casa de funcionários, cocaína repartida em carreiras, montinhos brancos que ambos cheiraram da chave da garagem. Não era muito boa, um gotejamento rápido logo tomou a garganta de Alex, mas o mais importante é que parecia haver uma quantidade colossal. Uma parte caiu na frente dela quando levou a chave ao nariz, mas ela não se importou — não naquele instante. Poderiam pegar mais se quisessem. Não era verdade? Embora o coração estivesse acelerado, ela estava calma, imaginando uma linha perolada de possibilidades se estendendo infinitamente. Sempre poderia conseguir o que precisasse. Não estava se cuidando? Não tinha dado um jeito de evitar a volta à cidade, não tinha conseguido que as coisas continuassem funcionando por lá?

Devia ser tarde. O céu estava completamente preto. Ela tinha tomado uma chuveirada rápida no banheiro de Nicholas. O cabelo ainda estava molhado, mas pelo menos limpo, macio. O ar-condicionado fazia um chiado industrial constante que acabava virando ruído branco. Ligou o celular à tomada da parede, e só isso já lhe pareceu um avanço, um depósito para a futura promessa de conexão. Quando a tela ligou, não clicou no nome de Dom (vinte mensagens não lidas), mas viu duas notificações de um número que não reconhecia: um emoji de golfinho, uma mensagem que dizia: *Vai fazer oq hj à noite?* Levou um instante para se dar conta de que devia ser do garoto da praia. Jack. O menino de aparelho nos dentes. O celular morreu antes que Alex pudesse responder. Mas ela não sabia nem se queria: era difícil se lembrar de alguma coisa além dos cachos louros, o menino apontando a casa grandiosa, distante. Que livro ele estava lendo? *Sidarta*. Isso mesmo.

Nicholas tentou usar o celular para tocar música, mas acabou desistindo.

— O Wi-Fi aqui é péssimo — disse ele. — Praticamente inexistente.

Ele se ajoelhou no tapete, levando um CD, entre os dedos delicados, até um aparelho de som robusto.

— Um rádio — constatou Alex. — Por que é que você tem um rádio?

— É um clássico — respondeu ele. — Você conhece essa música?

Nicholas não pareceu se importar com a falta de resposta de Alex.

Ele se arrastou e arrumou algumas carreiras de pó na capa de uma revista *Surfer*. Os dois se ajoelharam, um de cada lado da mesa de centro, sem se olharem direito, como pessoas geralmente fazem quando estão usando drogas.

— Você primeiro? — ofereceu ele.

Um pouco tonta, ela recostou a cabeça no sofá. Mesmo depois do banho, ainda cheirava ao filtro solar caro que usara mais cedo.

Que horas eram? Ela não se lembrava bem dos detalhes da conversa, como exatamente acabaram no assunto mais recente: Nicholas tinha, ao que tudo indicava, quase sido contratado para atuar no filme de um grande estúdio anos antes. Não era o papel principal, mas — disse — ainda assim. Ele fez parecer que tinham lhe prometido o papel. E que aquilo mudaria sua vida.

— É que eu teria me saído bem — comentou Nicholas. — De verdade.

— Com certeza — afirmou Alex. — Você teria sido ótimo.

— Porra, eu cheguei tão perto. Ficaram entre mim e, tipo, outros dois caras. Dois caras!

— Você teria sido incrível — reforçou Alex. Estava falando alto demais? — Bom pra cacete. Sem dúvida.

Ao dizer isso, teve a impressão de que era verdade. Sentia um afeto genuíno por Nicholas. Ele merecia coisas boas.

Eles tinham terminado as bebidas, os copos já vazios, a não ser por algumas folhas retorcidas de hortelã. Alex provavelmente devia tomar uma água. Ambos deviam tomar água: as bochechas de Nicholas estavam meio avermelhadas.

O pensamento persistiu: ela devia se levantar para tomar água. Não se mexeu. Nicholas tinha começado a falar de George. Talvez ela tivesse perguntado.

— Ele tem sido legal comigo — dizia. — É gente boa.

Alex devia ter feito uma careta, porque a voz de Nicholas de repente ficou estridente.

— Estou falando sério! — afirmou ele. — Ele é ótimo.

Ela olhou para o teto, o coração batendo tão forte que conseguia senti-lo. Não era desagradável. Pôs a mão no peito.

— Se você diz.

— Tem muita gente que não é. Mas ele é organizado, limpo e tem um bom coração. E, sabe como é, isso já é ótimo, levando em consideração... Ele não é rude.

— Como foi que ele arrumou essa grana toda? Quanto ele tem, afinal?

Nicholas arrumou as carreiras na mesa e se curvou. Cheirou com força, rápido, depois se sentou.

— Não sei mesmo.

— Cinquenta? Cem? Mais?

Ele deu de ombros.

— Porra. — Alex se afundou mais no sofá.

— É dinheiro de família. Agora ele tem uma fundação.

— Eu não entendo.

— Sei lá. Ele gosta de arte. O que você guarda aí dentro, hein? — Nicholas cutucou a bolsa dela com o sapato.

— Nada — disse Alex —, é só roupa.

Ela puxou a bolsa para a sua frente. Achou engraçada, de repente, essa bolsa que vinha arrastando, essa bolsa cheia de seus pertences. Alex pegou um suéter rosa.

— Sinta, é muito macio.

— Roupa? Por que você tem uma bolsa cheia de roupas? Que estranho — murmurou ele, com calma —, muito estranho.

Nicholas repousou a cabeça nos braços cruzados.

Os dois estavam meio alegres, meio suados.

— E isso aqui? — Alex pegou a pedrinha de ônix da casa de Helen. Estava fria na palma da mão. — O que você acha?

Nicholas abriu um dos olhos para examinar a pedra, depois se sentou direito para segurá-la.

— É pesada — disse. — Gostei.

Ela a pegou de volta, enrolando-a no suéter. Enfiou o montinho no fundo da bolsa.

— O que era para ser isso? — indagou Nicholas. — É chique?

Ela não respondeu, mas isso não pareceu incomodá-lo. Nada parecia ter o poder de incomodá-los, o ambiente tomado por uma calmaria.

— Como você e o Simon se conheceram? — perguntou Nicholas, depois de outro momento de silêncio.

— Em uma festa. A gente conhecia as mesmas pessoas.

Ele acreditou nela? Nicholas parecia estar prestes a dizer alguma coisa.

— O que foi? — indagou Alex.

— Sei lá. Você gosta dele? Ele é tão mais velho. Você tem o quê, 25 anos?

— Tenho 22.

— Tá vendo? Um bebê! Você não tem vontade de ficar com alguém da sua idade?

Alex deu de ombros.

— Eu amo o Simon — disse, olhando para Nicholas.

\* \* \*

ALEX QUERIA UM DOCE, e foi assim que acabaram na casa principal, ela no encalço de Nicholas enquanto ele desligava o sistema de segurança. Alex não conseguia parar de rir.

— Shhh — fez ele, mas também ria.

Era como uma paródia de um filme de roubo, o dedo à frente da boca, a insistência exagerada, caricatural, pedindo silêncio. Quem os ouviria? Poderiam berrar se quisessem. Alex poderia gritar a plenos pulmões, e nada aconteceria.

Até à meia-luz, as feições de Nicholas eram nitidamente bonitas. Teria sido um bom ator, Alex concluiu. As luzes da sala estavam apagadas — ela segurava a camisa de Nicholas enquanto ele abria caminho no breu rumo à cozinha. Estava descalça. Não lembrava quando nem onde tinha tirado os sapatos.

— Puta merda — disse ela, estremecendo: algo quente e vivo havia roçado sua perna.

— É a gata — explicou Nicholas. — Quieta, Maria — murmurou ele —, fique quieta. Eu tinha que dar comida para ela, na verdade.

Ele acendeu as luzes da cozinha.

— Tem *gelato* aí — disse, indicando o congelador com a cabeça.

Nicholas se agachou ao lado da gata, os olhos dela obscurecidos pela pelugem.

— Está com fome, Maria? Está morrendo de fome?

Alex abriu a porta do congelador. Havia uma garrafa de vodca, quatro potes de meio litro de um *gelato* verde-claro e dez caixas de perfume fechadas.

— O que é tudo isso? — Ela ficou olhando o verso de uma das caixas envoltas em celofane.

— São as coisas da Greta — explicou Nicholas. — A esposa. — Ele enchia uma tigelinha prateada de água enquanto a gata se enroscava em seus tornozelos. — Ela tem medo de que parem de fabricar.

— Entendi. — Alex pegou um pote de *gelato*. — Você não odeia eles? Pode me falar. Eu não ligo. Nem conheço eles.

— Eu já falei. Gosto deles.

— Não consigo acreditar que eles transam. Quem iria querer transar com o George? — Ela não parava de rir. — Sério mesmo.

— Ele se dá bem — disse Nicholas.

— Você está de brincadeira?

— Estou falando sério.

Nicholas citou o nome de uma atriz muito conhecida: notoriamente linda, notoriamente pequena.

— Não acredito — rebateu Alex. — É sério?

— Pode apostar — afirmou Nicholas. Eles ficaram apoiados na bancada da cozinha, revezando as colheradas de *gelato*. — Ela tem doença de Lyme.

— Isso não é mentira?

O *gelato* tinha gosto de manjericão. Alex o sentiu derreter na língua, depois passou a colher para Nicholas.

— Ela precisou mudar de cidade — contou ele. — Foi para um lugar sem eletricidade e sem torres de celular por perto. É no cérebro dela, sabe, é para lá que vai.

Nicholas lambeu a colher.

\* \* \*

o primeiro interruptor que Alex achou na sala de estar controlava os refletores: apenas as obras de artes ficavam visíveis, pairando em quadrados de luz dourada no ambiente escuro.

— Vamos voltar para o meu quarto — disse Nicholas.

Ele estava deitado de costas no chão da sala, fazendo carinho na gata, que andava de um lado para o outro em cima de sua barriga, amassando a camisa dele com as patas.

— Só quero ver tudo isso antes — explicou Alex.

O pote de *gelato*, comido até a metade, estava na mão dela: não conseguia achar a tampa.

Parte das obras de arte ela não reconhecia. Uma foto de atores antigos, salpicada de tinta. Uma cena de algum filme de vampiros? Um desenho com linhas toscas em um painel de argila amarelo neon. Mas outra parte ela reconheceu, sim. Havia uma arte moderna, brutal e em cores primárias, basicamente um pôster de museu. Só que, de um jeito bizarro, parecia genuína.

— Isso é sério? — questionou Alex, parando diante do quadro.

— Como assim? — Nicholas ainda estava no chão, acariciando as orelhas da gata.

— Sei lá. — Ela se aproximou da pintura. — Por que não está coberto por um vidro ou coisa assim?

— A sala tem todo um controle de temperatura — explicou Nicholas. — Tipo controle de umidade. As janelas têm película de insulfilm. Proteção UV. Tem um gerador, caso a luz acabe.

— Você às vezes entra aqui e pensa nessas coisas todas, há quanto tempo elas foram feitas, sei lá? — Alex pôs o pote na mesa lateral e lambeu os dedos nos quais o *gelato* tinha pingado. — Dá para ver as pinceladas. Isso não te deixa maluco?

Nicholas se levantou. Acendeu a outra luz.

— Eu não passo tanto tempo aqui — declarou. Ele se pôs ao lado dela. — E esses quadros não são tão antigos assim. As coisas muito antigas ficam na cidade.

— Esse aqui é uma loucura — continuou Alex. — Que porra é essa?! Por que isso está aqui e não em um museu, sabe?

Ela semicerrou os olhos, depois pegou Nicholas pela mão para ficarem ainda mais perto do quadro.

— O que achamos? Bom ou ruim? — perguntou Alex.

— É bom, né?

Nicholas parecia estar ficando um pouco tenso. Ela sentia a palma dele úmida. Ele se desvencilhou e a enxugou na calça.

— Parece que estou ficando chapada com isso — disse ela. — Tipo, só com o valor estimado, uma euforia por osmose.

De perto, o quadro era apenas cores. Azul, como o céu, como as linhas pintadas no fundo da piscina.

— Posso tocar? — perguntou Alex.

Ela não olhou para Nicholas, mas ouvia sua respiração.

— Quê? — Ele riu com um ligeiro atraso. — Tocar?

— Só por um segundo — insistiu ela. — Menos do que isso.

Ele não a impediu, e Alex pressionou a ponta do indicador em uma linha azul, depois afastou o dedo como se tivesse se queimado.

— Pronto. Bom. Toquei.

Nicholas riu, mas estava se abaixando para pegar a gata, nem olhava para Alex.

E por que ela tocou de novo, por que seguiu o impulso de esticar a mão de novo, deixar os dedos se demorarem?

— Ei! — exclamou Nicholas, a voz brusca de repente, e talvez essa rispidez a tenha assustado, a tenha feito recolher a mão.

Não havia sido consciente, é claro. Um leve gaguejo, um escorregão da unha, mas lá estava, um arranhão. Um rabisco na tinta. Ela olhou fixamente para o estrago. Fitou a própria mão.

Tinha feito algo que não poderia ser desfeito. E, embora estivesse tomada pelo choque, pelo arrependimento, não havia também algo latente que a sacudia, uma espécie de emoção? Como daquela vez que um dos homens a estapeava e ela sorrira depois, sem saber o que mais fazer. Ele lhe dera um tapa e ela sorrira feito uma idiota, surpreendendo ambos.

Fez questão de não olhar para Nicholas, que se aproximou, a gata ainda nos braços.

Os olhos dele foram direto para o arranhão.

Queria que ele ficasse mais bravo do que estava. Na verdade, Nicholas parecia estar prestes a chorar. Lembrava, surpreendentemente, um menininho — um garotinho assustado —, e isso era pior do que a raiva. Ele passou um tempo analisando a pintura. No instante em que botou a gata no chão, ela escapou, desaparecendo na escuridão além da porta.

— Não tem problema — disse Alex. Ela quis segurar a mão dele, mas descobriu que não conseguia. — Não tem problema, né?

Os olhos de Nicholas estavam fechados. Ele a ignorava.

— Não dá para ver — afirmou ela. — Não dá. Tem como a gente consertar?

Uma sugestão idiota. Não tinham como consertar aquilo. Sentou-se ao lado dele. Estavam calados. Nicholas enfim abriu os olhos. Ele se levantou de supetão e foi até a cozinha. Só parou para recolher o pote de *gelato* aberto, que tinha sido largado na mesa lateral. Até do sofá dava para ver que o pote havia deixado um círculo de condensação na madeira.

— Deixa que eu limpo — disse Alex, levantando-se depressa. — Por favor.

— Só sai daqui, tá bom? — mandou Nicholas. Falou sem nem sequer olhar para ela. — Deixa que eu lido com isso. Espera no meu quarto.

QUANDO NICHOLAS VOLTOU, Alex estava sentada, recatada, à mesa da cozinha. Como se a boa postura pudesse melhorar a situação.

— Desculpa — disse ela.

Ele não respondeu. Serviu-se de um copo d'água e tomou tudo de uma vez. Parecia sóbrio de um jeito assustador.

— Vou chamar um carro para você — anunciou. — Você está com todas as suas coisas, né?

— Posso ficar aqui esta noite — pediu ela —, por favor? Por favor?

O rosto dele se enrijeceu. Dava a impressão de que ia dizer alguma coisa, mas Nicholas se conteve.

Alex se levantou, segurou o braço dele.

— Por favor? Simon não está em casa. Não quero dormir sozinha.

— É mais fácil eu só pedir um carro para você — retrucou Nicholas.

\*\*\*

NICHOLAS DEIXOU QUE ALEX usasse uma de suas blusas e um samba-canção. Tinha estampa de prancha de surfe, estranhamente juvenil. Deitou-se ao lado dele na cama. Ele dormiu de camiseta branca e calça de pijama cinza, de costas para ela. Alex passou um tempo observando a silhueta dele na escuridão. Dava para perceber que ainda estava acordado. Não era uma má pessoa. Tinha uma filha que amava. Alex lhe causara um problema. E ele sempre fora gentil com ela.

Alex se mexeu para enroscar o corpo no dele, a respiração junto ao pescoço. Nicholas não se mexeu. Ela pressionou os seios contra ele, levou a mão ao pau.

— Ei — sussurrou Alex —, escuta…

Nicholas se retraiu.

— Caramba.

Alex tinha começado a tirar a blusa pela cabeça. Ele segurou seu pulso com uma força que pareceu exagerada. Ela via a parte branca dos olhos dele no escuro.

— Olha só — disse Nicholas —, olha só, essas suas merdas não funcionam comigo.

— O quê? — indagou ela.

— Você pensa que não é óbvio? O seu jogo? Você acha mesmo que eu não percebo?

Ela sentiu o rosto desmoronar.

— Por que é que você é assim? — perguntou ele.

Parecia intrigado de verdade, à espera de alguma explicação, uma equação lógica: $x$ tinha acontecido com ela, uma coisa terrível, e portanto sua vida era $y$, e era claro que tudo faria sentido. Mas como Alex poderia explicar? Não existia razão, nunca passara por algo terrível. Sua vida tinha sido normal.

Como ela ficou calada, Nicholas balançou a cabeça. Asco.

— Vou dormir no sofá.

— Desculpa — disse ela. — Vou deixar você em paz. Está bem? Desculpa.

Ele se afastou o máximo possível sem sair da cama.

Aquela vergonha, aquela espiral de apreensão, era a cabeça latejando? Todos os pensamentos estavam expostos demais, o ambiente carecia de alguma suavidade. As coisas estavam muito nítidas. Tinham cheirado muita cocaína — o coração dela estava fraco e frágil, os olhos doíam na órbita. Ela queria um analgésico. Queria se levantar e achar um na bolsa, mas não queria fazer mais barulho e lembrar a Nicholas de sua presença. Ela sentia o próprio cheiro, o próprio suor.

A mão dela se esticou em direção a Nicholas, pairando sobre o ombro. Não o tocou.

— Por favor, não conte — sussurrou Alex no escuro.

Ele já estava dormindo, ou ao menos fingia.

DE MANHÃ, NICHOLAS só falou com ela para anunciar que o carro chegaria em — ele olhou o celular — oito minutos para levá-la de volta à casa de Simon. Alex fez café na máquina da casa vazia dos funcionários. Depois, esperou em uma das cadeiras Adirondack cobertas de orvalho à margem do lago, a bunda úmida enquanto ela observava as algas se aproximando das vitórias-régias. O celular continuava sem ligar — ela estava muito fora de si na noite anterior para sequer se dar ao trabalho de deixá-lo carregando. Burra.

As algas se aglomeravam na superfície da água, se separavam. Era o trabalho de alguém, sem dúvida, tirá-las dali, embora o lago não servisse a propósito algum. Quando o motorista enfim chegou, o carro esportivo entrando devagarinho no acesso da garagem, Alex se virou para olhar na direção da porta da frente. Talvez Nicholas aparecesse para se despedir. Oferecer uma absolvição de última hora.

Ele não apareceu.

O motorista analisou o mapa no celular.

— A gente vai para a avenida Daniels Hole?

Alex se permitiu imaginar o motorista a levando até a casa de Simon. Ela sendo largada com sua bolsa, abrindo o portão e entrando. É claro que não faria isso. É claro que não se desviaria do plano. Mas, mesmo assim, era bom sentir que voltar à vida de Simon ainda era possível. A qualquer momento. Ele não estava tão distante.

— Pode pegar esse caminho. Mas eu vou saltar antes.

— Você tem um endereço para eu marcar?

Qual exatamente era o plano? Saberia quando visse. Qual seria o próximo passo. Ela fez um gesto indeterminado.

— Eu aviso quando for para parar.

— Como quiser.

Ela ligou o celular no carregador do banco de trás.

Mais três dias. Era só isso que precisava aguentar.

Através dos óculos escuros, Alex viu as ruas passarem. Eram os óculos da esposa de George? Tudo parecia muito mais suportável através das lentes verdes. Como se o mundo fosse um videogame, ou algo assim. Um lugar adjacente ao mundo real. Pela janela, viu um aviãozinho aterrissando, desaparecendo. O carro passou pela aridez de um campo de golfe, onde alguns pares de jogadores se arrastavam, um único carrinho subia a colina nua. Golfe era uma das poucas coisas que Simon se dignava a ver na televisão: golfe e tênis.

Alex nunca assistira com ele. Nem sequer fingira interesse. Em retrospecto, poderia ter sido mais flexível. Mais vigilante. Ela começava a acreditar que não tinha sido uma troca.

só mais dez minutos e chegariam à rua principal, próxima ao centro da cidade. Alex se inclinou para a frente.

— Perdão — disse. — O senhor poderia me deixar aqui?

— Aqui? — repetiu o motorista. — Aqui mesmo?

— Isso, não tem problema, aqui no meio-fio está ótimo. Obrigada.

# 6

O CENTRO DA CIDADE não tinha muita coisa: algumas lojas de roupa, o mercado chique e o não tão chique, um cinema minúsculo. Uma igreja reformada, transformada em imobiliária, o único cruzamento virando um amontoado de carros. As mulheres pelas quais passava nas calçadas pareciam mães e filhas. A maioria usava o mesmo tipo de roupa: calça capri branca, sandálias caras, brincos de pérola. A pele era sempre boa, mesmo quando não eram bonitas. Com as roupas, queriam evocar as esposas que seriam, ou já eram, futuros totens domésticos.

Às mesas redondas na frente de uma cafeteria, homens de boné e camisa polo estavam com versões mais novas deles mesmos, todos olhando para os celulares, as pernas abertas, de short. Ninguém conversava, mas ainda assim eram unidos por um afeto primitivo, obviamente uma família.

Ela cogitou um restaurante ao ar livre. O toldo estava montado e a maioria das mesas, desocupada. Ainda era cedo, a calmaria que antecedia o almoço tinha acabado de começar.

Sem saber direito qual era o plano, sorriu para um homem mais velho sozinho a uma mesa no pátio, de pescoço flácido. Ele olhou para Alex, então desviou o olhar. Não tornou a se virar para ela. Talvez até ele a achasse desesperada demais.

ALEX CAMINHOU UM QUARTEIRÃO, depois atravessou a rua e voltou outro quarteirão. Cruzou uma ruela: nada, a não ser umas lixeiras, um caminho que levava a um estacionamento que beirava a rua principal. Lá estava o mercado não tão chique, e atrás dele havia o verde de uma pracinha com plantas malcuidadas e um gazebo, alguns bancos à sombra dos álamos.

O mercado estava movimentado, com apenas uma caixa registradora aberta. Os corredores estavam lotados de gente que ela não tinha visto em outros lugares. Esse era o pessoal, ela presumiu, que morava ali o ano inteiro, pessoas que aparentavam a idade que tinham. Cidadãos do mundo real.

Alex pegou barrinhas de proteína, um saco de nectarinas. Biscoito água e sal e um pote de manteiga de amendoim. Uma bandeja plástica de iscas de frango. Uma caixa de band-aid, lenços removedores de maquiagem. Um desodorante pequeno. Os produtos menores, ela jogou dentro da bolsa, mantendo uma expressão serena no rosto ao fazê-lo. Não ser pega era basicamente questão de insistir na aparência da normalidade. Os produtos maiores, ela iria pagar de verdade — outro método útil, comprar pelo menos alguns produtos. Legitimar a atividade.

Alex passou o cartão de débito no caixa. Estava levando tempo demais para ser processado? Ela tinha dinheiro suficiente, sem dúvida. Ainda assim, parecia haver a possibilidade de a transação não ser aceita. Como se Dom pudesse ter se infiltrado na conta dela e zerado tudo.

O caixa falou alguma coisa, algo que ela não escutou, e a encarava, esperava uma reação, os dedos do sujeito suspensos sobre a máquina. Por um instante, ela imaginou que o cartão tivesse sido bloqueado, que estivesse em apuros. Ou que o caixa tivesse sido alertado de que havia produtos na bolsa de Alex que ela não pretendia pagar.

— Você é membro do nosso clube de pontos? — perguntou o caixa. — Só preciso de um número de telefone.

— Ah, não. Sem telefone.

— Se alguém da sua família for membro do clube — disse ele —, você pode usar o número da pessoa.

Alex fez que não, e o homem abriu um sorriso cúmplice.

— Vou dar uma sugestão. Você pode usar o meu — insistiu ele, examinando um cartão laminado. — E a gente não conta para ninguém, combinado?

A simpatia dele a espantou, talvez ele achasse que os dois se conheciam. Mas ela era uma estranha, e Alex sentiu o ímpeto de obrigá-lo a entender isso, de deixar claro que não merecia sua gentileza.

ALEX ACHOU O BANCO da pracinha que ficava mais à sombra. As iscas de frango estavam quentes e salgadas. O gosto que deixavam na boca era desagradável. Ela cogitou se forçar a vomitar, fazer uma manobra ligeira e repugnante na lixeira mais próxima. Não conseguiu arranjar energia para isso. As nectarinas estavam verdes. Um desperdício.

Muitas horas pela frente.

Alex reuniu as coisas e saiu da praça. Passou por um cemitério apinhado de lápides e pedestais, tombados uns sobre os outros feito dentes em mau estado. A imagem lhe deixou nervosa, a presença abrupta da morte rodeada por uma cerca de estacas brancas, como no desenho de uma criança. O sol tinha se escondido atrás das nuvens. No céu, um aviãozinho puxava uma faixa com uma propaganda. O avião deu meia-volta, fazendo barulho ao voltar para o lugar de partida e deixando a faixa de trás para a frente, a mensagem indecifrável — fosse lá o que estivessem tentando vender.

— À sua esquerda — bradou alguém, e um sino tocou, então Alex teve que voltar ao gramado.

Um homem e uma mulher, provavelmente não muito mais velhos do que Alex, passaram pedalando bicicletas cor de menta, as toalhas de praia enroladas nas cestas de vime. Que tipo de dia teriam? O esbanjamento natural de uma tarde qualquer. Que preocupações poderiam ter?

Era assim que Alex devia ter parecido aos outros naquelas tardes que gastara na praia. Comendo um saco de cerejas que Lori enchia de gelo. Penteando o cabelo molhado com os dedos, dando uma última nadada antes de voltar para a casa de Simon. Tinha saudade dessa versão de si mesma.

Alex sabia que deveria continuar na cidade, deveria achar um lugar para consertar o celular. Mandar mensagem para o garoto da praia. Jack.

No entanto, ela se viu caminhando na direção do casal de bicicleta, olhando-os pedalar, observando-os se deixarem levar pelo embalo antes de saírem do campo de visão de Alex.

Mais alguns quarteirões com a bolsa batendo contra a lateral do corpo, a tira da sandália criando uma nova bolha, e ela se arrependeu de não ter parado no centro. Mas então as casas ficaram mais escondidas, sinal de que estava perto.

A PRAIA ESTAVA MOVIMENTADA, mesmo com o dia nublado. O rosto de todo mundo ficava parecido devido aos óculos de sol, com olhares que lembravam as estátuas da Ilha de Páscoa. Os chapéus e as camisas sociais. Só as crianças se movimentavam em um ritmo que não fosse o da lentidão desapressada.

O estacionamento estava cheio, uma fileira de carros que avançava lentamente, esperando surgir uma vaga. Esperando sua vez de se divertirem. Alex cortou caminho passando em frente a um carro. O motorista não devia tê-la percebido: o carro avançou e quase a atingiu. Ela fez cara feia na direção do para-brisa, mas o vidro era fosco — a raiva dela não teve em que focar.

Alex teve a sensação nauseante de que era um fantasma vagando pela terra dos vivos, mas aquilo era uma bobagem, uma ideia boba. Era só que quando o dia estava quente daquele jeito, quente e cinzento, a ansiedade se aproximava da superfície.

Estava usando a calcinha do biquíni por baixo da roupa e pôs o top na cabine do banheiro. Quando saiu, havia uma mãe diante da pia, com dificuldade de passar uma fralda de banho encharcada pelas pernas gorduchas de um bebê. A mãe fez careta para Alex.

— Perdão — disse a mulher, afastando-se da pia.

— Não tem problema.

Alex sorriu para a mulher. Sorriu para o bebê.

Estava tentando ser boa, deu-se conta. Como se tivesse alguma importância se sorria ou não para uma mãe estressada. Como se fosse ajudar na situação com Simon, uma reparação cósmica. Será que Nicholas diria alguma coisa a George? Ou a Simon? Mas como explicaria que a deixara ficar, que a deixara à solta na casa do patrão? Talvez não fosse dizer nada.

Alex precisava se sentar em algum lugar e tentar pensar no que fazer. Achou um trecho de areia desocupado e se deitou com a cabeça apoiada na bolsa. Ainda estava com o livro da casa de George, e o segurou acima da cabeça para bloquear a luminosidade.

Leu o mesmo parágrafo três vezes. Deu um tapa no mosquito que pousou em sua barriga, virou a página. A filha tinha acabado de cometer suicídio na véspera do segundo casamento da mãe. A menina tinha recebido amor demais, essa era a essência do livro de memórias, tanto que a tornara uma incapaz, que precisava corrigir o problema recebendo mais amor ainda. Isso deixou Alex desconfortável, alguém pedir amor tão abertamente, mostrando todas as cartas. Como se fosse fácil, como se o amor fosse algo que se merece, não algo pelo qual se precise lutar para conquistar.

Útil, em todo caso, ter o que ler: uma tarefa óbvia, visível, que a legitimava, que indicava que sua presença em certo lugar não era tão estranha assim. Abandonou o livro quando o celular ligou por um breve instante, ganhando vida por tempo suficiente para ela ter um vislumbre da tela inicial antes que desligasse de novo. Melhor do que nada.

Alex supôs que houvesse uma tomada perto do banheiro. Não havia.

Um lugar onde conectar o telefone: era essa a missão, a meta, bem razoável — e tudo bem não pensar além disso, decidiu, pelo menos por enquanto.

À ESQUERDA DA PRAIA principal, mais praia, mais gente. À direita, um espaço aberto. Alex foi para lá. Descendo um pouco, havia um edifício de tijolinhos com um terraço de tijolinhos que margeava a areia e guarda-sóis azuis abertos em fileiras organizadas. Ao se aproximar, viu um salva-vidas particular, que usava um traje diferente do uniforme do salva-vidas público e vigiava um quadrado do mar isolado por boias. Estranho ver tijolinhos na praia, aquele edifício quadrado com um terraço amplo. Não parecia certo, era sofisticado e antiquado demais para aquela paisagem.

Devia ser o clube. Um lugar em que nunca tinha entrado, do qual só ouvira falar. O clube era para o pior tipo de pessoa, dizia Simon, um lugar onde todas as lealdades corrosivas à raça e à classe poderiam ser banhadas em nostalgia. Eles recusavam a maioria dos candidatos. Passou pela mente de Alex, ao lembrar-se do desdém de Simon, que ele provavelmente tinha se candidatado e sido recusado.

Alex ficou em um canto. Depois de um tempo, já sabia dizer quais pessoas subiriam a escada para entrar no clube e quais não.

O clube exibia uma aparência espartana, quase militar, mas não tinha importância. Não fazia diferença o que estava atrás do cordão; na verdade, só importava que *havia* um cordão. As pessoas no terraço precisavam das pessoas que passavam reto por ele, assim como as pessoas que passavam reto precisavam das pessoas no terraço.

O único conflito aconteceu quando uma intrusa parou para descansar à sombra de um guarda-sol e se sentou em uma das cadeiras de praia. A mulher olhava ao redor, a expressão receptiva como um prato de jantar, tentando entender onde estava. Nem um minuto se passou até um homem de camisa polo se aproximar e se curvar para dizer alguma coisa à mulher — Alex viu isso acontecer, viu o erro ser corrigido. Assim como o casal da festa de Helen, expulso da esfera onde não deveria estar, só que essa mulher se desculpava, ávida por participar da própria expulsão. O homem, Alex compreendeu, era uma versão mais sutil de um leão de chácara, filtrando as informações sociais disponíveis para decidir quem era intruso e quem não era.

As pessoas do terraço se sentavam ao redor das mesas com bebidas em punho, à sombra dos guarda-sóis azuis. Muitos homens mais velhos, a pele queimada exibindo o mesmo tom de ferrugem que suas bermudas grandes demais. As mulheres de blusas coloridas, intencionalmente para fora dos shorts de alfaiataria elegantes. Os grupos sociais eram separados por gênero. A não ser pelos óculos escuros polarizados, a cena poderia ser de sessenta anos antes, os homens reunidos em um conselho primitivo, amparando suas bebidas alcoólicas marrons, as mulheres e crianças em mesas separadas, comendo iscas de frango com as mãos úmidas de água salgada.

Alex poderia simplesmente abordar um dos homens. Aproximar-se de uma mesa com alguns sujeitos curvados sobre as bebidas aguadas, uma plateia fácil de lidar. Fácil o suficiente. Era só acenar com os dedos, falar com uma voz um tiquinho baixa demais — eles ficavam confusos, tentando entender o que estava acontecendo. Qualquer falha na ordem habitual das coisas, no roteiro social esperado, deixava as pessoas ansiosas, desnorteadas. Até um toque rápido no cotovelo ou um levíssimo aperto no braço podiam provocar um curto-circuito em qualquer prudência. De repente se tornavam sugestionáveis, loucos para conseguir se encontrar na história oferecida.

E os homens, ao que tudo indicava, não ligavam de serem abordados por uma moça — não de modo geral, pelo menos. Não saíam imaginando que as motivações de uma garota fossem ambíguas; a própria vaidade abria espaço para o convencimento de que ela talvez tivesse sido atraída pela mera força da personalidade deles. Mas não seria sensato tentar isso ali. A atmosfera era doméstica demais, pulsando com a proximidade da família e outros conceitos morais inflexíveis. Tinha um efeito horripilante: as esposas por perto, os filhos.

Alex só precisava ser vista com alguém que já tivesse sido aceito, e isso seria prova suficiente de que pertencia àquele lugar.

As babás talvez fossem a jogada certa: mulheres com blusas de proteção UV e óculos de sol baratos, ajoelhadas na areia com pás de brinquedo, ajudando as crianças a cavarem buracos. Tinham um corpo prático, o tipo de corpo que não carregava a evidência de qualquer excesso de tempo e dinheiro. As crianças usavam sungas clássicas com listras de marinheiro ou cor de salmão. As babás usavam blusas de cores chamativas de um restaurante de St. Martin ou de

Mustique, carregavam sacolas de plástico da Citarella que continham sacos de cenourinhas murchas, que depois eram distribuídas aos protegidos.

As crianças ficavam no próprio mundo, cambaleando pelo litoral, e iam até as babás apenas para se submeterem a mais uma camada de filtro solar. As crianças eram muito parecidas com Alex. Toleradas, mas desnecessárias, impotentes.

UMA GAROTINHA TRANSPORTAVA AREIA em um balde, o rosto sério, concentrado na tarefa. A menina passou rente o bastante para que Alex a tocasse: ela esticou o braço para dar uma breve encostada no ombro da criança.

Antes que tivesse a chance de dizer alguma coisa, os olhos da menina se arregalaram de susto. Ela voltou correndo para o perímetro da toalha em que uma mulher estava deitada. A mãe, Alex percebeu, não uma babá, então não daria certo. Esperou que a menina dissesse alguma coisa à mãe, apontasse para ela, mas a garotinha apenas despejou o conteúdo do balde e se ocupou de alisar a areia com batidinhas.

Outra criança se afastou de um grupo que obviamente estava sob a supervisão de uma babá: uma mulher de calça comprida e chapéu largo de pano que tirava a areia de uma pequena frota de toalhas. O menino se atirou nas ondas rasas, depois correu pela areia em círculos zonzos antes de cair de costas de um jeito teatral. Quantos anos tinha, 6? Difícil avaliar a idade de crianças.

O menino dava a impressão de que percebia que Alex o observava. Sentou-se e olhou na direção dela. Alex sorriu e fez um gesto para que se aproximasse. Depois acenou de novo, com mais urgência, e ele se arrastou durante boa parte do caminho antes de ficar de pé. Quando chegou perto, não disse nada. Apenas ofegava, o peito subindo e descendo.

— Oi — disse Alex. — Está se divertindo?

Ela abriu um sorriso delicado, como se compartilhassem uma piada.

— Não conheço você — declarou ele.

— Claro que conhece. Sou a Alex.

Ele semicerrou os olhos. Olhou para trás.

Alex seguiu o olhar dele: o garotinho observava a babá de chapéu, que estava com duas meninas pequenas berrando e puxando sua calça. Alex acenou para ela, para que o menino a visse fazendo o gesto, embora a babá não tivesse reparado.

— E aí — disse Alex.

O menino cruzou os braços.

— Quer fazer uma coisa divertida? — perguntou ela.

Ele pareceu disposto a deixar que ela tentasse impressioná-lo.

— Vamos lá para cima comer alguma coisa? Aposto que lá tem doce, né?

— Açúcar não faz o osso crescer.

— Não — confirmou Alex. — Não faz.

O menino estava claramente entediado.

— Certo, tudo bem. Meu nome é Alex. Cadê seus pais?

Ele apontou para um lugar genérico, distante.

— Estão em casa? — perguntou Alex.

Ele fez que sim. Era uma coisa boa.

— Aposto que tem uma piscina lá no clube.

Outro aceno do menino.

— Tá bom — disse ela. — Que tal me mostrar a piscina?

A babá procurava a criança com os olhos, da ponta da areia, e Alex viu seu olhar pousar no menino e depois nela. Alex tornou a acenar, dessa vez com mais segurança, balbuciando bobagens, mas parecendo — ela esperava — estar tentando transmitir alguma mensagem. Ela apontou para a criança e depois para o clube. Bagunçou o cabelo do garoto — ele amoleceu na mesma hora, e, de certo modo, aquele gesto pareceu genuíno para Alex.

A babá estava se aproximando. Não era o ideal, mas tudo bem. Tudo bem.

— Você está encrencado — disse a babá, falando com o menino. — Chega de nadar sem filtro solar — ralhou. — Venha cá.

O menino levantou o rosto, os olhos fechados. A babá aplicou uma camada de filtro, tirando o excesso com a palma das mãos. Era brusca mas calma, e sua bronca não tivera qualquer intensidade.

— Está se divertindo, Calvin? Está se comportando? — A babá se virou para Alex. — Desculpa, eu devia estar tomando conta ele.

Será que achava que Alex tinha de alguma forma assumido suas responsabilidades? Alex ofereceu-lhe um sorriso firme.

— Ah, que nada, está tudo bem.

— Vamos lá brincar? — disse a babá ao menino. — Deixar sua amiga relaxar?

O menino deu de ombros.

— A gente vai na piscina.

A babá voltou a olhar para Alex.

— Se você não se importar — disse ela —, obviamente. Meu nome é Alex, sou amiga da família.

A babá analisou o menino.

— Fazia um tempo que eu não via o Calvin — prosseguiu Alex, sorrindo. — Ele cresceu tanto. Você não cresceu?

Alex esticou a mão para o menino. Esperou. Aquilo poderia tomar rumos impensáveis. Mas o menino segurou sua mão. Um aperto. Uma vez, duas.

O gesto pareceu apaziguar a babá, embora ela ainda hesitasse. Alex continuou sorrindo. A babá olhou para as outras crianças de que estava encarregada, cuja brincadeira de briguinha parecia prestes a virar uma briga de verdade: uma criança soltou um berro agudo que fez a mulher estremecer. Ela se virou para Alex.

— Tudo bem — disse, passado um instante. — Eu já subo. Você trate de se comportar, Calvin.

— Pode deixar — respondeu Alex pelos dois, a frase soando como uma canção agradável.

PASSARAM POR UM SEGURANÇA que protegia o perímetro, Alex nem olhou na direção dele, e lá foi ela com o menino, subindo os degraus largos, andando debaixo dos muitos guarda-sóis e enfim chegando ao terraço aberto do clube. Ela nem sequer precisaria do garotinho.

Ele olhou para longe.

— Eu posso tomar sorvete, tenho permissão.

Alex tinha planejado largar a criança, mas Calvin parecia dócil, bastante feliz, interessado no que aconteceria em seguida. Permitia que uma variação diferente de dia se apresentasse. Alex poderia pelo menos pegar um sorvete para ele.

UM HOMEM PAIRAVA NA janela aberta da lanchonete e o calor emanava em ondas visíveis da grelha às suas costas. Ele suava, um mosquito lhe rondando a testa. Até o mosquito se movimentava com lentidão.

— Sorvete — anunciou o menino. — Baunilha.

— Escolheu bem — disse Alex. — Sorvete de baunilha.

O homem assentiu. Não tinha interesse nas especificidades de Alex e do menino, embora a expressão tivesse adquirido a forma de um sorriso.

Atrás deles estava a piscina, menor do que ela havia imaginado, as divisórias das raias boiando na superfície. Uma mulher de maiô azul-marinho ia de um lado para o outro com um garotinho, o cabelo ralo da moça preso por um boné. Um adolescente estava sentado com os pés na água, um hambúrguer largado pela metade no prato. Ele não ergueu os olhos quando uma menina de uniforme, provavelmente de sua idade, se curvou para pegar o resto do hambúrguer e colocá-lo na própria bandeja.

— Quanto é? — perguntou Alex, abrindo a bolsa.

— Não aceitamos dinheiro — respondeu o homem, como se fosse óbvio. — Número?

— Perdão? Sou visitante — explicou —, não sei as regras.

— O sobrenome? — indagou ele — Para botar na conta.

Ela olhou para o menino, concentrado no sorvete, boa parte do doce já escorrendo pelo queixo.

— Sobrenome, Calvin? — Alex o cutucou.

— Spencer — disse o menino, enfim.

— Spencer. — Alex abriu um sorriso doce.

O homem não se importou. Folheou os papéis em uma prancheta. Fez uma anotação.

— Tá. Um sorvete. Número 223.

— Preciso assinar alguma coisa?

— Não.

— Aliás — disse Alex —, também vou tomar um sorvete. E vou querer um cheesebúrguer. E uma cerveja.

o homem tinha indicado o salão de jantar onde Alex encontraria uma tomada. O espaço estava praticamente vazio àquela hora, o bufê fechado. O almoço já tinha terminado, as mesas à espera de limpeza: pratos imundos em bandejas, guardanapos de tecido sujos. O cheesebúrguer estava bom. O sorvete, não tanto. Tinha o gosto do pote gorduroso do qual tinha sido tirado. Apesar disso, Alex terminou o dela enquanto o menino passava a língua no próprio sorvete com uma concentração inabalável.

Alex deu um gole na cerveja, servida num copo de plástico. Só um ou outro funcionário entravam e saíam do salão. Mulheres de 50 e poucos anos com manchas de sol, um homem grisalho de calça cáqui com cinto, um adolescente com uma suntuosa barba de acne.

Ela ligou o celular. Talvez houvesse um breve período de utilidade, o bastante para conseguir ler as mensagens de texto. Talvez Simon tivesse mandado mensagem. Mas ela o conhecia, sabia que ele não daria o primeiro passo. Cabia a Alex mudar a situação.

Se houvesse mais mensagens de Dom — e é claro que haveria —, continuaria a ignorá-lo. Lidaria com ele depois de resolver as coisas com Simon. Na festa. Ainda faltavam alguns dias para o evento. Quando pensava em quantos dias, o pânico começava a vir à tona. Melhor apenas tentar entender como seria essa tarde. O que faria essa noite. Reduzir o escopo.

Calvin ainda lambia o sorvete. Quando viu que Alex o observava, parou.

— Você é uma adulta boazinha? — perguntou o menino.

Ela era? Ele também não parecia muito preocupado com a resposta.

— Eu nem adulta sou. — Alex largou o celular. — O que você achou do sorvete?

Ele deu de ombros. O sorvete tinha derretido na mão dele e secado, deixando sua pele esquisita e artificial.

— Preciso fazer xixi — anunciou Calvin.

Uma notificação. Alex tinha recebido novas mensagens, dava para saber, mas elas não carregaram rápido o suficiente para que ela as lesse antes de o celular desligar sozinho.

— Pode ir lá — disse Alex —, eu fico aqui esperando.

No entanto, passou pela cabeça dela que aquele era um bom lugar para os dois se separarem. O menino poderia voltar para a babá. Ela poderia se dedicar ao problema do celular. Ao problema de como gastar mais um dia.

— Vem comigo? — O menino esfregava a virilha com uma das mãos, a outra segurando o resto de sorvete. — Por favor?

\* \* \*

O BANHEIRO FEMININO ERA bem estocado: um frasco de enxaguante bucal na bancada, absorventes, um pote de cotonetes. Alex pegou um copo de papel com enxaguante, bochechou e cuspiu na pia. A língua zunia com o mentol. As cabines estavam vazias, mas alguém tinha deixado uma bolsa embaixo da pia. Alex abriu a bolsa com o pé. Vislumbrou um moletom listrado, três tubos do mesmo hidratante labial sem cor.

O menino já tinha terminado. Ele parou ao lado da pia com ares de expectativa.

— Não é para eu lavar a mão?

— Pode ser.

Alex estava cavucando a bolsa alheia. Tentando entender se tinha uma carteira em algum lugar. Alguma coisa pesada, em todo caso. Ela se agachou para tatear o fundo da bolsa. Um clipe de dinheiro: identidade, um cartão de crédito, um cartão-presente da Saks com tema natalino, uma seleção de notas de cinquenta e de vinte dobradas que pareciam quase passadas a ferro. Um robusto prendedor de cabelo de prata.

O cartão de crédito seria útil, Alex ponderou, contanto que não precisasse de senha ou de endereço, mas quanto tempo levaria para a dona perceber as cobranças? Alex quis pegar o clipe inteiro, mas era melhor se segurar. Sempre. As outras meninas não tinham lhe ensinado isso? A jamais pegar tanto a ponto de nunca mais poder ligar para um cara, a jamais depenar tanto um homem a ponto de ele terminar com ela. As pessoas, ao que constava, em geral se sentiam bem sendo vitimizadas em pequenas doses. Na verdade, pareciam esperar certo grau de engodo, permitir uma margem tolerável de manipulação em suas relações.

— Quero nadar — declarou o menino. — A gente pode apostar corrida.

Ela já tinha pegado duas notas de cinquenta e o prendedor de prata, largando tudo no próprio bolso, mas antes que resolvesse se pegaria ou não o cartão de crédito a porta começou a se abrir. Alex se endireitou. Chutou a bolsa de volta para o lugar onde a achara. Quando a mulher entrou, Alex já estava lavando as mãos na pia, secando-as com a toalha de papel com um zelo obstinado.

A mulher: loura, olhos azuis, dentes brancos, mas não exatamente alinhados. Uma camisa polo listrada de manga comprida e uma calça capri larga.

Os olhos foram direto para a bolsa.

— Graças a Deus.

Quando a mulher se inclinou para pegá-la, Alex fez o menino se mexer. Mas não havia necessidade de se apressar — parecia não ter nem sequer passado pela cabeça da moça verificar se o conteúdo da bolsa estava intacto. A bolha de segurança era uma pressuposição inquestionável. A mulher sorriu para Alex pelo espelho. Ela retribuiu o sorriso.

Alex não havia pegado o cartão de crédito nem o clipe de dinheiro, e quem repararia que as notas de cinquenta tinham sumido, ou o mísero prendedor de prata, em meio a toda aquela abundância? O universo havia protegido Alex. Ou fora o menino, de alguma forma. Não tinha motivo para ficar ansiosa. O medo havia se transformado, como volta e meia acontece, em empolgação, a lembrança sempre se dissolvendo até ser apenas a ideia do medo, e quando é que a ideia do medo já foi um obstáculo convincente?

\* \* \*

A ÁGUA ESTAVA REVIGORANTE, cheia de cloro: não havia piscina de água salgada à vista. Alex mergulhou a cabeça e voltou à superfície pingando. Enxugou o nariz, enxugou a boca. O menino se segurava na borda e chutava com os pés em um frenesi.

— Olhe para mim — disse ele. — Você está olhando para mim?

Outra cerveja, pedida ao bartender, foi servida em um copo de plástico. Alex apoiou os cotovelos na borda da piscina. Do lado mais fundo, um par de universitários analisava as pessoas com olhos atentos.

O sol surgiu de trás das nuvens. O dia não estava ruim ali na água, e era curioso sentir o peso do menino agarrado ao pescoço dela enquanto Alex o empurrava de um lado para o outro da piscina.

— Eu vou ser o bebê — ordenou Calvin. — Você é a mãe. Você está me levando embora.

— Uma viagem. Boa ideia — disse ela. — Para onde a gente vai?

— Você é que sabe. Eu não sei. A mãe é você.

— Será que a gente vai mergulhar?

O menino ficou igualmente amedrontado e animado.

— Se você me segurar firme, eu posso nadar com você lá embaixo, tá? E depois a gente volta aqui para cima.

Ele prendeu a respiração, a mão tampando o nariz. A resistência de seu peso era agradável, e o cabelo dele ondulava na água, bolhas saindo dos lábios. Eles estavam se divertindo, pensou Alex. Até que Calvin a apertou com mais força.

Ela nadou rumo à superfície. O menino engoliu um trago de ar.

— Você ficou com medo? — perguntou Alex. — Eu estava segurando você, estava tudo bem.

Ele sorriu, mas piscava rápido demais.

— Pronto. Hora do intervalo — anunciou Alex, colocando o menino na borda da piscina. — Pronto — repetiu, e apertou o joelho molhado dele. — Você fica aí sentadinho para ver tudo. Você é o vigia.

Ele assumiu a tarefa com avidez, mas logo ficou entediado — que perigo haveria para precisar ficar de olho? Pouco depois, estava de volta à piscina, o medo esquecido. Ocupado demais esguichando a água, não percebeu a babá passando para ver se estava tudo bem com ele. Mas Alex percebeu, então acenou para a mulher, tentando responder à pergunta estampada no rosto dela com um sorriso tranquilizador. Estava tudo bem, essa era a essência do que Alex tentava comunicar, e a mulher relaxou e seguiu rumo à praia, puxada pelas outras crianças de que estava encarregada.

ALEX TORCEU O CABELO para tirar a água. Acabou com a bebida do copo de plástico, as pernas se mexendo à toa na piscina enquanto olhava o menino nadar alegremente. O celular estava carregando fora de seu campo de visão. A bolsa estava segura, nada com que se preocupar naquele exato instante. Quando o telefone voltasse a funcionar, mandaria mensagem para Jack, o garoto da praia. Era o que fazia mais sentido. Só que esperar até mais tarde seria melhor, até porque queria arranjar um lugar para dormir. Matar o máximo de horas possível no clube.

Outra cerveja, pensou ela, por que não, o dia patrocinado pela gentileza do 223, a família Spencer subsidiando aquela agitação agradável, a abundância tribal daquele lugar sendo um conforto por si só.

O menino segurou uma boia espaguete que passou perto dele.

— É minha! — berrou outro garotinho, que saiu esguichando água na direção deles, com boias de braço e óculos de natação.

Uma garota de maiô azul-marinho vinha atrás do menino. A mãe dele, Alex havia presumido, mas então viu o rosto dela: era da idade de Alex, mas tinha uma expressão séria e atormentada.

— Vocês podem dividir — sugeriu a garota.

Alex cutucou Calvin.

— Devolve o espaguete.

Calvin apenas semicerrou os olhos. O outro menino jogou água com raiva.

— É meu.

Alex tirou o brinquedo de Calvin com delicadeza e o devolveu à outra criança.

— Desculpa — disse Alex.

— Não foi nada — respondeu a moça. — Era para ele dividir. Luca, seja bonzinho.

Os meninos se olharam com cautela.

— Eles são amigos de escola — explicou a garota. — Luca — disse, indicando o garotinho. — É meu irmão.

— Oi, Luca — disse Alex.

O menino estava inescrutável atrás dos óculos de natação.

— Luca tem que usar boia no braço porque ainda é pequeno — declarou Calvin. — Mas eu posso entrar na piscina grande, eu encostei no fundo.

— Que tal você dividir seu espaguete com o Calvin? — pediu a garota.

A sugestão pareceu desagradar a Luca.

— Perdão — disse a moça. — Meu nome é Margaret.

— Caroline — apresentou-se Alex.

Um reflexo. O nome da filha de Simon: ficou surpresa de lembrar, surpresa de ter se dado ao trabalho de mentir.

— Cadê a Rose? — perguntou Margaret.

Não era a mãe do menino, era a babá, Alex concluiu depressa, o nome soando como o substituto em inglês de um nome estrangeiro.

— Ah, está na praia — respondeu Alex, sorridente. — Estou só de visita.

— Legal — comentou Margaret. — Eu conheço os Spencer. Já fiquei tomando conta do Calvin, aliás. Não foi?

— O açúcar come o osso — declarou Calvin, alegre.


OS MENINOS BRINCARAM NO lado mais raso da piscina. Margaret se sentou na borda e ficou digitando no celular. Alex cogitou pedi-lo emprestado — poderia checar a caixa postal, verificar o e-mail —, mas a garota estava muito tensa.

Margaret tinha enfiado o cabelo atrás da orelha, e isso a fazia parecer desconfortável e exposta. Alex precisou se conter para não esticar a mão e tirar o cabelo de lá.

— Gostei do seu maiô — disse Alex.

— Obrigada — devolveu Margaret, parecendo constrangida, e olhou para a cerveja de Alex.

— Quer uma?

— Não, não. Estou bem assim.

— Eu peço uma para você. É por minha conta.

Fácil se sentir magnânima, outra rodada na conta do 223.

— Voltou para pedir outra?

O homem deu uma piscadela ao encher outro copo de plástico, mas era como um *vaudeville*, um flerte vazio sem nenhuma emoção genuína. Alex já tinha trabalhado em restaurantes o suficiente para estar familiarizada com esse tipo de diálogo.

— Está quente hoje — comentou ele. — As nuvens devem ir embora daqui a pouco.

Quantas vezes ele já não tinha dito isso nesse dia? O homem lhe entregou o copo.

— No 223 — recitou, antes que Alex abrisse a boca.

— Isso.

Ela ensaiou dar uma gorjeta, mas desistiu. Era um erro de sua parte, talvez, chamar atenção para o fato de que ser servida não era apenas a ordem natural das coisas.

Alex voltou para a piscina.

— Tim-tim — disse, entregando a cerveja a Margaret.

— Valeu — agradeceu a garota. Ficaram olhando as crianças espirrarem água. — De onde você conhece os Spencer?

— Eles são amigos dos meus pais.

— Hum — disse Margaret.

Um pequeno machucado tinha surgido na clavícula da garota, a pele branca ficando vermelha. Ela aproximou os dedos, mexeu as unhas, mas se controlou, Alex reparou, para não encostar.

— Onde fica a sua casa? — perguntou Margaret.

— Em geral eu fico com os Spencer — afirmou Alex.

Fingiu estar absorta em terminar a bebida. Fez um gesto vago, não fazia ideia de em que direção ficava a casa.

As duas crianças estavam deitadas de costas no piso quente, conversando como se fossem adultos. Os óculos de sol de Alex, ou os óculos da esposa de George, conferiam à cena uma coesão agradável, benevolente. Os universitários tinham entrado na piscina, faziam algazarra, de forma que era impossível ignorá-los — um garoto se jogava nos ombros do outro. Nem isso a incomodou. Era simpático: a agitação dos membros do clube, o calor. A timidez de Margaret era encantadora à sua maneira, a forma como piscava enquanto esperava Alex encaminhar a conversa. Margaret estava falando da faculdade, do estágio que começaria em uma semana, e Alex assentia, mas pensava no futuro, o que queria dizer que pensava nos dias que ainda a separavam da festa de Simon.

— Vou ao banheiro — disse Alex. — Você olha o Calvin para mim?

UM BREVE DESVIO ATÉ a bolsa para pegar um analgésico — um prêmio, a cereja do bolo daquela tarde agradável. Alex não se permitiu pensar nos poucos comprimidos que restavam. No caminho de volta, esbarrou no bartender, que saía pela porta lateral.

— Ei, 223 — disse ele, apontando para Alex. — Está precisando encher o copo de novo?

Ela o olhou com mais atenção. Devia ter uns 40 anos, tinha as orelhas queimadas de sol, os olhos enrugados de um jeito simpático — um profissional da área, imaginou Alex, um bartender de carreira. O que ele fazia na baixa temporada?

— Quem sabe — disse Alex. — Mas você não está no seu intervalo?

Ele olhou o relógio.

— Tenho mais onze minutos.

— Muito animador.

Ele riu.

— Muito.

Sempre interessante, esse momento de possibilidade. Ela sorriu para ele sem desviar o olhar. Em geral, só precisava disso.

— Você fuma? — Ele mostrou um *vape* preto, girando-o entre os dedos.

— Aceito um trago — disse Alex.

Ela o seguiu por uma série de portas duplas que se abriram para um beco. Caçambas, pilhas de papelão amarradas com barbante. Um cheiro de lixo fresco que permanecia no ar, intocado pela maresia.

Ele olhou ao redor.

— Melhor a gente ir para o meu carro. Se você não se importar.

o carro era um *hatch* com estofado antigo, gasto, e um toca-fitas do qual saía um adaptador USB. No banco de trás, havia uma roupa de mergulho dobrada do avesso.

— Desculpa — disse o homem, limpando o banco do passageiro.

Ele foi ágil ao tirar as garrafas de água vazias, jogando-as no banco de trás.

Um prisma no retrovisor se contorcia e rodopiava em um fio de pesca.

O bartender passou o *vape* para Alex. Quando ela inalou, uma luz verde se acendeu na ponta.

— Obrigada.

— Que isso — respondeu ele, dando outro trago.

O homem o ofereceu a ela de novo antes de enfiá-lo no bolso da blusa.

— Você mora aqui? — perguntou Alex.

— Não exatamente. A uns quarenta minutos daqui, mais a oeste. Meia hora, sem trânsito.

— É — disse ela. — Também não sou daqui.

Nenhum dos dois diria algo mais sobre o lugar de onde vinham: parecia correto que fosse assim.

— Então você é convidada dos Spencer... — começou ele, preenchendo o silêncio. — Eles são gente boa.

— Na verdade, não conheço eles — declarou Alex.

Não tinha planejado dizer isso.

O bartender olhou para ela com curiosidade.

— Não conhece, é?

Era um homem atraente? Dava para o gasto. Ela apoiou o peso do corpo na outra perna. Umedeceu os lábios. Nada disso passou despercebido. Ele a fitava com um ar divertido. Como quem assiste a um filme que já viu antes.

Alex começou a se aproximar, encostando-se no console do carro. O que estava fazendo? Não queria beijá-lo, e só percebeu isso quando ele tentou beijá-la: ela enfiou o rosto em seu pescoço para evitar o beijo. O dedo que ele enfiou nela estava gostoso, surpreendente e bom, a calcinha do biquíni puxada para o lado.

— Você está toda molhada — disse ele.

Ela se esfregava na mão dele. A boca não tinha um cheiro ruim, mas estava próxima demais e emanava alguma coisa, um elemento humano esmagador. Ele tinha uma pinta enorme na clavícula esquerda, os olhos eram remelentos. De perto, percebeu que era mais velho do que ela havia imaginado. Tinha a idade de Simon.

Como deveria ser passar décadas assim? Servindo essas pessoas? Era angustiante demais imaginar.

Alex parou. O momento, seja lá o que fosse, acabou.

Ela afastou a mão dele com delicadeza e, em seguida, arrumou o biquíni.

Ela devia voltar para o menino. E, de qualquer forma, sabia como aquilo acabaria, e o homem também parecia saber, então era quase irrelevante concretizar ou não.

— Está tudo bem? — perguntou ele.

Alex deu de ombros. Quando cruzou as pernas, o joelho bateu no painel e o porta-luvas se abriu.

— Puta merda — disse ele, em um tom apaziguador. Esticou o braço para fechá-lo com força. — O carro está caindo aos pedaços.

— É um carro bacana.

O homem riu.

— Não mesmo. De jeito nenhum. — Ele inclinou a cabeça. — Espera. Você está com pena de mim?

— Não. Por que eu teria pena de você?

— A sua cara agora. — Ele sorriu. Não era exatamente um sorriso bondoso. — Eu gosto da minha vida, sabia?

— Eu não falei que você não gosta da sua vida.

Mas ela provavelmente tinha pensado isso, uma expressão passageira de piedade.

— Acho que seus amigos estão esperando — disse ele, bondoso a ponto de lhe oferecer uma desculpa.

Ela devia ter feito alguma careta.

— Não são seus amigos? — indagou o bartender.

— Eu não conheço nenhuma dessas pessoas.

Ele parecia achar aquilo engraçado, riu enquanto tossia.

— É — rebateu. — Também não conheço nenhuma dessas pessoas.

MARGARET E O IRMÃO estavam exatamente onde Alex os havia deixado, mas Calvin tinha sumido.

O primeiro pensamento de Alex foi trágico, o menino no fundo da piscina. Sentiu o coração parar de bater. Fez um exame frenético da água, a crise já decretada. É claro que terminaria mal, é claro que haveria um castigo.

Mas só alguns segundos se passaram até que o avistasse, seu olhar encontrando o de Calvin. Sentiu-se quase louca de alívio. Lá estava ele, o menino parecia bem.

Calvin estava sendo arrastado pela babá. Ele se contorcia sob as garras dela, tentando se desvencilhar, mas a babá obrigava as crianças a seguirem em frente.

Tinha dado tudo certo, não tinha? Nada de ruim acontecera ao menino. Tinha sido recuperado pela cuidadora de fato, devolvido ao lugar a que pertencia, e o que Alex fizera de tão errado assim? Tinha lhe dado sorvete, mergulhado no fundo da piscina com ele segurando firme no pescoço dela, a tarde um pequeno quebra-molas nos dias de prazer ilimitado que o aguardavam.

ALEX PEGOU O CELULAR e o carregador no salão de jantar ainda vazio. O pulso estava meio errático, como se o pior tivesse de fato acontecido. O bartender baixava a grade de metal que fechava a janela da grelha. Daquele ângulo, sob o clarão do sol, não o achava nem um pouco bonito.

Ela queria ir embora. Mas para onde exatamente poderia ir?

Pela janela, viu Margaret passar, seus contornos embaçados através do vidro corroído pelas intempéries.

# 7

ASSIM QUE ESTACIONARAM NO acesso da garagem da casa de Margaret, uma mulher vestida com uma blusa limpíssima, calça cáqui e Keds brancos saiu correndo para recebê-las. Ela tentou pegar a bolsa da mão de Alex.

— Ah — disse Alex —, não precisa, obrigada.

— Karen — interveio Margaret, com um quê de irritação. — A gente não precisa de nada.

Karen era, Alex presumiu, a assistente da família, ou a governanta da casa, ou qualquer que fosse o eufemismo para empregada que usavam para se referir a ela.

— Luca está com a sra. E.? — perguntou Karen, e Margaret fez que sim, disse algo sobre não se sentir bem, ir embora mais cedo. — Sua irmã está na sala de cinema — anunciou a mulher.

As duas jovens a seguiram até a entrada lateral da casa térrea com revestimento de madeira, com venezianas pretas que emolduravam as janelas e uma piscina escavada no gramado.

— Nós temos o mesmo doador — disse Margaret, com indiferença —, então ela é minha irmã de verdade. Eles são gêmeos, Luca e ela.

A menina assistia a *Procurando Nemo* em uma sala com lambris de madeira e todas as cortinas fechadas. Estava de maiô, com as mãos entrelaçadas no peito, solene.

— Diga oi para sua irmã — mandou Karen, demorando-se no limiar da porta.

A menina não reagiu. Na frente dela, em uma bandeja, havia uma tigela de macarrão com queijo e uma travessa com fatias de abacate, que escureciam rapidamente.

Por um instante, Margaret e Karen ficaram paradas ali, os olhos na tela. Alex observava a garotinha no sofá — ela cutucava o nariz em deslumbramento. A menina recolheu o dedo, analisando os achados, e depois, após uma breve olhada para Karen, limpou-o nas costas do sofá, onde ninguém iria ver.

O QUARTO DE MARGARET tinha um carpete lilás, cor que se repetia nas cortinas e no estrado acolchoado da cama. Os abajures das mesas de cabeceira eram maiores do que o normal, mas esse parecia ser o gosto prevalecente na casa no que dizia respeito às luminárias: lâmpadas gigantescas em todas as superfícies lisas, junto com blocos de anotações, caixas de lápis e lenços em caixas de vime.

— Este é o seu quarto? — perguntou Alex.

Ela tentou imaginar uma Margaret mais nova, embora fosse provável que tivesse sido uma daquelas meninas que nunca pareceram novas. Havia um recorte de borboleta na parede e alguns livros na prateleira: uma série de reproduções de primeiras edições, ainda no plástico.

Alex avistou um exemplar de *O sol é para todos* e pegou para dar uma olhada.

— É como se fosse uma caixinha de assinatura — explicou Margaret. — Foi um presente de Natal.

Alex se acomodou na cama, o celular carregando na mesa de cabeceira, e Margaret se sentou à penteadeira, a superfície do móvel tomada por maquiagens organizadas em caixas de acrílico. Uma batidinha hesitante à porta: Karen enfiou a cabeça, a garotinha encolhida entre as pernas dela.

— Meninas? Vocês querem vir? — disse Karen. — A gente vai ao clube de tênis.

Um colar de prata com uma cruz pendia do pescoço da mulher.

— Não — respondeu Margaret, quase sem notar a presença dela.

— Hoje tem torneio — explicou Karen, as mãos nos ombros da menina.

O filtro solar contornava as narinas da garota. Ela tinha as mesmas feições abatidas de Margaret, de Luca: a menção ao tênis a fez fechar a cara.

— A gente vai vencer, hein? — Karen apertou os ombros dela.

— Você viu minha blusa azul? — perguntou Margaret, enfim levantando a cabeça. — Aquela de botão?

— Está pendurada na lavanderia — disse Karen. — Posso passar hoje à noite.

Margaret revirou os olhos.

— Nem estava suja — resmungou.

Karen continuou sorrindo, como se não tivesse ouvido.

— A gente está de saída — avisou. — Deseje boa sorte à sua irmã.

— Tchau. — Margaret ficou olhando para o celular.

— Boa sorte — disse Alex.

A menina não reagiu. E por que deveria? Alex era uma desconhecida.

— ENTÃO — DISSE MARGARET, DEPOIS que ouviram o som do carro no cascalho lá fora —, o que você quer fazer agora?

Um compasso, um espaço se abrindo para Alex ponderar sobre as dívidas pendentes. Seguir em frente, manter o dia incerto. Ela deu de ombros.

— Sei lá — respondeu. — Quer tomar um vinho?

MARGARET ABRIU A GELADEIRA. Estava cheia de latas pequenas de Coca-Cola, manteiga de amendoim Jiffy e garrafas de vinho branco. Alex entrou na despensa. Havia potes de bala fechados, resquícios de uma cesta de presentes. Um deles: um cubo transparente de rosas feito de açúcar, como pastilhas de limão, só que cor-de-rosa, petaladas, pálidas de açúcar. Ela pôs uma na palma da mão, depois a enfiou na boca, chupou, a movimentou com a língua. Por que eram tão cativantes? Eram tão saborosas e femininas, mas também meio grotescas, como pequenos tumores malignos.

Alex sacudiu a caixa.

— Posso levar isso lá para cima?

— Pode — respondeu Margaret, duas taças sem haste na mão, uma garrafa já aberta de vinho branco equilibrada na curva do braço.

No caminho até a escada, passaram por um quarto pequeno com cama de solteiro e uma única cômoda.

— O que tem aí?

— É o quarto da Karen — explicou Margaret.

Os únicos pertences visíveis eram uma escova de cabelo e um nécessaire enfileirados em cima da cômoda.

— Vamos — chamou Margaret —, aqui é chato.

O VINHO TINHA UM RÓTULO com a imagem de um barco navegando. Margaret serviu uma taça quase cheia para cada uma. Estava tão gelado que não tinha gosto de nada.

— Então — começou Alex —, qual é a da Karen?

— Karen? Sei lá. Ela é como se fosse nossa babá — disse Margaret. — Desde, tipo, desde sempre.

— E ela mora com vocês? — perguntou Alex.

— É. Minha mãe ajudou a Karen a conseguir um Green Card e tal.

Margaret já parecia estar na defensiva. Melhor mudar de assunto. Alex tomou mais vinho.

— Desculpa — disse a menina. — Você deve estar me achando muito mimada. Por causa da blusa. Eu sei, foi uma coisa bem mimada de se dizer, mas eu já falei para ela: se não estiver no cesto de roupa suja, por favor, não lava. E às vezes ela encolhe as peças, tipo as minhas roupas preferidas.

Alex deu de ombros.

— A gente ama a Karen — declarou Margaret, diplomática. E, quando já parecia mais embriagada, ela se repetiu:
— A gente ama a Karen de verdade.
— É claro — respondeu Alex.
É claro que a gente ama a Karen, ela disse na própria cabeça, mas não em voz alta.

ALEX PRECISOU LIGAR O CELULAR mais três vezes para ele funcionar por tempo suficiente e ela conseguir anotar o número do garoto no papel. O número de Jack. Nada de Simon, óbvio, e tampouco de Dom, o que era mais surpreendente.
— Me empresta seu celular? — pediu Alex. — Só para eu mandar mensagem para um cara, o meu fica desligando.
O plano de fundo do celular de Margaret era uma paisagem tropical, palmeiras curvadas sobre um pôr do sol de sorvete de frutas.
Alex escreveu uma mensagem.

*Ei, é a Alex, da praia. Celular morreu dsclp,*
*usando o da minha amiga.*
*O que vc vai fazer hoje?*

— Ele é bonito? — perguntou Margaret, que agora estava na cama. Tinha colocado um suéter lilás. — O garoto?
Às vezes parecia estar lendo um roteiro, as falas dela soavam vazias.
— É — disse Alex. — Bem bonitinho.
— Me fala sobre ele.

— Conheci ele na praia. Sei lá. Ele é louro.
— Louro! — Margaret quase bateu palma. — Que fofo! Adorei.

O celular apitou. Uma mensagem de Jack.

*Nada de mais, quer me encontrar à noite?*

Margaret a observava, a cabeça inclinada. Sua expressão, turvada pelo vinho, inquietou Alex. Margaret fazia Alex se lembrar das meninas de seu primeiro emprego em um restaurante — certo nervosismo e confusão no rosto, um óbvio incômodo que evocava a adolescência de um jeito doloroso.

Alex digitou uma resposta.

*Pode ser, ou quem sabe mais cedo?*

Seria melhor se Alex tivesse o que fazer com as mãos. Qualquer coisa para que ela e Margaret não ficassem sentadas ali sem fazer nada.

— Deixa eu maquiar você — propôs Alex.
— Agora? — Margaret corou.
— É, por que não?

Todas as maquiagens na penteadeira eram caras. Pareciam intocadas.

— Aqui, senta aqui — disse, colocando a cadeira perto da janela, à luz.

O hálito de ambas cheirava a vinho, embora Alex estivesse chupando uma daquelas balas com sabor de rosas. Margaret também provou uma, fazendo barulho ao passar a bala contra os dentes.

— Eca. — Ela a cuspiu na mão. Abriu os dedos sobre a lixeira, deixando a bala cair, e em seguida limpou a mão no vestido. — Tem gosto de perfume.

— Vamos de tons neutros, pode ser? — sugeriu Alex. — Tipo acinzentados, e essa cor aqui é bonita, né, essa meio bege? Fecha os olhos.

Na pele fina das pálpebras fechadas de Margaret, ela viu as cobrinhas de veias azuis, a leve contração involuntária das órbitas oculares da garota.

Primeiro, Alex passou base nas pálpebras de Margaret. Depois, um tiquinho de uma cor clara cintilante. O truque era passá-la também na área abaixo dos cílios inferiores, para destacar o olho todo. A quantos vídeos Alex não tinha assistido na internet para aprender a fazer isso, quantas horas não tinha passado analisando outras garotas: as garotas que moravam com ela naquele apartamento horrível, garotas que faziam panqueca de madrugada e choravam pela mãe que morava longe, garotas que interrompiam a maquiagem para dar um trago delicado no baseado que as aguardava no cinzeiro. Elas se sentavam à janela para melhorar o sinal de rede. Usavam moletom com capuz por cima do vestido justo e não tinham malas. Alex sabia que algumas das meninas que iam lá eram muito novas. Mas ela também era. Às vezes era uma diferença de poucos anos. Era impossível ter certeza. Alex não fazia perguntas: preparava mais café para elas, mantinha a porta fechada. Quando ouvia uma delas chorar ao telefone, fazia uma gentileza para a menina, ou era assim que enxergava o gesto na época — deixava a garota em paz.

Alex pegou outro pincel e usou um cinza-grafite para delinear o olho de Margaret.

A garota parecia ainda mais vulnerável daquele jeito. Os olhos fechados, o rosto inclinado para cima. Como se estivesse deixando Alex fazer o que bem entendesse com ela.

Uma foto emoldurada a encarava da mesa: Margaret, os gêmeos e a mãe deles em uma madeira flutuante. Estavam todos descalços, um sopro de alegria corporativa em seus sorrisos.

— E você? — indagou Alex. — Tem namorado?

— Não — respondeu Margaret. — Eu já namorei, mas agora, não.

Alex achou o pincel maior e o afofou na palma da mão.

— Faz um biquinho.

Margaret seguia qualquer instrução com avidez: contraiu os lábios, as bochechas ficando encovadas. Apesar de Alex ter terminado a maquiagem dos olhos, a garota os mantinha fechados.

Margaret não era feliz, dava para perceber.

— Perfeito — disse Alex, e passou o *bronzer* nas maçãs do rosto e na linha do cabelo.

— Posso ver? — pediu Margaret, abrindo os olhos.

— Acabei de começar.

— Deixa eu ver rapidinho — retrucou. — Eu quero ver.

Ignorando o espelho da penteadeira, Margaret se olhou pela câmera do celular. O rosto tremia na tela.

— Ótimo — declarou, virando o rosto de um lado para o outro. — Ficou ótimo. Espera aí, olha só.

Margaret apertou um botão, e em um segundo sua pele parecia melhor na tela, como se iluminada de dentro para fora, um brilho artificial emanando da parte branca dos olhos, de repente branquíssimos.

— Chega aqui — disse Margaret —, vamos tirar uma foto.

Alex hesitou.

— Anda — chamou Margaret.

— Odeio tirar foto — retrucou Alex.

— É sério, você tem que vir. Só uma.

Alex não queria sentir pena de Margaret nem investigar a carência no rosto da garota. Curvou-se e encostou a bochecha na dela. Na tela, ambas ficaram lúgubres, esquisitas, o rosto untado de suavidade e os olhos brilhantes demais. Alex pensou na versão desconhecida de si mesma. Era bizarramente cativante, aquele novo avatar. Ela parecia zerada, como se o último período de sua vida não tivesse acontecido, como se desse para apagar as coisas e recomeçar. Será que alguma vez na vida já havia tido uma aparência tão limpa, fresca, irrepreensível?

Quando o filtro saiu, no entanto, foi pior. Lá estava o rosto verdadeiro. Com detalhes demais. Um sulco leve se formando entre as sobrancelhas, que Alex não tinha notado antes. Uma ruga? Ela se afastou do raio de alcance da câmera.

Margaret deu zoom e analisou a foto, chateada.

— Você ficou bonita — disse, e pôs a língua para fora. — Eu estou uma merda.

— Não é verdade. Você está linda. Gostei desse suéter.

A menina baixou os olhos.

— Se você quiser, pode ficar com ele.

Alex sorriu.

— É sério. — Margaret começou a tirar o suéter. — Pode pegar, eu nem gosto dele.

— Não vou ficar com o seu suéter.

— É sério, eu não quero. Pode ficar. — A garota jogou a peça para Alex: estava quente.

— Bem — disse Alex, deixando o suéter em cima da bolsa. — Obrigada, então.

— Quer que eu mande a foto para você? — perguntou Margaret.

— Não precisa.

Ela ficou magoada.

— Quer dizer, pode mandar. Mas meu celular praticamente morreu — explicou Alex.

Essa explicação pareceu bastar. Enquanto testava vários batons no dorso da mão, observava Margaret postar a foto.

A garota atualizou a página, à espera da curtida que não veio. Atualizou de novo.

De repente, Alex achou tudo muito triste, Margaret e o celular, o pó nas bochechas se assentando nos pelos claros que cobriam o rosto dela. Os pelos eram efeito colateral da fome, o que Alex sabia por conviver com meninas profissionalmente anoréxicas do Leste Europeu, com uma dieta de pipoca e minipimentões.

Margaret deu zoom na foto outra vez.

— Você está, tipo, muito bonita — disse, os olhos úmidos, lançando um sorriso torto na direção de Alex.

Estaria flertando, à sua maneira desajeitada? Se era isso, não se dava conta do que fazia em um nível consciente. Era provável que a possibilidade fosse estranha demais para que a reconhecesse. O que faria caso Alex se sentasse a seu lado na cama?

Ela teve a ideia, e então estava a colocando em prática, acomodando-se na cama, aproximando-se de Margaret.

Alex a examinou de uma nova proximidade. A menina continuou sorrindo. Incômodo pensar até onde ela deixaria Alex ir.

O que estava fazendo? Ela se interrompeu. Levantou-se.

— Você tem curvador de cílios?

OUTRA TAÇA DE VINHO, e Margaret estava cochilando, a expressão serena, o vestido subindo pelas pernas, os olhos escuros de maquiagem e o batom já borrado. Talvez a maquiagem sujasse a fronha. Alex deveria fazer algo, evitar que isso acontecesse? Margaret devia ter outras vinte fronhas no armário, então que importância tinha?

Alex se sentou à escrivaninha. Folheou um anuário que pegou na prateleira: de dentro dele caiu uma série de fotos, Margaret aos 12 ou 13 anos, de uniforme, o cabelo preso com uma faixa de veludo, o olhar fixo em algum ponto ao lado da lente. A foto a deixou deprimida, todas as perguntas visíveis no rosto da menina, o último instante antes de descobrir como o mundo poderia ser cruel. Mas, na verdade, por que Alex deveria sentir pena dela? Margaret, em casa, com a família, as roupas lavadas por outra pessoa. Ela seguiria sem pressa rumo ao futuro.

A última gaveta da mesa tinha uma vela ainda dentro da caixa; atrás, uma bolsinha de veludo. Dentro da bolsinha havia uma confusão de brincos. Eram todos de pedrinhas. A maioria era de diamantes, apesar de pequenos. Como os brincos que Margaret usava, dois pontinhos de luz. Falsos? Alex não saberia dizer naquele momento. Cogitou pegar um par, mas resolveu deixar pra lá.

Margaret soltou um suspiro aliviado e se aninhou no travesseiro, adormecida.

No último instante, Alex embolsou um único rubi que não tinha par. De certo modo, estava sendo prestativa ao livrar a garota do brinco. Tinha algo mais irritante do que ter só metade de alguma coisa, um lembrete de que o mundo não era confiável, de que até coisas valiosas sumiam?

Estava bastante frio no ar condicionado, por isso Alex cobriu Margaret com o lençol, tampando as pernas finas da garota, as unhas dos pés com a pedicure imaculada. Pela janela, viu que havia um parquinho no quintal, uma torre de madeira e um escorregador e, mais ao longe, a piscina, meio que escondida por uma árvore.

— Ei — sussurrou para Margaret.

Nada.

— Está acordada? — insistiu ela.

Margaret chiou baixinho, depois se virou de lado.

O maiô de Alex estava dentro da bolsa, ainda úmido, mas ninguém estava em casa, de qualquer modo, então quem se importaria se ela vestisse um maiô ou não?

A ÁGUA DA PISCINA ESTAVA fresca, mas não gelada. Se o sol não estivesse encoberto, nadar seria mais agradável. O dia continuava nublado, porém, o ar carregado e cinza. Alex se sentou no degrau, encurvada sobre os seios à mostra. Segurou o seio esquerdo na mão, analisou o mamilo, depois passou o dedo pelo contorno da coxa. Os pelos pubianos estavam crescendo. O pelo encravado não tinha cicatrizado: uma aura rosa do tamanho de uma moedinha. *Não encoste,* pensou ela, ao mesmo tempo que cutucava com a unha. Só parou quando começou a sangrar.

    Alex passou um tempo boiando. Chupava uma bala de rosas, jogando-a de uma bochecha para a outra. Não estava com vontade de nadar. Queria só ficar boiando de costas, sentir metade do corpo exposto ao ar, a outra metade imersa. A água estava fria a ponto de ela tomar consciência de cada parte do corpo.

    Faltavam três dias para a festa de Simon.

    Ela boiava em silêncio. Nada além de árvores à sua volta.

    Uma tarde esquisita, lá com aquela pobre menina infeliz, depois sozinha nessa piscina que, Alex tinha certeza, ninguém usava. Eles faziam o tipo que presume a existência de regras, que acredita que, se as seguirem, um dia serão recompensados. E lá estava Alex, nua na piscina deles.

    A piscina era rodeada de árvores: uma leve brisa e elas faziam chover pétalas brancas quase translúcidas na água. As pétalas eram raiadas e bifurcadas. Feito asas de insetos. Alex mergulhou até a parte mais funda, expirando ao entrar na água. Estava mais fria lá embaixo, fria de verdade. A pressão nas têmporas. Quando abriu os olhos, estava apenas difuso, o som ecoante do nada, do vazio. Era bom estar sozinha. Quando olhou para cima, pontinhos perfuravam a água: estava chovendo?

    Alex subiu à superfície e sentiu o chuvisco no rosto. Finalmente as nuvens tinham se rompido. Não era ruim, a princípio, gotículas batendo na água ao redor, quase tão finas quanto uma névoa, mas em seguida, em uma cortina grande, visível, ela viu a chuva de verdade se aproximar: pingos gorduchos que respingavam a água e que ela sentia gelados nos ombros. Alex se içou até a lateral da piscina. Estava procurando a toalha, ainda chupando a bala de rosas, quando percebeu uma movimentação perto da casa: ficou tão surpresa que sem querer partiu a bala ao meio.

Lá estava Karen com os Keds brancos ofuscantes, a menininha segurando na mão dela, e ambas olhavam para Alex, que estava nua, trêmula. Karen não parecia estar em choque nem brava. Apenas constrangida.

Como o olhar que a mulher lançou para Alex parecia conter tudo? O entendimento do tipo exato de pessoa que Alex era.

Karen se virou de costas e puxou a menina casa adentro. Antes de desaparecer atrás da porta, a menina olhou para trás, boquiaberta, enquanto Alex se cobria com a toalha úmida.

MARGARET ESTAVA SENTADA na cama, a maquiagem borrada. Os olhos estavam escurecidos pela sombra. Dava para ver a virilha da garota por baixo do vestido, um pedacinho da calcinha de algodão branco.

— Eu caí no sono? — Margaret mexeu no vestido, distraída. Ela franziu o nariz. — Por que você está molhada?

— Eu fui nadar.

— Na piscina? — Margaret olhou pela janela. — Mas está chovendo.

Alex vestiu a calcinha com a toalha ainda enrolada no corpo. Então, uma blusa preta e o short jeans curto que Simon detestava.

— Desculpa — disse Alex, abotoando o short às pressas. — Posso só ver se meu amigo respondeu?

Margaret tinha dormido ao lado do celular: a menção ao aparelho a fez recobrar a energia. Ela se sentou e digitou a senha.

— Ele respondeu? — Alex sacudia a perna, mas logo se obrigou a parar.

Quando Margaret lhe entregou o aparelho, o plano de fundo, Alex notou, já tinha sido trocado para a foto delas duas. Arrependeu-se de ter tirado a foto: por que a ideia de existir no celular daquela menina lhe apavorava tanto?

Uma mensagem de Jack.

*Que horas é bom pra vc?*

Alex sentia Margaret a observando. Digitou rápido.

*Vc pode me buscar?*
*Tipo, assim que possível. Dsclp estou sem carro.*

Alex esperou. Três pontinhos apareceram.

*Agora?*
*É q eu meio q avisei q ia jantar com o meu pai.*
*Então talvez mais tarde tipo umas 9*
*ou dez sei lá*

As horas que teria que passar com Margaret até as nove seriam intermináveis.

*Não tem como vc me pegar antes?*

Parecia desesperada demais?

*Posso pular o jantar*

*Sério?*

*É, não queria ir mesmo*

Antes que ela pudesse responder, recebeu mais mensagens de Jack.

*beleza*
*onde eu busco vc?*

— Qual é o endereço daqui? — perguntou Alex.
— Está convidando alguém para vir aqui? — Margaret ficou de joelhos. — Pode convidar, sem problema nenhum.
— Meu amigo vem me buscar.
— Você vai embora? — Margaret pareceu desamparada de repente. — Karen pode fazer o jantar. Para o seu amigo também. Ou vocês querem sair? A gente pode sair?

Havia algum cenário em que Alex passasse a noite ali, ou até algumas noites, esperando aquele último fim de semana antes da festa de Simon, dividindo a cama com Margaret, indo ao clube de tênis e ao clube na praia e comendo peru fatiado sob toldos brancos? O problema é que a infelicidade dos outros pode ser muito contagiosa.

— Desculpa. — Alex tentou sorrir. — É que eu meio que já tinha esses planos.

— Você pode convidar seu amigo para vir aqui — insistiu Margaret. — Não tem problema, de jeito nenhum. A gente pode se divertir todo mundo junto.

Alex mal a escutava. Enviou o endereço. Jack mandou um joinha.

*Chego em vinte.*

— Desculpa — repetiu Alex.

Queria que Jack chegasse antes. Não queria passar mais tempo do que o necessário naquela casa: não queria interagir com Karen, marinar no ar viciado do quarto de Margaret. Devolveu o celular. Enquanto desconectava o próprio telefone da tomada e enrolava o fio, fingia não perceber que Margaret a fitava com uma careta suja de batom.

Alex entrou no banheiro e fechou a porta. Pelo menos a iluminação lá era rosada e lisonjeira: ainda assim, Alex parecia queimada de sol, desleixada. Penteou o cabelo com os dedos, depois os prendeu com o prendedor de prata que pegara na bolsa da mulher do clube. O objeto parecia já pertencer a Alex havia muito tempo.

Ela passou hidratante nas bochechas e cobriu a vermelhidão em volta do nariz, sem tempo para o processo completo. Ajoelhou-se nos azulejos para tirar tudo da bolsa, esticando as roupas antes de redobrá-las bem, e então tornando a embrulhar o animalzinho preto no suéter lilás de Margaret. Sentiu o peso do relógio de Simon na mão antes de enfiá-lo debaixo de um monte de roupas.

Já estava se sentindo melhor. Iria embora logo. A qualquer instante. A qualquer instante, Jack chegaria, e Alex estaria segura, sentada no banco do carona do carrão dele. Margaret estaria enfurnada no quarto. E mesmo se Karen estivesse parada diante de uma das janelas do primeiro andar, vendo-a ir embora, Alex deixaria a vergonha resvalar nela, tornar-se um sentimento a ser ponderado a distância, e a casa ficaria menor, o portão se abrindo para o carro de Jack, e, quando saísse do acesso da garagem em direção à rua, a casa e suas ocupantes desapareceriam por completo atrás da sebe.

# 8

JACK APARENTAVA SER MAIS novo do que Alex se lembrava — uma criança! —, mas talvez fosse por causa do carro enorme. Ou talvez fosse a roupa. Um sapato forrado de pele de carneiro, uma bermuda de basquete brilhosa e uma camiseta grande demais.

— Cuidado com a cabeça — avisou Jack quando Alex estava entrando no carro.

Só de se acomodar, de afivelar o cinto, Alex sentiu a emoção da fuga, o alívio de largar o tormento para trás.

O ar-condicionado estava a todo vapor. Ela pôs a bolsa no banco de trás, que estava cheio de areia, junto a uma toalha de praia listrada de Jack e um exemplar de *Sidarta* com uma capa cobalto.

Jack deu marcha à ré no acesso da garagem.

— Essa é a sua casa? — perguntou ele.

— Estou só ficando aí um tempinho. É a casa de uma amiga. — Ela resistiu ao ímpeto de olhar através das janelas para ver se alguém a observava. — Desculpa — disse Alex, e se obrigou a sorrir, virando-se na direção dele. — Estou meio zonza.

— Não tem problema — disse Jack, dando de ombros.

Os pelos dos antebraços dele estavam louros contra a pele bronzeada.

— Obrigada por ter vindo me buscar — comentou Alex. — Estou sem carro no momento.

— Nada. Eu estava por perto mesmo.

Jack era, Alex descobriu, mais tagarela depois de beber, mas naquele momento estava quase obsequioso. Esfregava a nuca devido à ansiedade, tateava o celular no bolso do short. Na maioria das vezes, não olhava nos olhos dela quando falava. O auge de seu ânimo foi quando ligou a música, o volume no máximo, e ficou quicando no assento, com todas as janelas abertas.

— Esse cara — disse Jack enquanto a música tocava —, ele é meu preferido. Fiz meu pai comprar este carro porque é o mesmo que ele dirige.

— Hum.

Alex não estava prestando atenção ao que o garoto dizia: tentava desvendar o sotaque dele. Será que tinha mesmo, ou ela estava imaginando um toque contido, quase europeu, em suas frases?

— Quer ver um troço esquisito?

Jack mexeu no celular, só metade da atenção na pista. Ele deu play em um vídeo e virou a tela para Alex. Era a filmagem de uma câmera de segurança, o raio X verde-vômito da visão noturna: um quintal vasto, cuidado por paisagistas. E então um animal, um gato grande, rodeando a piscina: seria um puma? Alex nunca tinha visto um.

— Uau.

Parecia a morte esgueirando-se em torno da piscina. Alex sentiu um pouco de náusea, mas talvez fosse apenas porque bebera durante o dia, a mistura de açúcar e cerveja.

Jack recomeçou o vídeo. Os olhos do puma brilhavam, verde crepitante, tudo na imagem em tons de verde e preto.

— É da casa do meu pai em Los Angeles — declarou, os olhos se alternando entre o celular e a estrada. — Um puma no quintal. Bizarro, né?

O pai, Jack lhe contou, era produtor. Alex não saberia dizer o que um produtor fazia. Foi só depois que ele usou o nome completo do pai pela terceira vez que ela entendeu que o homem devia ser muito bem-sucedido. Percebia pela forma como Jack dizia seu nome, em uma exasperação contida.

Fazia sentido, explicava aquela mistura de timidez e autoconfiança. As pessoas sempre prestavam atenção em Jack, provavelmente, mas só por meios indiretos. O interesse alheio sempre refletia outra pessoa, sempre era mediado por outro alvo. Alex já conhecera pessoas como Jack, filhos de ricos e famosos, com personalidades distorcidas por uma falsa realidade. Ninguém lhes dava respostas sinceras, ninguém lhes dava opiniões sociais significativas, portanto eles nunca cultivavam uma personalidade de fato. Contavam anedotas fracas, extensas, sem nem pensar que talvez pudessem ser chatas — e por que considerariam isso? As pessoas não pareciam sempre absortas, loucas para ouvir qualquer coisa que eles tivessem a dizer?

O celular de Jack vibrou. No mesmo instante, seu rosto ficou sombrio.

— É meu pai — disse. — Puta merda, espera aí.

Alex olhou pela janela e tentou dar a impressão de que não o escutava.

— Caramba — dizia Jack. — Desculpa.

Um barulho abafado através do alto-falante.

— Eu já pedi desculpa. — Uma pausa. — Bom, eu tive que cuidar de uma coisa. Tá bom?

*Desculpa*, disse ele para Alex, sem emitir som.

Jack segurou o celular contra o peito. Ela ouvia a voz do outro lado da linha ainda falando.

— Desculpa — repetiu. — Era para eu ir jantar com ele. Quer vir comigo? Para o jantar?

— Ah. Certeza?

— Por favor?

O pai continuava a falar.

— Claro — disse ela. — Pode ser. Vamos.

— Eu disse que tudo bem — falou Jack ao telefone. — Nossa. Sim. Até já. — Ele largou o aparelho no console. — Desculpa — disse mais uma vez, e então aumentou o volume da música.

O RESTAURANTE FICAVA NA rua principal. Jack estacionou de qualquer jeito, ocupando duas vagas — e pareceu não notar. O ar estava cheio de mosquitos, a música de sexta-feira à noite vazava do bar vizinho.

— Tem certeza de que quer que eu vá?

Alex poderia se ocupar durante algumas horas — embora não sentisse grande vontade de se retirar, e talvez Jack tivesse captado isso.

O garoto assentiu com um movimento vigoroso.

— Pode vir — disse ele. — É sério.

O salão era escuro, com velas no bar e nas mesas. Toalhas brancas, móveis elegantes. Alex não estava vestida para a ocasião, tampouco Jack, tão desalinhado que parecia à vontade. Seu andar casual era o sinal supremo de que pertencia àquele lugar.

— A batata frita é boa — disse Jack, e então fechou a cara. — Droga, ele já chegou.

Sentado a uma mesa, o pai usava uma camisa roxa. Estava em boa forma, como era típico dos ricos da Costa Oeste: era provável que jogasse tênis e corresse, ou pelo menos que tivesse feito isso até os joelhos começarem a deixá-lo na mão. Sem dúvida, podia contar com um personal trainer algumas vezes na semana. Ele acenou para Jack, semicerrando os olhos ao ver Alex atrás do garoto. A mesa, ela percebeu, era para dois.

O pai se levantou.

— Olá — disse. — Quem é essa sua amiga?

Como Jack não tomou a iniciativa de apresentá-la, Alex esticou a mão.

— Prazer, Alex.

Um aperto de mão firme, contato visual educado.

— Robert.

Alex o encarou com um olhar constrangido, tentando indicar, ainda que com muita sutileza, que era solidária ao pai, embora não pudesse deixar Jack perceber.

— Perdão — disse ela —, acho que fui convidada de última hora.

— A gente se aperta um pouco para você caber, não tem problema — falou Robert, fazendo sinal para o garçom.

Ele seria apaziguador, Alex compreendeu, mudando de curso com fluidez para que qualquer irritação se tornasse quase imperceptível, apesar de ela ter visto seu maxilar se tensionar. Devia ser sempre assim, ferozmente tranquilo, adaptável a qualquer coisa que aparecesse pela frente. Isso podia ser uma agressão por si só.

Jack desabou na cadeira. Pegou um palito de pão do cestinho. Alex viu o pai reparar que Jack comia de boca aberta e fazer questão de continuar sorrindo.

— E como vocês se conheceram?

Alex esperou para ver o que Jack diria.

O garoto deu de ombros, ainda mastigando.

— Por aí.

— Nós dois estávamos na praia — disse Alex, simpática, enquanto o garçom colocava um prato, os talheres e um guardanapo grosso na frente dela.

— Não tenho saído tanto quanto gostaria — declarou o pai. — Eu surfava. A gente saía quase todo dia no verão, não é?

Jack resmungou. A rudeza era muito teatral. Queria se mostrar para Alex? O pai não se deixou abalar, fazendo a conversa avançar a duras penas.

— Mas agora já faz um tempo — prosseguiu ele.

Alex teve que se esforçar para manter o tom certo com o pai, seria fácil demais descambar para o flerte sem querer. A alegria de uma escoteira, lembrou-se ela.

— E você mora em Los Angeles? — perguntou Alex.

— Durante o ano, sim. Em geral. Dá para surfar lá, mas a água é um gelo.

— Entendi — disse ela, e os dois trocaram um sorriso comedido.

Era quase como se ela e o pai estivessem em um encontro, Jack um tanto ausente, insistentemente juvenil.

O garçom apareceu com outro drinque para o pai.

— Algo para beber?

— Eu queria uma cerveja — pediu Jack.

O pai pigarreou.

— Acho que água seria uma boa para você.

— Também quero uma água — interveio Alex, como a boa garota que era.

— A verdade é que eu me casei com a mãe do Jack aqui neste restaurante — contou o pai. — Foi divertido. Muito tranquilo, uma noite agradável. Muitos amigos. Um milhão de anos atrás.

Jack deu um sorriso afetado. A grosseria havia cruzado um limite, se tornando genuinamente ridícula, o que fazia com que fosse inofensiva. Os olhos do pai passeavam pelo rosto do filho sem pausa, como se ele e Alex tivessem sido interrompidos por um comercial, um incômodo à toa que precisavam aguentar para poder retomar a verdadeira conversa.

Alex mantinha o sorriso no rosto, assentindo volta e meia enquanto o pai falava, mas a atenção dela vagava pelo restaurante. Aves-do-paraíso e outras flores com caules robustos cresciam em um vaso avantajado. Cardápios encadernados em couro, como pastas de trabalho em miniatura, as pessoas lado a lado no bar.

Será que Simon frequentava aquele lugar? Será que o pai de Jack o conhecia? Não era impossível.

Os clientes do restaurante eram, em sua maioria, casais mais velhos, embora Alex tivesse visto um par de pernas à mostra — pernas jovens. Uma mulher com uma cortina de cabelo castanho reluzente e um vestido um pouco vistoso demais, sentada em frente a um homem grisalho. Por força do hábito, Alex desviou o olhar.

— A gente acaba filmando muito em Long Island — dizia o pai. — Lá é lotado de lotes. Lotado de lotes, rá.

Alex sorriu.

Algo a levou a olhar de novo para a mulher de vestido, uma energia chamando sua atenção, a boca vermelha da moça na borda da taça de vinho.

Uma olhada para o prato vazio, depois para cima de novo — e sim, Alex concluiu, era Dana. Impossível que não fosse.

Foi uma surpresa a rapidez com que ela entrou em foco. Dana assentia para o homem com quem estava e sorria, um sorriso tímido. Será que ela também a havia reconhecido?

Dana estava bonita. Alex presumiu que o homem grisalho não fosse de fato um namorado, mas sabe-se lá onde a vida dela tinha desembocado. Alex achou divertido imaginar o que Dana estaria pensando dela, o que pensaria da tríade sentada à mesa. A mulher provavelmente acharia que Alex e o pai de Jack estavam juntos.

Alex lançou outro olhar para a mesa de Dana. Ela dividia uma fatia de bolo de chocolate com o homem, pegava uma garfada pequena. Será que elas iriam se cumprimentar? Às vezes queria alguém com quem trocar ideias. Para ver se sua lembrança das coisas estava correta, falar com alguém que pudesse preencher as lacunas. Quando viu Dana pedir licença, observou que ela dava batidinhas graciosas e desnecessárias com o guardanapo nos lábios. Alex também se levantou.

\*\*\*

AMBAS TINHAM 20 ANOS na época. Alex havia acabado de chegar à cidade. Mas, pensando bem, era muito provável que Dana tivesse mentido a idade, talvez fosse mais velha.

Dana mostrara a Alex como descobrir as outras em lugares públicos: o batom vívido, pigmentado — em geral vermelho, ainda que outra cor lhe caísse melhor. Salto alto que provavelmente calçavam em frente ao restaurante. Um vestido curto que era formal demais, em tons de pedras preciosas ou de um preto desbotado. Vestidos do mesmo nível triste de elegância dos vestidos dos bailes de formatura do colégio. Garotas segurando a bolsa com as duas mãos. Garotas que pareciam fazer drag de garotas.

Alex se lembrou de uma noite específica. Estavam dançando em uma boate de olhos fechados, com as mãos erguidas. Alex usava um vestido que pegara emprestado com Dana e que ficava apertado demais debaixo dos braços. Elas se sentaram nos bancos de veludo fajuto, em um espaço que parecia uma gruta, e bebericavam drinques enquanto uma mulher com vestido dourado limpava a mesa. Tinha sido o aniversário de um homem, balões que formavam o nome JASON vibravam por conta do baixo. O J já começava a murchar, mais caído do que as outras letras.

Alex viu o J se dobrar, depois desabar.

ASON

Um homem se sentara à mesa delas. Ele tinha dito a Alex que acreditava em Deus, mas rira feito uma criancinha depois de afirmar isso. O homem se aproximara para dizer outra coisa. Alex tinha sorrido, automaticamente, presumindo que ele contaria uma piada. Quando se dera conta de que o homem fazia um comentário sobre seus mamilos, continuou sorridente, o sorriso cedendo só por um segundo.

A garota de vestido dourado aparecera com a conta.

— A gente precisa de um cartão de crédito — anunciara Dana, as mãos no quadril.

Esperaram um instante, então o homem compreendera: ele tateou os bolsos e entregou o cartão.

Nenhuma delas agradeceu. O homem pareceu não se incomodar.

A noite acabara em uma limosine. Dana forçara alguém a arrumar uma — cafona pra cacete. Alex e Dana se esparramaram no couro preto, Dana acabando rapidamente com uma garrafa de champanhe ruim aninhada em uma tina de gelo. Os homens do carro — homens diferentes — conversavam entre si. Um calvo que respirava pela boca com um esforço alarmante, audível, e um outro de olhar petrificado que não parava de assentir para tudo.

Uma luz LED contornava o estofado. De tantos em tantos segundos, mudava de cor: roxo tropical e azul-petróleo e azul.

— Manda o motorista trocar a música — dissera Dana. — Está uma merda.

O homem mal olhou para ela.

— Ei! — chamara Dana. — Ei, motorista, troca a música, pode ser? A gente quer dançar.

O motorista não se irritou. No máximo se deu conta da presença das garotas, olhando pelo retrovisor e sorrindo.

— Como está a temperatura para as moças?

— Está um gelo — declarara Dana, já choramingando. — Eu quero ouvir minha música — reclamara, subindo em um banco para entregar o celular através da partição, o vestido subindo a tal ponto que Alex vira o fio dental bege enfiado entre as nádegas.

Quando a música tinha tomado o carro, Dana puxou o vestido para baixo e respirou fundo, como se enfim pudesse relaxar, a música lhe oferecendo o apoio necessário.

A certa altura, Dana e o calvo sumiram, foram deixados em algum lugar, e Alex ficara a sós com o outro homem. Havia algo errado, ela tinha feito alguma coisa ou dito alguma coisa: o sujeito mandou o motorista parar e deixar Alex na ponte. *Você é uma cretina*, dizia ele, mas Alex não fazia ideia do que tinha feito, não sabia o porquê de o homem estar tão bravo. *Desculpa, moça. Desculpa, moça. Desculpa, moça* — o motorista, em todo caso, estava com pena dela.

Vivera tantas noites das quais se lembrava apenas de um sentimento azedo, do olhar frio do bartender, de estranhos tentando não encarar enquanto um homem apertava seu joelho. Os homens sempre queriam que as pessoas soubessem que estavam com Alex, queriam que os olhares os seguissem enquanto se encaminhavam para os elevadores. Será que imaginavam que pareciam diferentes do que aparentavam ser? Como se alguém fosse fazer as contas e achar outra explicação.

Uma festa a que Dana a levara, uma em um terraço com móveis de plástico inflável azul, sofás e poltronas enormes. Era digno de riso, como a mobília do quarto de uma adolescente. Havia mesas atulhadas de frutas — uvas, bananas meio verdes e morangos bem grandes —, todas sem graça, com cores artificiais. As frutas iriam para o lixo, Alex tinha certeza — ninguém tocava nelas. Moças tomavam taças de champanhe com uma vontade implacável e puxavam os vestidos para cima com uma das mãos para ajustar o decote. Haviam esvaziado boa parte delas mesmas, prontas para serem conduzidas em qualquer direção que fosse sugerida: não interessava, na verdade, quem as abordava. Lá dentro, um homenzinho era persuadido a tocar o piano. As pessoas não paravam de subir e descer a escada de vidro. A caminho do segundo andar, um homem parou Alex e perguntou se ela sabia o que eram as obras de arte penduradas na parede.

— Vaginas — declarou o homem —, são moldes de vaginas.

Ele ficou esperando para ver a reação dela.

Assim como em outros momentos, Alex se viu sorrindo sem motivo.

O BANHEIRO DO RESTAURANTE era quente, com mais madeira de veios finos, e a luz âmbar vibrante dos candeeiros de parede causava um efeito marítimo. Só uma cabine estava ocupada: Dana. As portas das cabines eram do tipo que iam do chão ao teto. Úteis, nos velhos tempos, para o consumo de drogas: Dana entrando junto com Alex, sentada na tampa do vaso com o vestido colado subindo pelas coxas, o bafo quente animalesco dela no rosto de Alex e uma inalação brusca do dorso da mão. Tinham sido flagradas algumas vezes, um auxiliar ou um segurança à espera quando emergiam, mas nunca fora assustador, só engraçado.

Alex abriu a torneira. Em seguida, lavou a mão de verdade. Deu uma olhada rápida no espelho, examinou os dentes: estava tudo bem. Uma tossidela veio da cabine — Dana pigarreando. Depois a descarga abafada. Alex continuou diante da pia.

Na última vez que a vira, Dana estava morando naquele prédio novinho em folha, um apartamento com janelas que não abriam. Um homem de Houston tinha feito o depósito do caução em troca de conversas sussurradas ao telefone sobre os homens com quem Dana tinha trepado naquele dia e o tamanho do pau de cada um. Havia uma luz roxa neon na parede que dizia AMOR e um pôster de Audrey Hepburn colado acima do sofá. Uma placa na porta do banheiro dizia LES TOILETTES em letra cursiva arredondada.

Por que Dana tinha parado de falar com Alex?

Os detalhes eram incertos.

Lá estava ela, abrindo a porta da cabine, indo até a outra pia. Dana em carne e osso. Em um movimento brusco, juntou o cabelo e o deixou cair nas costas. Analisou o próprio reflexo ao fazer esse gesto: parecia satisfeita com o que via. Começou a lavar a mão.

Alex a observou de canto de olho: o vestido era um pouquinho revelador demais, o decote muito forçado. Dana não aprendera nada? Não tinha sempre observado essas coisas?

Dana tinha um sorriso brando de me-deixa-em-paz fixado no rosto e mal olhou para Alex pelo espelho antes de voltar a lavar a mão. Então olhou de novo.

— Caramba.

— Oi — disse Alex.

— Rá! — exclamou Dana, mais uma expiração do que uma risada de fato, e continuou lavando a mão.

— Como vão as coisas? — perguntou Alex, achando que aquilo soou especialmente vago.

Dana usou o antebraço para fechar a torneira e depois, com as mãos pingando, pegou a toalha de pano dobrada.

— Eu estava me perguntando se veria você — declarou Dana. — Lembra que eu meio que sempre sabia das coisas que iam acontecer antes de elas acontecerem?

— Se me veria?

— Por aqui. — Dana largou a toalha de mão em um cesto de vime. Passou o dedo embaixo dos olhos, ainda examinando o próprio reflexo. — Fazia séculos que eu não falava com aquele cara. Dom. Ele disse que você estava aqui.

Alex tentou aparentar tranquilidade.

— Sabia que ele está surtando? Ele anda procurando todo mundo. — Dana olhou para a ponta dos dedos. — Perguntando de você.

— Bem — disse Alex. — Você sabe como ele é.

— Na verdade, não sei. — Dana a encarou. — Não conheço ele muito bem.

Alex tentou dar um sorriso: meigo, pensou, um sorriso meigo que lembrasse a Dana que as duas tinham sido amigas. Amigas o suficiente.

— Quem sabe — disse Alex —, se ele entrar em contato de novo… Quem sabe você só deixa quieto que encontrou comigo? Daqui a pouco eu já vou ter voltado para a cidade.

— Eu não quero me envolver nisso, Alex. — Dana a fitou de novo. O que via em seu rosto? A mulher amoleceu um pouco. — Bem, de qualquer forma, ele falou que estava vindo para cá. Não fiquei sabendo dos detalhes.

Alex se obrigou a respirar fundo. Estabilizar a voz.

— O que foi que ele falou, exatamente?

— Foi só isso, tá? Foi só isso que ele falou. Eu não quero mais me envolver nas suas merdas.

Dana já estava cansada de Alex, cansada da conversa. Ela abriu a bolsa com um estalo, uma coisinha minúscula que mal tinha espaço para o celular. Verificou a tela, soltou um leve murmúrio.

— Bom. — Dana abriu um falso sorriso radiante para Alex. — Estamos indo embora — anunciou. — Tenha uma boa noite.

A porta se fechou às costas dela. A música do salão invadiu o banheiro, depois foi se tornando cada vez mais fraca.

Alex teve o ímpeto de seguir Dana. Insistir que relatasse a conversa com Dom outra vez, dissesse exatamente o que ele tinha falado.

Alex não se mexeu.

Umedeceu os lábios. Tentou controlar a paranoia, evitá-la antes que ficasse muito ruim: do contrário seria insuportável, não conseguiria sobreviver ao jantar. Tentou não reparar que as mãos tremiam.

Talvez Dom não estivesse realmente por lá, talvez fosse apenas um blefe. Era mais provável, não era? Ele não tentaria localizá-la de fato, tentaria?

Um solavanco, a porta do banheiro se abrindo: era uma mulher mais velha, de calça larga e blusa antiquada, que pareceu tão assustada quanto Alex, a mão indo ao pescoço.

\*\*\*

ALEX JÁ TINHA SE AUSENTADO da mesa por tempo demais. Ela se forçou a voltar em um ritmo constante, normal. Um passo, depois outro. Deu uma breve olhada nas pessoas sentadas ao bar, nos rostos do salão. É claro que nenhum deles era Dom; é claro que ele não estava ali. A mesa de Dana já estava desocupada, um garçom limpava a toalha com movimentos rápidos.

Falar com Dana tinha sido uma péssima ideia. Alex andava se equivocando muito ultimamente. Tudo estava fora do lugar, ou talvez o problema fosse Alex. Talvez devesse maneirar nos comprimidos. Ao mesmo tempo que dizia a si mesma que tentaria melhorar, sabia que não o faria.

Alex queria muito uma bebida. Teria como pedir um drinque no bar e tomá-lo sem que ninguém percebesse?

Mas o pai de Jack já a tinha avistado, então ela sorriu e retornou à mesa.

Alex se forçou a sintonizar de novo com a frequência do jantar: o pai de Jack, o garoto sentado ao lado dela. Será que percebiam que havia algo errado? Ela se mexia na cadeira e ouvia o garçom sorridente enumerar os pratos especiais. Tentou parecer interessada enquanto se mantinha de olho na porta.

Jack pediu uma massa de legumes, batata frita e palitos de muçarela. Alex pediu o salmão. Uma leve expressão de desagrado da parte de Jack — Alex se lembrou do momento *Sidarta*, do discurso vegetariano. Preferiu trocar pela massa.

— O salmão parece uma boa — disse o pai. — Saudável. É isso que vou querer.

No entanto, após fazer várias perguntas a respeito do salmão ao garçom, ele pediu o bife. Como provavelmente planejava fazer desde o começo.

— Eu sou um cara que gosta de carne vermelha — justificou. — Tento não ser assim. Mas sou do Meio-Oeste, é difícil mudar isso agora.

— Seus pais se mudaram para Bel-Air quando você tinha, tipo, uns 2 anos — rebateu Jack.

Robert fingiu não ter escutado.

Quando a comida chegou, Jack fez questão de observar o pai cortando a carne. Assim que ele deu uma mordida, Jack fez cara feia.

— As vacas são basicamente torturadas — disse o garoto. — Elas ficam tão espremidas que ficam todas deformadas. Tem milhões de vídeos que mostram.

— Infelizmente — retrucou Robert —, o bife está uma delícia. — Deu um sorriso simpático para Alex, que logo presumiu não ser a primeira vez que ele era submetido àquela linha de pensamento. — Mas e você, Alex? De onde você é?

— Do norte do estado. — Alex fez outro gesto vago com as mãos.

— A gente tinha casa lá quando o Jack era pequeno. Uns 7, 8 anos. Você não deve se lembrar direito — disse ao filho. — Perto de Millbrook. Região muito agradável.

— Você detestava — retrucou Jack. — Falava que aquilo lá era um chiqueiro.

— Não é verdade.

O pai parecia ter que se esforçar para relaxar. Jack estava triunfante: tinha obrigado o pai a abandonar, mesmo que por um instante, o verniz de simpatia, a eterna luminosidade de Los Angeles.

Será que o pai não gostava do filho? Suas feições tinham se tensionado por um brevíssimo instante?

Talvez. Ou talvez Alex enxergasse ódio em qualquer coisa, imaginasse-o onde não existia, e isso era problema dela, não deles.

QUANDO O PAI FOI ao banheiro, Jack esticou o braço por cima da mesa para pegar o drinque dele. Tomou quase tudo em um gole, depois entregou o restante a Alex.

Ela deu o último gole. Uma vodca tônica. Tinha um gosto ascético, como água velha. Todas as meninas pediam isso, era a bebida da mártir feminina.

— Minha mãe não se importa se eu beber durante o jantar — disse Jack. — Ele é chato com essas coisas. A verdade é que ele não liga, mas quer passar a impressão de que liga, o que é ainda mais hipócrita da parte dele.

— Ele não é tão horrível assim — declarou Alex. — Poderia ser pior.

— Desculpa. Ele está tentando puxar seu saco. Ele faz isso com todo mundo.

— Não tem problema — disse ela. — Sério. Não ligo.

— Eu tive que basicamente passar uma eternidade morando com ele. Não aguento mais.

— Em Los Angeles?

— Quer dizer, eu meio que já não aguentava mais a coisa toda da escola. — Jack olhou para ela, os longos cílios se abrindo. — Entende?

Ele contou que tinha tirado folga da escola no último ano.

— Me parecia uma boa ideia — disse ele, esfregando a nuca. — Um ano sabático, sabe? Antes da faculdade.

Alex se perguntou, por causa da forma como ele tocou no assunto, por causa da forma como atacava as batatas enquanto falava, se havia mesmo sido ideia de Jack tirar essa folga. Será que tinha sido convidado a se retirar da escola? Sido suspenso? Ou sabe-se lá qual eufemismo se usava.

O que isso poderia significar? Ela ainda não sabia, mas era mais uma informação interessante, guardada para uso futuro.

Jack deveria irritar Alex: aqueles lampejos de bravata, o que tinha ou não tinha feito para ser convidado a tirar um ano de folga. Mas por alguma razão não a irritava. O esforço que estava fazendo era perceptível demais, o padrão dos jovens e ansiosos, a voz tensa em busca de elogios. Era fácil ser legal com ele.

Jack pegou outro punhado de batata, derrubando sal na mesa.

— Prova uma — ofereceu. — É boa, né?

A PARTIR DE ENTÃO, o jantar foi por água abaixo. Robert se levantou da mesa pelo menos mais duas vezes para atender o celular. Assim que se sentou pela última vez, o aparelho tornou a se iluminar.

— Só um segundinho — pediu ele ao telefone. — Me desculpem — disse a Alex e Jack. — A gente está em pós-produção e tem um milhão de crises para resolver.

— Só trabalho importante — retrucou Jack com um sorriso afetado. — Que puta surpresa.

O pai já estava se levantando, mas se deteve.

— Já chega. Chega — disse a Jack, a voz mudando. — Eu já te ligo — falou ao telefone. Depois se voltou ao filho de novo, atacando o ar com o dedo em riste: — Você! Vamos lá fora um minutinho.

Jack deu uma olhada para Alex.

— Anda — chamou o pai. — Vamos conversar. — Ele abriu um sorriso deslumbrante para ela. — Alex nos dá licença, não é?

— Claro.

Alex não ergueu os olhos. Estava acostumada a isso, a, por educação, fingir que as coisas que estavam de fato acontecendo não estavam acontecendo de verdade.

PELAS VIDRAÇAS DO RESTAURANTE, via Jack abanar os braços, depois cruzá-los na altura do peito. O rosto do pai era inabalável.

Deixada sozinha, Alex se interessou mais pelo próprio prato. Partiu mais pão para acompanhar a massa, sem intervalo entre as mordidas. O pai mal tinha mexido na carne. Ela pegou um pedacinho com o garfo. Depois outro. Tudo diluído na pureza do saciamento, de se alimentar. Ela continuou. A leve náusea não era desagradável. Ela se sentia mais sólida.

Era impossível que Dom fosse se arrastar até lá, seria uma idiotice. Ela tentou se convencer disso, e parecia ser verdade.

— Sobremesa? — perguntou o garçom.

— Acho que não. — Alex limpou a boca com o guardanapo, passou a unha entre os dentes.

Só Jack voltou. Ele arredou a cadeira com força, largou o celular na mesa.

— Desculpa.

Ele estava chateado, uma nova energia externada no corpo, o sorriso largo demais.

— Está tudo bem? — perguntou Alex.

— Sim, claro. Não foi nada. Uma bobagem.

— Cadê seu pai?

— No telefone. — Jack afastou os cachos dos olhos. — Então, qual é o plano para hoje à noite? — Ele balançava a perna. — Quer dar o fora daqui?

A FESTA FICAVA A TRINTA minutos de onde estavam, na mesma rua, mais perto da extremidade da ilha. Alex nunca tinha ido tão longe. Simon vivia falando que queria levá-la ao farol, mas nunca aconteceu. *Não aconteceu ainda*, pensou consigo mesma.

O celular de Jack vibrou, mas ele ignorou a ligação.

— Que festa é essa? — indagou Alex.

— É na casa de um amigo. Vai ter um bando de gente, provavelmente — disse ele —, não sei se vai ter alguém que você conhece. Mandei mensagem para o Max avisando que é para ele se encontrar com a gente lá.

— De onde você conhece essas pessoas?

— Da escola, sei lá — explicou Jack. — Algumas eu conheço daqui.

— Amigos do ensino médio?

— Do fundamental também.

Essa continuidade lhe parecia quase impossível, inimaginável: o fio continuando o mesmo, o mundo permanecendo estático. Seria sufocante, um castigo? Ou seria a razão pela qual todas aquelas pessoas tinham essa segurança peculiar quanto a quem eram, a confiança de que suas identidades tinham contexto? Na cidade natal de Alex, o contexto existia, mas era negativo, um vórtex. O arco de sua vida já estava determinado, os limites já visíveis. Aquilo ali era outra coisa.

ALEX SÓ PERCEBEU QUANDO estavam lá dentro, olhando para fora, que a casa ficava em um penhasco, com o mar logo abaixo. Era mais violento ali, o contorno da costa mais rochoso.

— Jack?

O garoto que os recebeu era alto, de aparência alemã, com feições que pareciam um esboço, como se tivessem sido desenhadas de memória. Ele falava muito rápido e estava sempre de olho na porta. Um anfitrião cuidadoso. Apertou a mão de Alex. Apresentou-se com o nome completo: assim como todos eles, o menino conseguia ser educado de um jeito instantâneo e impecável. Deu um abraço em Jack.

— Puta merda, quanto tempo, cara — disse o garoto, dando um tapa no ombro de Jack. — Você está bem? Bom te ver, cara.

Alex percebeu uma breve vergonha na expressão de Jack. Curioso.

— Dá para ir andando daqui até a praia? — perguntou ela.

— Não — respondeu o menino. — Nem pensar. Tem um despenhadeiro. E lá embaixo só tem pedra, de qualquer forma. Não é areia.

Havia umas vinte pessoas na casa. Alex reconheceu o garoto com cara de rato do dia na praia. Usava um casaco de *tie-dye* em tons pastel e calça de moletom. Havia meninas também: de argolas prateadas e cabelo partido ao meio, de camiseta, calça jeans azul e mocassim. Já tinham absorvido todas as informações existentes a respeito de como deveriam se portar no mundo, do que era certo. Pareciam tão à vontade, tão casualmente bonitas. Será que a pele era boa por natureza ou tinham feito procedimentos estéticos, levadas pelas mães ao consultório do dermatologista ao menor sinal de imperfeição? Alex presumiu que fossem da idade de Jack, mas então como pareciam tão mais velhas, tão mais confiantes do que os meninos? Esse era um estrato social acima do de Margaret, alguns graus mais próximo do poder cultural.

Alex se serviu do vinho tinto que estava na geladeira. Quando deu um gole, descobriu, para sua surpresa, que era gaseificado.

— Combina com pizza, né? — comentou Jack.

Caixas de pizza estavam espalhadas na bancada da cozinha. Também havia algumas embalagens fechadas de salada que pareciam úmidas, queijo feta espremido contra o plástico. Alex se sentou em um banco da cozinha para beliscar uma fatia de pizza.

— Qual é a dele? — perguntou ela. — Do cara que mora aqui.

— Noah? — disse Jack. — Sei lá, conheço ele desde sempre. A gente saía para fazer *dirt biking* juntos.

— Hum. E fazia tempo que vocês não se viam?

Jack deu de ombros. Já tinha terminado o vinho dele?

— Pois é, sei lá. Andei ocupado. Eles todos estavam na escola neste último ano.

Ele parecia tão incomodado que ela preferiu deixar o assunto morrer. Alex tomou os últimos goles do vinho.

— Banheiro?

O BANHEIRO ERA TODO ladrilhado — chão, teto, paredes — com o mesmo hexágono preto. Nada nas gavetas a não ser papel higiênico. Será que o anfitrião era tão esperto que tomava a precaução de tirar dali as coisas que poderiam ser furtadas? Mas aqueles garotos já não tinham tudo de que precisavam? Era relaxante ficar ali, naquele reconfortante casulo de vazio. Alex abriu a janela e empurrou, liberando uma fresta de ar. O bastante para enfiar a mão. A blusa estava ficando molhada nas axilas, a costura escurecendo. Ela puxou o tecido. Já era tarde demais, ficaria manchada.

Queria verificar o celular, mas sabia que era inútil. Continuava pifado, e, de qualquer forma, fazia anos que não tinha o número de Dana.

O olho esquerdo estava meio rosado no espelho? Será que o terçol estava voltando? Tentou se convencer de que estava imaginando coisas. Mas não estava imaginando aquele leve vinco entre as sobrancelhas, a ruga fantasmagórica entalhada na pele. Ela a pressionou com força, usando o dedo. Outra olhada no espelho e a ruga se destacou, inevitável, então Alex manteve o olhar vago, e a ruga desapareceu.

\*\*\*

DE VOLTA À SALA de estar, uma menina de blusa listrada e short jeans conversava com Jack. A orelha direita era coberta de piercings.

— Não corta o cabelo — disse a menina, bagunçando os cachos de Jack. — É sério.

Alex não conseguiu entender a resposta de Jack. Ele estava corando?

Ela se acomodou no sofá. Só notou o menino com cara de rato quando ele se sentou a seu lado.

— E aí? — disse ele. — Tudo bem? Está precisando de alguma coisa?

Estava sendo solícito, mas sua energia era agressiva.

— Estou bem — respondeu Alex. — Obrigada.

Ele analisava seu rosto. Perto demais.

— Qual é o seu nome mesmo? — perguntou ele.

— Alex.

— Ah, é. O meu é Max. — Ele sorriu, o braço apoiado nas costas do sofá. — De onde você conhece o Jack?

— Só da praia mesmo. Daquele dia em que conheci você também.

— Puta merda, é sério? Eu achava que vocês já se conheciam de antes.

— Nada. Só daqui mesmo.

Alex havia cruzado os braços sem perceber, então os descruzou.

— Mas você não é da cidade, né? Dá para perceber. — Ele abriu um sorriso um pouquinho maldoso.

Alex não respondeu, mas isso não o deteve.

— Também não vim da cidade, sou daqui — prosseguiu Max. — Eu moro aqui de verdade, ao contrário deles — disse, indicando o bando na cozinha. — Eles todos cresceram a basicamente cinco quarteirões de distância uns dos outros.

Com essa nova informação, Max se tornou um pouco mais nítido. Parecia mesmo diferente dos outros, uma presença tensa e inquieta. Curioso que ele tenha identificado Alex como uma forasteira. Ela não gostou disso.

Antes que Alex pudesse dizer qualquer coisa, Jack se juntou a eles, as rachaduras dos lábios já vermelhas por conta do vinho.

— Meu amigo — disse Max. — Eu estava ouvindo a história de amor de vocês.

Jack estremeceu.

— Deixa disso.

— Estou zoando — continuou Max. — Você devia ter me mandado mensagem mais cedo, eu teria pegado o carro com você. Achei que você estivesse em confinamento.

— Eu ainda não sabia direito o que a gente iria fazer — explicou Jack.

— E seu pai deixou você sair? — perguntou Max. — O papai Robert não ligou?

Jack se esquivou do amigo.

— Está tudo bem.

Max deu de ombros, descontraído, olhando de Alex para Jack.

Um cachorrinho passeava pela casa, as unhas batendo na madeira de lei. Uma garota pegou o cachorro e o segurou junto ao rosto. Fez barulho de beijos no ar, e o cachorro lambeu os lábios dela. A menina pareceu não se importar.

— Vou pegar um cigarro — anunciou Alex.

Jack e Max estavam perdidos em uma conversa: nenhum deles reagiu.

Alex empurrou as portas de correr. Ao passar pela lateral da casa, acabou encontrando a piscina. Era menor do que esperava, com vista para o breu, o contorno irregular do despenhadeiro e o céu repleto de estrelas. Levou um segundo para entender que a piscina estava ocupada: havia uma menina só de calcinha sentada na borda e um menino na água, apoiado na borda com uma taça de vinho na mão.

Alex mudou de direção.

Uma encosta gramada, uma cerca de madeira, o mar adiante, que só dava para ver ao se aproximar da cerca. Alguns dos meninos tinham ido para o outro lado e estavam sentados no chão com as pernas balançando. Ela os ouvia conversar, a escuridão pontuada por risadas. Um dos meninos chamou Alex, disse algo que ela não entendeu.

— Perdão?

— Perguntei se você quer ajuda para pular a cerca.

— Prefiro ficar aqui — declarou Alex. — Me empresta um desses?

Só o gesto de se aproximar dali para pegar o cigarro e uma caixa de fósforos já a deixou tonta: a queda era súbita, as rochas silenciosas lá embaixo. Tantos caminhos possíveis para o azar. Para o final infeliz. Mais ninguém parecia assustado, mal pareciam notar o risco. Balançavam as pernas no ar, a parte de trás dos tênis se arrastando na face do despenhadeiro.

Ela nem queria um cigarro de verdade, mas ficou contente de tê-lo, era algo concreto, algo a fazer com as mãos. Um gastador de tempo, perfeitamente controlado. Ao expirar, a brisa levava a fumaça embora, e, sem olhar para baixo, sentia-se melhor.

Uma piada reverberava pelo grupo: Alex só ouviu o finalzinho dela.

— E por que — dizia o menino — a gente gosta do Max mesmo?

Alex devolveu a caixa de fósforos, que o menino pegou de volta sem nem reconhecer a presença dela.

Houve uma explosão de gargalhadas rapidamente controlada.

— É sério. — O menino olhou ao redor com seriedade. — Alguém me fala. Eu só quero que alguém me ajude a lembrar.

— Ah, para com isso — retrucou uma menina. — Seja legal.

— Estou só zoando. Jesus amado — disse o menino, pacífico.

Ele acendeu um fósforo e o atirou despenhadeiro abaixo: a chama se apagou praticamente no mesmo instante.

— Para — repetiu a menina, mas sua voz não tinha qualquer emoção.

O menino repetiu o gesto, uma faísca rapidamente engolida pela escuridão. E de novo. Alex teve a sensação de que ele faria aquilo a noite inteira.

DENTRO DA CASA, UMA das meninas estava deitada no chão da sala com um cachorrinho em cima da barriga. Ela levantou uma das patas da frente do bicho, como se estivessem dançando, enquanto usava a outra mão para fumar um *vape*. Depois de um trago, se apoiou nos cotovelos para soprar a fumaça na cara do cachorro.

Outra garota filmava tudo com o celular.

— Espera — disse ela —, faz isso de novo.

A menina obedeceu, e um novo jato de fumaça envolveu a cabecinha do cachorro.

— Onde é que você estava? — perguntou Jack, passando o braço em volta de Alex só por um instante. Um gesto surpreendente, mas ele parecia já estar bêbado, os olhos incapazes de focar, o sorriso lento. — Fiquei com saudade.

— Fui só fumar um cigarro — disse Alex.

O grupo tinha dobrado de tamanho. Um menino com chapéu de capitão enchia uma fileira de copos. O alemão alto apontou um controle remoto para a tela da televisão e percorreu a lista de filmes. Tentou inserir as letras manualmente com o controle, até que por fim apertou um botão e disse:

— *Scarface*.

A tela registrou as palavras. O garoto ficou insatisfeito com os resultados.

— *SCAR-FACE!* — berrou no controle remoto. — *Scar--FACE.* — Ele jogou o controle no sofá. — Troço de merda.

O menino com cara de rato, Max, estava do outro lado da sala, conversando com uma loura, mas avistou Alex e Jack e pareceu caminhar na direção deles.

— Seu amigo está vindo aí — anunciou Alex.

Jack fechou a cara.

— Eu meio que não estou a fim de falar com ele agora. Ele está um porre hoje. Já irritou um monte de gente.

— Tem algum lugar mais sossegado? — perguntou Alex.
— Quer ir lá para cima, sei lá?
Jack ergueu as sobrancelhas. Esboçou um sorriso, mas se conteve.
— Claro. É, tá muito barulhento aqui. — Ele terminou a bebida. Quantos copos já tinha tomado? — Quer mais vinho, ou outra coisa?
— Não precisa.
E realmente não precisava: um cigarro, uma taça de vinho, a casa cheia de gente. O interlúdio com Dana já parecia uma alucinação. Jack mordia os lábios encharcados de vinho. Era um garoto legal. Não legal, essa era a palavra errada. Mas não havia nele algo que acusasse más intenções.

ELES SE SENTARAM NA cama do quarto do segundo andar em que as pessoas tinham deixado as bolsas. Algumas mochilas se amontoavam no chão, uma bermuda de praia secava na cadeira da escrivaninha. Se Alex estivesse sozinha, teria revirado as bolsas. De repente, porém, esse impulso passou a carecer de urgência, não fazia sentido naquele lugar. Estava tudo bem. Estar com Jack acalmava certos ímpetos, ou os enfraquecia, em todo caso. O que de ruim poderia se abater sobre ele, o filho louro?
— Está se divertindo?
Os olhos de Jack estavam pesados. De perto, Alex sentia o cheiro de bicarbonato de sódio do desodorante dele.
— Estou — disse Alex. — Muito.
Era provável que pudessem passar a noite ali, em uma das camas daquela casa. Era provável que acordassem e

houvesse café da manhã. Era de se supor que garotos como aqueles, garotos como o anfitrião, não soubessem cozinhar, mas o estranho é que geralmente sabiam, ensinados por pais que fetichizavam o estilo de vida europeu. Alex se deitou, consciente de que Jack reparou quando a blusa dela levantou e deixou à mostra a barriga. Ela pôs os braços atrás da cabeça, expondo ainda mais o corpo.

— Vem cá. — Ela deu batidinhas na cama.

Jack se deitou, sem jeito. Parecia não saber o que fazer com as mãos, e acabou entrelaçando-as sobre o peito.

— Oi — disse Alex.

Ele permaneceu imóvel, e somente os olhos se viraram para ela.

— Oi. — Jack sorriu sem querer, o brilho do aparelho reluzindo nos dentes inferiores antes de ele tampar a boca com a mão.

— Por que você faz isso? — perguntou ela. — Por que tampa a boca quando sorri?

— Por causa do aparelho.

— Mal dá para ver. É só nos dentes de baixo.

Alex esticou a mão para tocar na boca do garoto. Ele gelou.

— Quando você faz isso, cobre alguma coisa, as pessoas olham mais ainda — explicou ela. — Fica óbvio que está escondendo alguma coisa. E você não devia esquentar a cabeça com isso. Você é uma gracinha.

Ele tornou a sorrir. Dessa vez, não tampou a boca.

— Você é muito legal.

— Legal. — Alex deu um sorrisinho sem graça.

— É sério. Eu gosto de você.

— Também gosto de você — respondeu ela.
— Sério?
— Claro que é sério — disse Alex. — Você acha que eu estaria aqui se não gostasse de você?

Ele abriu a boca, o ar escapando enquanto ela puxava o queixo dele.

— Vou beijar você — avisou Alex. — Tá?

Ele piscou, fazendo que sim, e ela se sentiu energizada, o garoto inclinado debaixo dela, esperando que agisse.

Quando Alex beijou Jack, os lábios dele estavam entreabertos, então ela sentiu a língua, uma pontinha avançando em sua boca, e o metal do aparelho logo atrás. Alex rolou para cima dele, a boca do garoto com gosto de vinho e a dela, se deu conta, com gosto de cigarro. Ele não parecia se importar.

Quando Alex se afastou, Jack estava ofegante.

Ela sorriu, mas sentiu que o sorriso não foi tão caloroso.

Ele segurou a mão dela. A palma estava suada, escorregadia. Jack fechou os olhos e se aproximou dela, e ela o beijou de volta, devagar. O quadril dele fez pressão para cima. Ela via o contorno do pau através da bermuda de basquete. Pôs a mão nele, mal fazendo pressão, mas ainda assim Jack abriu os olhos na mesma hora. Ele soltou um ruído que vinha do fundo da garganta. Olhava para o teto. Ela tinha começado a puxar a bermuda, ajoelhando-se para levá-la mais para baixo, mas a música da sala foi cortada e, na abrupta ausência de outros sons, eles ouviram vozes altas. Os dois pararam.

As vozes continuaram, ficando cada vez mais altas.

— Que porra está acontecendo? — murmurou Jack, mas só parou de beijá-la quando alguém bateu à porta.

Uma garota hesitava no limiar, o olhar indo de Jack para Alex antes de encarar o ventilador de teto, sem jeito.

— Hum, Jack? — disse a menina. — Seu amigo... Ele está, tipo, surtando? É melhor você vir.

Ela olhou para Alex de novo, depois voltou a encarar o ventilador.

LÁ EMBAIXO, O GRUPO havia se reunido em um bando confuso na cozinha, a energia fragmentada e turbulenta. Só Max estava sentado no chão, a cabeça apoiada na ilha da cozinha.

— O que foi que aconteceu?

Ao que parecia, o anfitrião, Noah, tinha socado Max. Mas por quê? Algo a ver com a irmã: Alex imaginou que fosse a menina que, naquele momento, estava no amplo sofá branco, chorando, enquanto era consolada por outras garotas.

— Por que você chamou a polícia? — dizia a menina sem parar. — Por que você chamou a polícia?

— Alguém chamou a polícia? — perguntou Alex.

— Impossível alguém ter chamado a polícia — declarou Jack.

Ela tinha certeza de que não haviam feito isso: aqueles garotos eram espertos demais. Não tinha dúvida. Não acreditariam em outra autoridade que não a dos parentes, não teriam qualquer senso de obrigação com um poder superior — e provavelmente com razão.

Noah andava de um lado para o outro, os punhos fechados, fuzilando Max com uma crueldade ininteligível. Ninguém tinha se dado ao trabalho de intervir. Estavam esperando que Jack fizesse isso?

— A situação parece meio pesada — comentou Alex. Jack não respondeu. — Não quer ver como seu amigo está?

Jack estava relutante, mas se agachou ao lado de Max. Pôs a mão no ombro dele e cochichou em seu ouvido. O amigo parecia ignorá-lo, mas então entregou a Jack algo que estava segurando, e Jack enfiou o objeto no bolso do moletom. Por fim, Max levantou a cabeça, o olhar fixo em Jack por um instante. O que quer que o amigo tenha dito fez Jack recuar em seguida. Ele voltou até Alex com a cara fechada.

— Esquece — disse. — Vamos embora.

— O que foi que aconteceu?

— Eu nem convidei ele, caralho — disse Noah, voltando sua raiva contra Jack. — Nunca que eu iria convidar esse cara pra porra nenhuma.

As mãos de Jack estavam suspensas.

— Desculpa — disse ele. — Desculpa.

— Eu nem achava que você viria — continuou Noah. — E você traz esse filho da puta. Aliás, você não devia estar bebendo, né?

— Está tudo bem — disse Jack.

— Uma ova! — retrucou Noah. — Esse babaca é um psicopata. Lily tem 14 anos.

— Ele não teve a intenção — argumentou Jack.

— Ele não é um cara legal. Todo mundo odeia ele, menos você.

— Noah — dizia a menina que chorava. — Para.

— É sério! — insistiu Noah, se voltando para Jack: — Você não entende?! Você só pode ser maluco mesmo, né?

Os outros convidados observavam a discussão como se estivessem em um outro mundo.

Jack pareceu perdido e jovem demais.

— Vamos embora — disse Alex, puxando o braço dele.

POR UM MOMENTO, ALEX ficou sem entender como sair do terreno e voltar para onde haviam estacionado. O portão era automático, acionado por carros, mas não por Alex e Jack, e ela refletiu sobre o problema. Teriam como pular, ou, quem sabe, se espremer para passar pelas laterais? Talvez alguém da casa estivesse assistindo à saída deles: de repente o portão se abriu.

O rosto de Jack estava paralisado em uma careta, os passos instáveis.

— O que foi que aconteceu? — indagou Alex.

— Nada — disse ele. — O pessoal odeia o Max. Sei lá. Ele arrumou drogas para a Lily, mas foi ela quem pediu, então na verdade a culpa não é dele. Noah está sendo babaca.

Alex o seguiu até o carro. Havia presumido que dormiriam lá, na festa.

— Tem algum lugar aonde a gente possa ir? — perguntou ela. — Quem sabe a gente não dorme na sua casa?

Jack pareceu genuinamente aflito com a sugestão, desorientado.

— Meu pai está em casa. Meu pai e minha madrasta. Não quero ir para lá.

— Tudo bem — disse Alex. — Então... tem algum lugar sem ser a casa do seu pai? Tipo, um outro lugar?

Ele teve que se apoiar no carro para se equilibrar.

— E a casa da sua amiga? — propôs ele. — Onde eu te busquei.

— Não posso ficar lá — declarou Alex. — Eu meio que andei brigando com a minha amiga.

Ele estava bêbado demais para questioná-la.

— Deixa eu pensar — disse ele. — Sei lá, deve existir, tipo, um hotel?

— Tem hotel aqui perto?

Não havia muitos hotéis na região: não era um lugar para turistas, como já ficara evidente.

— Não vou para a casa do meu pai nem fodendo — declarou Jack, de repente enraivecido.

— Relaxa — pediu Alex —, eu não falei para a gente ir para lá. Que tal eu dirigir? Eu vou só seguindo naquela direção.

Ela precisou ajustar o banco do motorista. Era como dirigir um tanque, de tão alto que estava. Quando ligou o carro, a música explodiu dos alto-falantes e a assustou, mas Jack não reagiu: tinha levantado o capuz do moletom, o corpo curvado no banco do carona. Abrira um frasco de comprimidos e depositara um saquinho de plástico dentro — as drogas de Max. Jack revirava o frasco nas mãos, cavucando o rótulo com a unha, os pés apoiados no painel do carro.

— Talvez eu saiba de um lugar — declarou enfim.

— Vou seguindo, tá? — disse Alex. — Me fala aonde ir.

ALEX PRECISOU DAR MEIA-VOLTA duas vezes, porque Jack se esquecia de lhe dizer onde virar e não sabia o nome verdadeiro das ruas.

— Vou saber quando eu vir — afirmou. — Tem uma casa antes da esquina.

Quando Alex deu marcha à ré, a câmera de segurança ganhou vida, mostrando um vídeo do asfalto. Era desnorteante.

Ela voltou para o lugar de onde estavam vindo.

— Por que você não me conta nada? — perguntou Jack, de repente.

Alex estava concentrada na direção.

— Tipo o quê?

— Qualquer coisa. Eu não sei de onde você é, por exemplo. É esquisito, né?

— Sei lá — disse ela. — Não é nada de mais.

Já tinham percorrido aquele trecho da estrada: ela teve dificuldade de identificar se o posto de gasolina lhe era familiar, a feira dos produtores fechada e um campo dividido em fileiras coberto por uma rede de plástico.

— Não esquisito ruim — explicou Jack. — Só queria saber. De onde você é.

— Ah. Do norte do estado.

Ela tinha falado isso no jantar, não tinha? Olhou para ele: estava tão bêbado que nem sequer se lembrava da conversa daquela manhã?

— E agora — disse ele — você mora na cidade. E você fez faculdade...

— Também na cidade. Eu sou meio sem graça — explicou ela.

— Não. — Jack se empertigou no banco do carona. — Não é, não. — Ele deu um leve arroto, depois engoliu.

Poderiam estacionar na praia, ela pensou, se acabasse sendo necessário, e dormir no banco traseiro. Não teria problema, e ela já estava conformada com a possibilidade quando, de repente, Jack bateu na janela.

— Aqui — disse ele —, vire à direita aqui. Depois ali.

Eles percorriam uma rua residencial.

— Aonde a gente está indo?

— É aqui — avisou Jack, quando passaram em frente a um portão preto, com sebes de ambos os lados. — Isso, pode entrar aqui.

— Tem portão.

— É, eu sei a senha.

Alex baixou a janela.

— Jogo da velha, um, nove, sete, um.

O interfone soltou um bipe mecânico, uma luz vermelha piscando.

— Tenta de novo — mandou ele.

Continuava não funcionando.

— Agora tenta sem o jogo da velha.

Nada.

— Acho que eles trocaram — constatou Jack. — Um segundo.

Ele saiu do carro, mas deixou a porta do carona aberta, o alarme soando a intervalos regulares. Sob o clarão de LED dos faróis dianteiros, Alex viu Jack se agachar para enfiar o braço e o ombro entre a sebe e o portão. Quando o portão começou a se abrir, ele se levantou depressa e voltou para o carro. Abriu um sorriso.

— Tem um botão do outro lado — explicou ele. — Moleza.

# 9

NÃO HAVIA LUZ NO terreno, não havia luz em canto algum, apenas o feixe dos faróis no acesso da garagem. Em seguida, o contorno indistinto de uma casa, mais escura do que o céu. Quando pararam, Alex percebeu que na verdade eram duas casas — uma casinha de telhas cinzentas, um bloco perfeitamente retangular largado na terra, e uma casa ampla, metade dela coberta por uma lona encerada que fazia um barulho de rasgo com o vento.

— Está bom? — indagou Jack, se virando para ela.

Alex sorriu, mas não disse nada, e reparou que isso o deixava energizado, essa falta de resposta.

Ela o seguiu quando ele desceu do carro, mas deixou a bolsa lá dentro até ver como aquilo iria se desenrolar.

A casa, Jack explicou, era da família da namorada dele do ensino médio.

— Eles são supermaneiros — disse ele. — A família toda.

Ela entendeu que tinham sido próximos, que a família o tinha recebido bem. No entanto, Jack só falava dos pais, de como eram ótimos. Não dizia nada específico sobre a namorada. Era um comportamento esquisito? Os pais levavam Jack nas viagens em família. Conversavam com o pai dele quando as coisas estavam ruins. Eles o defendiam, Jack declarou.

— Onde eles estão agora?

— Em geral, passam o verão todo aqui, mas estão reformando a casa. — Ele indicou a lona. — Está vendo essa porra aí?

— Então vai chegar gente de manhã? Os caras da obra?

— Que nada — disse ele. — É tipo um patrimônio histórico, então a prefeitura mandou pararem tudo. Eles entraram com um processo, ou coisa assim. Meu pai diz que é loucura comprar casa antiga. Que só dá problema. A casinha da piscina — apontou para a construção menor.

— Por que eles não ficam lá?

Jack deu de ombros. Talvez o verão deles fosse um bem escasso, que não tolerava qualquer interrupção, qualquer degeneração.

DERAM DUAS VOLTAS EM torno da casa da piscina, Alex no encalço de Jack. Todas as portas estavam trancadas. Ele tentou abrir a porta de correr de vidro, mas foi em vão.

Jack estava aturdido.

— Que merda! — exclamou, chutando o chão. — Porra. — Ele se sentou de pernas cruzadas no acesso da garagem. — Desculpa.

Alex deu outra volta na casa da piscina, vendo se não haveria alguma janela aberta. Nada.

Jack continuava sentado no chão, com aqueles sapatos de pele de carneiro. Estava com a cabeça entre as mãos, o capuz erguido.

— Eles não deixavam a chave em algum lugar?

— Sei lá — disse Jack. — Estava sempre aberta quando eu vinha aqui.

Alex levantou algumas pedras ao lado da porta da casa da piscina. Depois foi até a porta dos fundos. Passou os dedos na terra de alguns vasos de planta até achar o que procurava: um molho de chaves, um chaveiro de plástico vermelho na argola.

— Puta merda — disse ele quando Alex lhe entregou as chaves. — Como é que você sabia que estava lá?

— Não sabia — declarou ela. — Mas as pessoas são praticamente iguais, sabe? Se você pensar onde esconderia a chave, é provável que os outros também tenham pensado do mesmo jeito.

A porta da frente estava um pouco emperrada. Jack jogou todo o peso do corpo contra ela para abri-la. Uma sala de estar às escuras, o ar abafado e as cortinas fechadas. Quando Jack acendeu a luz, a cozinha comprida ficou visível do limiar da porta. Um corredor com uma escada acarpetada, que levaria, Alex presumiu, aos quartos.

Olhou primeiro o banheiro — não havia remédios, só uma aspirina fechada, uma pasta de dente natural. Alex pôs um pouco no dedo, depois passou a pasta granulosa no céu da boca com a língua. Enquanto fazia xixi, verificou o celular. Ele ligou por um minuto, tempo suficiente para ver um trecho da mais nova mensagem de Dom — *você quer que eu vá até aí* — antes de a tela apagar.

Ela analisou a gravura na parede: uma foto em preto e branco de uma onda gigantesca prestes a quebrar.

JACK ESTAVA DEITADO NO sofá da sala. Ainda de sapato e com o capuz sobre a cabeça.

— Está se sentindo mal?

— Minha cabeça está doendo.

Ele tinha esvaziado o bolso do moletom: lá estava o frasco de comprimidos na mesa de centro, ao lado do telefone.

— Quer uma água?

O garoto não se mexeu.

O chão da cozinha era de azulejos quadrados, pretos e brancos. No armário havia vários tipos de biscoito água e sal ainda fechados. Cidra de maçã gaseificada (não alcoólica), um pote enorme de amêndoas cobertas de chocolate. Comida de festa. A não ser por uma caixa laranja de bicarbonato de sódio, a geladeira estava vazia. Alguns saquinhos de abacaxi e uma pizza de micro-ondas no congelador, uma garrafa turva de tequila. Alex abriu um saco de biscoito e comeu um punhado dos discos finos, salpicados com pimenta-preta, até a secura do biscoito a deixar enjoada. Encheu um copo de água da torneira e o levou para a sala.

Jack roncava, encolhido, o corpo enfiado entre as almofadas do sofá. Ela deixou o copo na mesa de centro. Deu uma olhada no frasco. Havia comprimidos lá, além do saquinho de Max. O rótulo da farmácia tinha o nome de Jack. Não reconheceu o remédio. Sabia que não o procuraria no Google. Será que no fundo ela já sentia que só iria confirmar algo que era melhor não saber?

\* \* \*

ALEX PERCORREU OS OUTROS cômodos. Dava para ter certa noção de como era aquela família. Como eles faziam os detritos da vida serem organizados, perceptíveis, mesmo naqueles não espaços. Mesmo na casa da piscina, havia um ímpeto de ordenação. Os manuais dos aparelhos eletrônicos em uma gaveta, organizados e etiquetados. Todos os sistemas no devido lugar, todas as incertezas consideradas.

Como seria a ex-namorada? Alex imaginou uma menina tranquila que tinha um diário, estava no ranking nacional de tênis e estudava muito para todas as provas. Será que se amavam, Jack e a menina?

Havia roupas no armário do corredor, mas não eram roupas boas — pareciam ser peças extras, suéteres e uma capa de chuva, galochas, uma cesta com chinelos. Nenhum dinheiro no bolso dos casacos nem nas gavetas. Alguns centavos, uma nota de vinte no armário da lavanderia que parecia ter sido lavada, a cédula desbotada. Estava rasgada quase ao meio: ela a dobrou e a colocou no bolso. Pela janela, viu que a luz do carro de Jack ainda estava acesa. Dava uma impressão estranha, aquática, como se o carro estivesse cheio d'água. Ela saiu para pegar a bolsa. Fechou as portas do carro com força para apagar a luz.

Jack continuava adormecido.

— Boa noite — disse Alex, a mão pousando no ombro dele por um breve instante.

Ele se virou, o rosto amassado por causa das almofadas, rosado e úmido.

— Te amo — murmurou ele, por reflexo, os lábios estalando, as pernas se esticando.

Ainda estava com o sapato de pele de carneiro.

— Quer vir para a cama?

— Fica aqui comigo — pediu ele, encolhendo-se no canto para lhe dar espaço, os olhos fechados, e, embora Alex já tivesse visto o quarto, o quarto limpo com a roupa de cama limpa, ela tirou os sapatos e o short jeans e se deitou ao lado dele no sofá.

Bom, pensou, bom. E assim a pressão que tinha sentido a noite inteira se transmutou em um zumbido constante de vazio. Outro dia quase terminado. Mais alguns dias para a festa. Basicamente, dois dias. E embora Dom soubesse que ela estava no leste, não sabia exatamente onde. O que ele iria fazer? Perambular pelas ruas atrás dela? Não precisava ter medo. Não ali, pelo menos. Não naquele instante.

— Hum — murmurou Jack, esticando o braço sobre ela. — Amor — disse, puxando-a para perto.

Ela ficaria deitada só um segundo, pensou, foi isso que disse a si mesma, mas quando tornou a abrir os olhos o ambiente estava claro e Jack ainda dormia profundamente a seu lado, o copo de água intocado na mesa de centro tomada pela luz do sol.

ALEX DESTRANCOU A PORTA de correr para ir à piscina, que estava coberta por um plástico cinza bem esticado sobre a superfície. O dia já estava quente. Alex estava de calcinha e sutiã, pés descalços, uma blusa na qual deu um nó, deixando a barriga à mostra. Dois analgésicos e meio nessa manhã — parecia comedido, responsável, embora tivesse tomado uma dose menor porque restavam cada vez menos comprimidos.

A festa de Simon seria em dois dias. Tomaria a outra metade naquela tarde, outro comprimido à noite, melhor ainda se conseguisse segurar até o dia seguinte, e se resistisse ao impulso de dobrar a dose teria o suficiente para aguentar a festa inteira.

Não queria pensar no que faria quando os comprimidos acabassem. A essa altura, de qualquer forma, já teria voltado com Simon. Portanto, esse era um problema solucionável.

A situação da piscina, através dos óculos roubados, era promissora. Escavada no chão havia uma banheira de hidromassagem coberta. Algumas cadeiras de jardim, mas sem as almofadas, só as teias de ferro preto das estruturas. Ela deu a volta na piscina, curvando-se a intervalos regulares para desprender a proteção. O otimismo vacilou quando conseguiu tirá-la. A água estava suja. Uma espuma marrom-clara boiava na superfície, uma poeira visível alojada no fundo da piscina. Alex se agachou: a água estava um gelo.

O galpão estava fechado com um cadeado, mas a forma como certos números haviam desbotado tornava óbvio qual era o código. Ela só precisou experimentar na última rodinha, testando o número seguinte e o anterior. O cadeado se abriu, caindo no chão. Havia um limpador automático de piscina no galpão, a mangueira bem enrolada e pendurada em um quadro com pinos, mas não sabia manuseá-lo. Seria mais fácil usar a peneira.

Era calmante enfiar a peneira na água, começar a juntar a bagunça, recolher o bolo molhado de folhas. Os comprimidos fizeram o efeito desejado, produzindo um aperto agradável no peito de Alex. Poderia entrar em um ritmo bom, passando a peneira pela superfície, tentando não perturbar os bolsões de detritos. Mesmo depois de um bom tempo de trabalho, a piscina não parecia ter ficado mais limpa, uma camada diáfana na água. Nojento demais para nadar. E gelada demais, de qualquer forma. Poxa vida. Poxa vida.

Ela abandonou a peneira. Deitou-se ao sol.

Fazia menos de uma semana que tinha saído da casa de Simon — seria possível? Ela nem sequer era capaz de contar quantos dias haviam se passado? Não sem dificuldade. Tinha ido embora da casa de Simon na terça-feira. Era sábado. O tempo começava a parecer meio borrado, meio surreal.

Era intolerável, de certo modo. Insuportável. No entanto, *tinha* sido tolerável, não tinha? Porque lá estava ela. Uma sensação familiar, uma sensação opaca que conseguia evocar com muita facilidade. Os momentos em que soube, com toda a certeza, que ela não existia. Tinham sido apavorantes, a princípio. Certos dias na cidade que passavam sem nada deixar uma marca nela. Tempestades de verão do lado de fora. Alex cutucando as pernas até elas sangrarem, comendo sacos de cenourinha até passar mal — continuava a comer mesmo assim. A náusea se condensava nela mesma, mais cedo ou mais tarde. Certas horas da noite em que a tragédia fazia um sentido tenebroso, parecia o único resultado possível.

Era menos assustador se sentir assim naquele momento. Lá, à beira daquela piscina gelada. Talvez ela fosse o fantasma que sempre imaginara ser. Talvez isso fosse um alívio.

* * *

ALEX TOMOU UM BANHO rápido, depois se secou com uma toalha de praia grande. Penteou o cabelo e o partiu bem ao meio. Estava quente demais para vestir qualquer coisa além de calcinha, sutiã e camiseta. Jack ainda dormia. Na ausência de Alex, o garoto havia se esparramado no sofá, os braços e as pernas dobrados em ângulos que pareciam desconfortáveis. Era quase meio-dia.

Havia uma cafeteira na cozinha, mas não café. Ferveu água para fazer chá, os saquinhos duros e secos. O chá estava bom, ainda forte o suficiente para oferecer uma dose de cafeína.

Alex se calçou para ir dar uma olhada na casa principal. A escala era tão colossal, quase institucional. Todas aquelas mansões, palácios veranis. Dentro da casa, ela supôs, havia coisas melhores: roupas melhores, remédios melhores, mas as portas, é claro, estavam trancadas e a lona, esticada sobre metade do telhado, um azul elétrico, todo o resto cinza, bege e verde. Andou em volta da construção. As cortinas e as persianas estavam fechadas, mas por uma fresta ela viu o que parecia ser a sala de estar: nada nas paredes. Então tinham colocado os objetos de valor em um depósito, ela imaginou. Alguns móveis grandões cobertos por lençóis, papelão colado ao assoalho para criar uma passagem. Pelo que dava para perceber, tinham demolido metade do telhado antes de a obra ser interrompida. E, pela fresta, viu o bipe regular de uma luz vermelha vindo de um painel junto à porta. A casa principal, como seria de se esperar, contava com um sistema de segurança.

Jack acordaria em breve e provavelmente começaria a tomar medidas para começar o dia, voltar para a casa dos pais. Perguntaria a Alex onde deixá-la. O que ela faria em seguida?

A ficha caiu de uma vez, tudo que teria que fazer até a festa. Alex se permitiu se imaginar desistindo. Imaginou-se pedindo a Jack que a deixasse na estação, imaginou-se voltando para a cidade. Fingiu que era uma opção. Sabia que não era.

Por que não poderia continuar ali, naquele terreno deserto, na casa da piscina que não estava em uso? Só até a festa. Dois dias: praticamente tempo nenhum. Os donos não se importavam com a casa de piscina a ponto de instalar um sistema de segurança nela. Não seria apenas uma alocação eficiente de recursos, a matéria avançando para preencher o vazio?

Então: descobrir um ponto intermediário onde Jack poderia deixá-la e, em seguida, voltar para lá. Lembrou que precisava reparar no endereço antes que fossem embora. Ter certeza de que havia entendido como abrir o portão. A logística já se infiltrava, deixando-a cansada — era isso que gente como Simon podia evitar, a constante agitação das ansiedades que conseguiam ser ao mesmo tempo dolorosamente urgentes e tediosas.

JACK NÃO ESTAVA NA SALA. Nem na cozinha. Ela o encontrou do lado de fora, à beira da piscina, sentado em uma das cadeiras sem almofadas. Usava aqueles sapatos de pele de carneiro.

— Achei que você tinha ido embora — disse ele.

— Não — respondeu Alex. — Ainda estou aqui.

Ele sorriu. Fez um gesto titubeante para que ela se aproximasse.

Outra possibilidade: Jack poderia ficar ali também, junto com ela. Não seria esse o esquema mais seguro? Ou será que ela poderia ir com ele e ficar na casa do pai?

Alex se aproximou tanto que viu o sono nos olhos do garoto.

— O que você tem para fazer hoje? — perguntou ela. — Podemos ficar aqui mais um pouquinho?

Antes que Jack pudesse responder, ela se sentou no colo dele, ainda de calcinha, sutiã e camiseta. Quando o beijou, achou o hálito dele desagradável, mas a juventude meio que o neutralizava, então não se importou tanto assim. A boca dele era urgente, mas as mãos pendiam junto ao tronco. Ela precisou pegar uma das mãos e colocá-la no próprio seio.

— Meu Deus — disse Jack, a expressão se suavizando.

O GAROTO TINHA UMA marca de nascença no ombro — Alex percebeu que o incomodava, Jack monitorava o olhar de Alex enquanto ela tirava a blusa dele. Para sua surpresa, não era circuncidado. O pau era tão bronzeado quanto o resto do corpo — como? —, os pelos pubianos dourados que iam até as coxas, as panturrilhas magras. Ele cobriu o pau e olhou para Alex. Estava inibido, ela entendeu, mas era fácil fazê-lo perder a vergonha, era fácil sorrir, mostrar que nada, nada mesmo, a intimidaria.

Era só isso que eles queriam, não era? Ver, no rosto alheio, a aceitação incondicional. Simples, na verdade, mas ainda tão raro a ponto de as pessoas não a conseguirem nem da família, nem dos parceiros, até precisarem buscá-la em alguém como Alex.

Ele ficou grato de um jeito exagerado quando Alex se ajoelhou na frente dele e tirou a própria camiseta.

— Meu Deus — disse.

Suor escorria pela testa dele. O poder que ela sentia era quase aflitivo, a consciência de cada uma das inseguranças, das necessidades de Jack. Assim como quando ela tinha acabado de se mudar para a cidade e a humanidade dos homens era avassaladora, aquilo lhe causava uma exaustão física. Mas então um véu caiu, ou Alex se adaptou. Os homens deixaram de ser singulares. Isso facilitou as coisas.

Jack parecia constantemente chocado com o que estava acontecendo, com a forma como o próprio corpo tomara o controle.

— É bom assim? — perguntou Alex.

Ele fez que sim.

— Aqui — disse ela, esticando a camiseta que ele havia largado no pátio.

O concreto estava quente de sol.

— Não é melhor a gente entrar? — perguntou Jack.

— Não. — Ela deu batidinhas no chão a seu lado. — Vem cá.

Jack ficou praticamente calado. Sempre que ela falava, ele parecia se inflamar ainda mais, por mais banais e rotineiras que fossem as frases ditas.

— Está gostoso — disse ela no ouvido dele, fazendo-o estremecer.

Alex teve que usar a própria mão para guiá-lo: ele investia de tal forma que ela concluiu que não era muito experiente. Jack só fazia os movimentos mais óbvios, mais básicos. Ainda assim. Ela estava molhada, tanto que sentia nas coxas, na camiseta esticada.

— Meu Deus — dizia ele repetidamente, o rosto vermelho. — Meu Deus.

Quando gozou, ele parecia chocado, indisposto.

— Obrigado — disse Jack, os olhos sem foco, a respiração entrecortada enquanto olhava para o céu. — Puta merda.

ASSISTIRAM A UM FILME na televisão a cabo. Um policial tinha passado por uma cirurgia para substituir seu rosto pelo de um criminoso famoso, mas então o criminoso usava o rosto do policial como se fosse o dele e de certo modo isso fazia sentido no universo do filme, onde o rosto era facilmente destacado do corpo, boiando em placas de Petri até ser útil.

— Os efeitos são cafonas até não poder mais — comentou Jack. — Olha só, nem parece ele, dá para ver que é um dublê.

O cabelo de Jack estava molhado, ele vestia apenas cueca boxer e camiseta e dava baforadas periódicas no *vape*. Alex estava só de calcinha e sutiã, a cabeça no ombro de Jack. Comeram amêndoas cobertas de chocolate do pote de plástico — ela não conseguia parar, punhado após punhado, o chocolate barato derretendo na palma da mão, entrando em um transe de açúcar.

Em alguns sentidos, Jack tinha uma autoconfiança impressionante. Ria do filme sem acanhamento algum.

— A outra face — falava sozinho, aos risos. — A. Outra. Face.

Jack presumia que Alex prestava atenção quando ele dizia alguma coisa. Tinha suas inseguranças, suas ansiedades, mas por trás disso havia a certeza de que o mundo seria generoso ao se curvar a ele.

— Por que você nunca manda mensagem para ninguém? — indagou Jack durante um comercial. — Você nunca olha o celular.

— Ele meio que pifou.

— Você não tem que avisar a ninguém onde está?

Alex riu, mantendo a voz branda.

— Na verdade, não.

— Que esquisito.

— Esquisito?

— Sei lá, você faz o que bem entende?

Jack dava a impressão de que isso era bom. Alex deu de ombros.

— Em geral, sim. E, tipo, é verão, né?

Já era setembro. Alex tentava não pensar nisso.

— Que sorte a sua. — Ele enfiou mais amêndoas com chocolate na boca com uma das mãos, o outro braço em volta do ombro dela. — Eu queria morar sozinho.

— Daqui a pouco você vai estar na faculdade — disse ela. — Não é?

— É — afirmou, olhando para Alex de relance. — É, verdade. Mas estou falando de agora. Eu queria ter minha casa agora. Queria que a gente pudesse ficar aqui e eu nunca tivesse que voltar.

Ela não tirou os olhos da televisão: era melhor assim, mais casual.

— Você não pode fazer isso? — Ela inspecionou as unhas.

— Ficar aqui? — indagou Jack.

— Mas imagino que seus pais...

— Meu pai ficaria feliz se eu sumisse. Eles não ligam para mim.

— Aposto que ligam — disse Alex. — É claro que ligam.

No entanto, por mais que dissesse isso, não acreditava que fosse verdade. Nem para pessoas como Jack, com pais como os dele. Ou para os meninos da festa da noite anterior. Centenas de anos antes, talvez os pais os abandonassem no meio do mato. Mas a negligência passara a se alongar por muitos anos, um definhamento em câmera lenta. As crianças ainda eram abandonadas, ainda eram largadas no meio do mato, porém a floresta era encantadora.

E, em todo caso, as pessoas em geral não sentiam o que deveriam sentir. O amor como uma espécie de termo genérico cuja mera invocação já bastava, uma forma de evitar reconhecer o sentimento de verdade. Seria mais fácil para Jack caso ele não esperasse tanto, caso entendesse que essas palavras eram apenas gestos de sentido, não o sentido em si.

— É basicamente só o meu pai — disse Jack. — E ele é doido. Eu deveria ficar aqui e pronto. Foda-se.

Alex riu como se o garoto estivesse brincando. Tinha que dar a impressão de que a ideia fora dele, tinha que parecer que era algo que ele estava fazendo acontecer. Jack trocou de canal. Assistiram a comerciais, depois viram parte de um programa em que dois homens se entupiam de caviar enquanto se ouvia a risada gravada da plateia. Suas mãos estavam sujas, o queixo coberto, o caviar reluzente como diamantes pretos minúsculos.

\* \* \*

BOTAR A ROUPA SUJA na máquina de lavar foi uma tarefa agradavelmente doméstica. Como se a casa fosse de Alex, não de estranhos.

— Por que você carrega esse monte de coisa? — questionou Jack. — Esse tanto de roupa.

Estava sentado na secadora com um pacote de biscoito. Mastigava de boca aberta, o único lapso recorrente em seus modos.

— É só para garantir.

Ela apertou o botão de iniciar, a água caindo. Fechou a tampa.

— Que tal a gente ir nadar? — sugeriu ele.

— A piscina está um nojo — disse Alex. — Na praia? É aqui perto?

— A gente pode ir de bicicleta — respondeu ele, de repente revigorado.

Havia uma frota de bicicletas na garagem; bicicletas, cadeiras dobráveis e um suporte com pranchas de surfe que pareciam novas, e todas as almofadas que faltavam no pátio estavam empilhadas e cobertas com lona. Embora tenham precisado se empenhar, lutando contra as teias de aranha que grudavam no cabelo, os dois conseguiram arrastar duas bicicletas até o cascalho do acesso da garagem. Jack encheu os pneus murchos com uma bomba de ar empoeirada. Aranhas tinham construído casas nos pedais, nos guidões — Alex usou um graveto para tirar as teias, rodopiando a madeira até a ponta ficar parecendo um algodão. Uma aranha avançava em sua direção: ela atirou o graveto nas hortênsias.

Na bolsa de pano velha que acharam no armário, colocaram toalhas, o livro dela, o *vape* de Jack. Outro pacote de biscoito. Uma garrafa térmica que ela encheu de tequila e água com gás e um punhado de abacaxis congelados — por que não? Jack achou o abacaxi um ato de enorme criatividade. Ele deu um gole antes de ela fechar a tampa.

— Bom demais — anunciou.

Ele usava um chapéu de pano branco, também desencavado do armário, e óculos de sol que pareciam ser femininos.

Era um trajeto de dez minutos até a praia. Alex pedalou com tanta força que seu cabelo esvoaçou, os gramados e as sebes passando por eles em uma boa velocidade, mas nunca pedalava tão rápido que não desse para ver os detalhes da paisagem. Jack pedalava depressa, em um só fôlego, como uma criança pequena, depois se levantava sobre os pedais e se deixava levar, sempre olhando para trás, conferindo se Alex o seguia.

— Você está muito devagar — disse ele, traçando círculos amplos e preguiçosos em volta dela.

Ele pedalava com confiança, entrando em um beco escuro, depois acompanhando a curva da pista que passava rente a um pasto gramado. Quando os carros se aproximavam por trás, ele não se apressava para sair do caminho.

SIMON SÓ TINHA IDO à praia com Alex na primeira vez: ela havia se acostumado a passar os dias sozinha. Era mais divertido com outra pessoa.

Jack nadava muito bem, um filhotinho na água, puxando-a para dentro da onda, fazendo com que ambos subissem à tona esbaforidos. Ela passou os braços em volta do pescoço dele, as pernas em volta do quadril. Jack ficava tímido de beijá-la a princípio, embora ela percebesse que o garoto queria. Quando ele a beijou, Alex sentiu os lábios frios e salgados.

Só saíram da água ao sentirem os dedos começarem a enrugar. Ficou óbvio que Jack roía as unhas — a pele no local era de uma palidez surpreendente, toda destruída. Doía só de olhar.

O sol estava forte, a pele secava quase no mesmo instante, a toalha grande o bastante para eles se deitarem lado a lado. Passavam a garrafa térmica de um para o outro, o gelo se revirando, ambos de óculos escuros. Ela tinha uma ligeira consciência de estar atenta a qualquer sinal de Dom. Mas depois de um tempo parou. Era idiotice. Uma mulher passou por eles, segurando o celular na mão, e deu uma olhada em Alex e Jack. Ela ficou tensa por força do hábito. Mas estava sendo paranoica. Não havia algo escondido no olhar da mulher, nenhuma pergunta submersa — Alex e Jack faziam sentido.

JACK ESTAVA PEGANDO JACARÉ, atirando-se corajosamente nas ondas inúmeras vezes. Era muito bom, a bem da verdade. Alex fechou os olhos só por um instante. Aquele sol todo a deixava sonolenta. Algo molhado encostou em sua perna: ela se sobressaltou. Um cachorro preto e peludo encostava o focinho em seu tornozelo. Ela se afastou e pôs a bolsa no colo.

— Vai lá — mandou Alex.

Olhou em volta, à espera do dono do cachorro.

Nada.

Àquela altura, a praia já estava mais cheia, e alguns outros cães trotavam de um lado para o outro, embora fosse proibido que ficassem sem a guia. No entanto, parecia que ninguém estava procurando aquele cachorro — ninguém assobiava, ninguém caminhava entre as fileiras de toalhas.

Alex afagou a cabeça do cachorro. Na placa na coleira havia um número de telefone. Então o dono existia, e apareceria a qualquer instante. Ela continuou percorrendo a praia com o olhar. Ninguém veio. Não podia fazer mais nada — o problema não era dela. O cachorro acabaria voltando para perto do dono. Por enquanto, estava bastante manso, feliz em se enrolar no canto da toalha, o rabo pesado em cima dos pés de Alex. Ela tornou a se deitar, a mão caindo sobre os olhos, e se entregou a um cochilo manchado de sol.

Gritos interromperam o sono. Alex demorou um instante para entender que eram dirigidos a ela.

— Você! — dizia a voz. — Você aí, na toalha listrada.

Alex piscou e se sentou. Os berros vinham da mulher em uma toalha próxima, uma das mãos segurando o cachorro preto pela coleira. O homem ao lado da mulher tentava proteger o conteúdo de uma cesta de vime: pelo que parecia, o cachorro já tinha pegado comida e espalhado uma salada de lentilha.

— Seu cachorro! — bradou a mulher, ajoelhada. — Dá para você chamar seu cachorro?

Alex olhou ao redor.

— Não é meu.

— Quê?

— Não sei de quem é o cachorro.
A mulher deu uma risada ríspida.
— A gente viu você com ele.
— Eu não... Ele não é meu.
A mulher estava exasperada, a falsa alegria se esgotando.
— Dá para você fazer o favor de controlar seu cachorro?
Alex percebeu que as outras pessoas reparavam no diálogo. Tentou fazer com que o rosto transmitisse despreocupação.
— Bom, eu vou ajudar, mas...
Alex se levantou, foi até a toalha do casal. A mulher empurrou o cachorro para ela pela coleira.
— Ele realmente não é meu — disse Alex.
Era algo anormal, mas dessa vez não estava mentindo. Parecia importante.
A mulher limpou a parte de trás do short branco, enfiou o cabelo atrás da orelha.
— Aham — disse, lançando um olhar para o homem. — Claro. Está bem.

JACK PINGAVA. O NARIZ reluzia, queimado de sol.
— De quem é o cachorro?
— Meu — disse ela —, pelo visto. Ele apareceu do nada.
Jack se curvou para coçar as orelhas do cachorro.
— Bom menino — falou. — Você é um bom menino.
Ele analisou a plaquinha na coleira.
— Vamos ligar? — perguntou Alex.
Jack deu de ombros.
— Eu não tenho sinal aqui. E com certeza alguém vai vir atrás dele. — Ele se enrolou em uma toalha, depois se

sentou e puxou o cachorro para perto. — Ele é só um bebezinho, não é? Um bebê.

Jack permitiu que o cachorro lambesse sua boca.

— Ele gostou de mim — declarou, abraçando-o com os braços ainda pingando.

Mais uma hora na areia, a garrafa térmica esvaziada havia muito tempo, o sol caindo, e nenhum dos dois mencionou telefonar para o número na coleira. Ninguém parou diante da toalha deles, ninguém se disse dono do cachorro. E então começou a escurecer, o ar pontilhado por mosquitos quase invisíveis, e Jack bocejou. Despejou as últimas migalhas de biscoito na boca, depois amassou o pacote de plástico.

— Quero comida de verdade — disse ele.

— E o cachorro? — perguntou Alex.

Jack deu de ombros.

— Se fosse bem-cuidado, já não teria vindo alguém atrás dele? Vamos ficar com ele.

Ela ergueu as sobrancelhas.

— Só esta noite. A gente liga de manhã. Vai ser divertido — argumentou Jack.

Alex analisou o cachorro, a praia quase deserta. Que importância tinha para ela, de uma forma ou de outra? Estaria na casa de Simon quando a decisão se tornasse inevitável.

ELES VOLTARAM ANDANDO, empurrando as bicicletas, ambos meio bêbados, o cachorro atrás deles. O sol já estava baixo o suficiente para não precisarem de óculos escuros. A bruma leve de mosquitos zumbia junto às árvores, as luzes das varandas se acenderam, os faróis dos carros também, embora o céu ainda estivesse azul.

— Eu sei onde a gente está — declarou Alex, de repente.

Não estavam muito longe da casa de Simon. O terreno murado, o acesso da garagem feito de pedras lisas cinza. Simon escondido em algum canto lá dentro, os cômodos da casa frios e vazios. Ele ficaria feliz em vê-la. Na festa. Não ficaria?

— Um amigo meu mora por aqui.

— Quem?

Jack analisava seu rosto. Por que ela tinha mencionado Simon? Alex evitou o olhar do garoto.

— Uma pessoa que eu conheci. Um tempo atrás. Muito tempo atrás.

O cachorro fitava os dois.

— Ele precisa de água — disse Alex. — O que é que a gente vai dar para ele comer?

— Eu cuido disso. — O cachorro farejava a mão esticada de Jack, pedindo carinho. — Ele gostou da gente. Poderia fugir se quisesse, mas continua aqui.

Jack subiu na bicicleta e pedalou, o cachorro trotando a seu lado.

— Está vendo só?! — berrou, se virando para trás.

Alex subiu na outra bicicleta, tentou alcançá-lo. Jack estava esbaforido, quase rindo. Ela também sentiu: quanto mais se afastavam da praia, mais engraçada ficava a situação, a súbita realidade do cachorro correndo ao lado dos dois como um emissário de outro mundo, um mundo melhor.

\* \* \*

— essa é a sua nova casa — disse Jack enquanto o cachorro investigava cada cantinho da casa da piscina. O sofá. A lixeira da cozinha. — Ele gostou daqui. Dá para ver. Sidarta diz que a meditação leva a um estado animalesco. Ele diz que era como um chacal. No livro. É tipo um cachorro, né?

— Vamos dar água para ele.

Alex encheu uma vasilha: assim que a colocou no chão, o cachorro avançou, derrubando água por todo lado. Alex usou um papel-toalha para secar. Tornou a encher a vasilha.

Jack revirou o armário.

— O que será que ele quer comer? Hein, cachorrinho? O que você vai querer jantar? — Pizza congelada, Jack decidiu em seguida. — Cachorro pode comer pizza, né?

Enquanto Alex ligava o forno e desenterrava uma forma com crosta de comida queimada, Jack servia dois copos de tequila e botava um punhado de gelo em cada um deles.

— Trinta minutos. — Ele leu na caixa da pizza.

Entregou um copo a Alex. O cachorro observava do chão, apoiado nas patas da frente como uma esfinge. Jack tinha insistido em tentar consertar o celular de Alex: no momento, o aparelho estava aninhado em um saco de arroz com cheiro de velho.

Jack bebeu, enxugou a boca.

— Eu realmente não estou a fim de voltar para a cidade — declarou.

— As aulas não começam daqui a alguns dias? — Ela deu um gole. — Quem sabe não é divertido? Depois de ter tirado um ano sabático.

Alex não conseguiu ler na expressão dele se o ano sabático era um assunto sensível ou não.

— É, quem sabe.

— Aposto que foi esquisito. Não estar lá — disse ela. — Enquanto todo mundo continuou estudando. Seus amigos todos.

— Eu tive que tirar o ano sabático. Ele disse que eu precisava. Meu pai. E acho que o colégio também.

— Por quê?

— Não sei. Eu estava com dificuldades. — Jack olhava para o teto. — Eu não queria ter feito aquilo, de verdade — declarou ele —, mas todo mundo surtou. É que eu estava bem chateado por causa de uma menina.

— A sua namorada?

— É. Sei lá, a gente brigava muito. E ela nem atendia minhas ligações para eu poder pedir desculpa. Acho que meio que perdi a cabeça. Annie ficou assustada. Mas foram os pais dela que surtaram. — Ele olhou de lado para Alex. — Só que não dá para você dizer: "Não era sério, não foi minha intenção." Ninguém acredita. Mas não foi nada de mais.

Alex tentou manter uma expressão imperturbável.

— Você está ficando assustada? — perguntou Jack, entristecido.

— Não — respondeu, sem saber se estava falando a verdade ou não.

Mas ela ficou, sim, assustada. A ideia de um Jack instável, vulnerável. O que havia feito com a garota? Ou com ele mesmo? Jack com seu carro enorme e os sapatos de pele de carneiro. Tinha alguma coisa errada. Alex andava muito ruim em captar a essência das pessoas. Era provável que tivesse sido um erro ficar ali com ele. Outro erro de cálculo.

\* \* \*

ELA TOMOU UM BANHO, esfregando bem o couro cabelo e fechando os olhos para protegê-los da água corrente. Precisava voltar para Simon, esse era o ponto principal, e essa coisa com o garoto não tinha passado de um erro lastimável.

— Alex?

Ela abriu os olhos de repente. Assustou-se, viu Jack parado no banheiro, já de toalha.

— Desculpa — disse ele. — Posso entrar também?

Uma súplica triste no rosto. Ela queria ficar sozinha. Mas era mais fácil sorrir, puxar a cortina do chuveiro para ele entrar. Ensaboou o corpo dele, os pelos esparsos no peito, os dois mamilos rosados e a bunda reta com espinhas, mas ainda assim atraente. Jack a beijou de olhos fechados, a água caindo no rosto. Se ela também fechasse os olhos, poderia fingir que era Simon. Acelerar até o momento em que aquilo terminaria, Alex de volta ao lugar de onde não devia ter saído.

Quando o dedo de Alex começou a cutucar o ânus de Jack, como Simon gostava, os olhos dele se abriram e o garoto saiu de baixo da ducha.

— O que é que você está fazendo? — Ele estava rindo, mas também, ela entendeu, ficou amedrontado.

— Não é gostoso?

Ele admitiu que era bom.

— Meio esquisito.

— Relaxa — disse Alex.

Dava para se divertir com isso, ela percebeu — o momento em que soube que Jack não queria que ela fizesse aquilo e o fato, contido no mesmo instante, de que ela o faria mesmo assim. Seu dedo estava dentro dele, os olhos de Jack estavam fechados.

— Alex — disse ele.

Quando Jack gozou, apoiando-se na parede do chuveiro, ofegante, ela também sentiu um alívio, como se pudesse ser mais legal com ele. Como se isso facilitasse para os dois, os limites traçados com mais nitidez. Em breve ela estaria longe daquele lugar.

estava escuro quando alex terminou de se vestir. Jack não estava no quarto, nem na cozinha, nem na sala. O cachorro também havia sumido. Jack tinha desligado o forno, em todo caso, e a pizza esfriava na bancada.

Talvez tivesse sido demais para ele, talvez Alex tivesse ultrapassado um limite. É claro que tinha ultrapassado. Mais uma coisa que deixara ir por água abaixo. Difícil saber exatamente o que estava sentindo, se queria que ele não tivesse ido embora ou se estava aliviada de estar sozinha.

Não importava, de qualquer forma, porque ao olhar pela janela viu que o carro dele ainda estava no acesso da garagem.

ela estava dobrando as roupas depois de tirá-las da secadora quando ouviu arranhões na porta da frente. Jack teria se trancado do lado de fora? Mas era o cachorro, que pulou em suas pernas assim que ela abriu a porta. Ela semicerrou os olhos para enxergar na escuridão adiante: Jack estava um pouco mais atrás, os passos contidos e tensos. Ele disse alguma coisa no telefone antes de desligar.

— A gente foi dar um passeio — explicou.

Já dentro da casa, Jack andava de um lado para o outro.

— Puta merda — dizia, basicamente para si mesmo.

— Está tudo bem? — perguntou Alex.

Era possível que ele nem sequer tivesse notado sua presença no ambiente, de tão absorto que estava no andar ansioso.

— Meu pai — disse Jack — é um puta de um babaca.

Sem aviso, Jack socou a parede com força. O gesso desmoronou, um triângulo preto que se abria para dentro. O cachorro se encolheu, e Alex tentou manter o bicho ao lado dela.

— Ei — disse ela. — Ei. Vamos nos sentar.

Jack estava à beira das lágrimas, a boca tensionada e as mãos cerradas, mas deixou que Alex o conduzisse até o sofá.

Ao que tudo indica, o pai de Jack tinha mandado mensagem para todos os amigos dele, e Max contou que ele exigira saber onde Jack tinha dormido na noite anterior, e Jack estava cansado dessa vigilância constante, de o pai agir como se ele fosse criança, e ninguém perguntava ao pai onde tinha passado todas aquelas noites em que supostamente estava no trabalho, não é verdade?

— Sufocante — concluiu Jack. — Ele me faz sentir como se eu estivesse sufocando.

— Está tudo bem — disse Alex. — Talvez vocês dois precisem de um pouco de espaço.

Jack assentiu.

— É — concordou ele —, é isso mesmo. Não vou para casa. Vamos ficar aqui. Quem liga para isso?

— E tudo bem você tirar uns dias de folga? Falou disso com ele?

Jack assentiu de novo.

— Meu Deus — repetiu, assoberbado, jogando-se contra as almofadas.

Era uma boa ideia fazê-lo se sentar, deixar a adrenalina passar. Ela deu tapinhas leves nas costas de Jack, só para indicar sua presença, mas não fez diferença. Ele mal parecia notar que ela estava ali.

Só o cachorro, pulando nos joelhos dele, arrancou-o do transe.

O rosto de Jack se partiu em um sorriso repentino.

— Cachorrinho — disse ele. — Você é um bom menino, não é? Não é?


ALEX CORTOU A PIZZA em quadradinhos com uma faca de pão. Jack transferiu um quadrado para um papel-toalha. Dava mordidas pequenas.

Tinha se acalmado: outra bebida, outro quadradinho de pizza. Ele se desculpou pela explosão, pelo menos. Então era consciente a ponto de saber que tinha agido mal.

— Vou arrumar a parede — disse Jack, uma possibilidade improvável, mas na qual ele parecia acreditar de verdade.

Ambos desviavam o rosto do buraco no gesso.

Jack pegou o queijo derretido no papel-toalha, enrolando-o em forma de bolinha antes de enfiá-lo na boca. Arrancou outro pedaço para o cachorro, que se empertigou, na expectativa. Embora Jack desse a impressão de estar recomposto, sua fala estava acelerada de novo. Conversava consigo mesmo.

— Você conheceu ele — disse Jack. — O meu pai. Então você entende. Você não percebeu logo de cara?

Falava tão rápido que ela mal conseguia acompanhar.

Ele começou a choramingar, contando a história de uma cadelinha que a madrasta forçara o pai dele a comprar. O filhote fazia xixi na casa inteira, destruía os móveis, então todo mundo, declarou ele, foi ficando com raiva dela.

O pior, explicou Jack, é que poderiam simplesmente ter dado um jeito na cachorra, havia lugares para onde as pessoas podiam mandar os filhotes, e eles eram devolvidos um mês depois, mais ou menos, com um comportamento exemplar, adestrados e tudo mais. Poderiam pagar para resolver a situação. Por que o pai não admitia logo que detestava cachorros, que não dava a mínima para o que acontecia com eles? Todo mundo teria ficado mais feliz.

— Ele só grita com a cachorra — disse Jack —, e ela nem entende por que ele está gritando.

Jack acreditava que as pessoas deviam ser transparentes, que todo mundo podia dizer a verdade e, assim, evitar a dor.

— Ela está engordando, por sinal — disse Jack. — Minha madrasta. Ela diz que é um problema na tireoide: um médico dá injeção nela duas vezes por semana, mas ela está ficando enorme. Desculpa — pediu ele novamente. Pela voz, era como se as palavras estivessem sendo arrancadas dele à força. — Desculpa. Não vou mais falar disso. Você está irritada comigo, né?

Alex fez que não.

— Está tudo bem.

— Tá — disse ele —, é só me avisar se eu estiver irritando você. Está bem?

Jack a analisou com uma angústia perceptível. Será que sentia que ela havia se afastado? Isso a fazia se sentir poderosa, perceber a agitação que conseguia provocar nele, o rigor com que ele monitorava a atenção dela?

Alex amassou o papel-toalha.

— Se é um problema tão grande — disse Alex —, se o seu pai está tão bravo assim, talvez seja melhor você ir para casa.

— Não precisa — retrucou Jack, a voz se elevando. — Sério, me desculpa, tá?

— Sei lá, talvez seja melhor voltar e pronto.

— É sério?

Ela não respondeu enquanto lavava a mão na pia. A energia havia mudado, azedado. A inquietação dele era palpável.

— Bom, por que você não vai para casa? — questionou ele, a voz quase estridente, para variar.

Como Alex não respondeu, ele entendeu que a havia chateado. Normalmente, Alex escondia melhor essas coisas.

Eles fixaram o olhar em cantos diferentes do ambiente. Um barulho no acesso da garagem fez o olhar dela encontrar o de Jack. Ele não parecia preocupado.

Houve uma batida na porta da frente. Então, alguém abriu a porta sem esperar resposta.

Os donos? Ela se levantou, preparada para o conflito, mas Jack mal reagiu.

— Ei — chamou ele. — A gente está aqui na cozinha.

LÁ ESTAVA MAX, ENTRANDO devagarinho na cozinha e tomando uma vitamina de canudo, o líquido de um roxo com aspecto de lama. Ele sugou o canudo com força, encostando-se no forno com os quadris magrelos para fora.

— Oi, Alex.

— Oi.

Ela não sorria, mas sabia que devia, que sorrir seria normal. Max olhava dela para Jack com uma expressão inescrutável.

— Onde fica o banheiro, cara? — perguntou Max.

— Segue aqui até o fim.

Quando Max saiu da sala, Alex se endireitou, mas manteve a voz baixa.

— Você chamou seu amigo para cá?

— Chamei. E daí? — disse Jack. — Está brava?

— Bom. Não sei. Você está na casa de outras pessoas. Não é exatamente ideal começar a convidar mais gente.

— É só o Max — retrucou Jack.

Ela ouviu a descarga; apenas balançou a cabeça.

Quando Max voltou, pegou uma fatia de pizza, deu uma fungada nela e a botou de volta na forma.

— Só visitando o fora da lei — explicou Max. — Nosso fugitivo. E o cachorro novo.

Ele fez carinho no cão com uma atenção descuidada.

Alex deu uma olhada em Jack: parecia despreocupado com o tom de Max. Aquilo no rosto dele era orgulho?

— Ele contou que o Robert me ligou? — perguntou Max a Alex. — Eles estão surtando. — Max chupou o canudo com mais força, depois sacudiu o copo de plástico, tentando fazer com que algo se soltasse. — Falei para eles que eu tinha certeza de que você estava bem.

Jack deu de ombros. Ela percebeu que a menção ao pai o afligia.

— E você está bem — afirmou Max. — Eles estão putos porque seu celular está desligado.

— Está sem bateria — disse Jack. — Sei lá.

— Mas você não falou com eles? — indagou Alex. — Com o seu pai?

Jack deu de ombros de novo.

Max se voltou para Alex.

— Imagino que você tenha conhecido o Robert.

— É — disse ela. — Vi ele uma vez.

Jack, Alex reparou, não olhava para ela.

— Um cara legal — comentou Max. — Mas não anda muito contente com o nosso amigo aqui. — Ele deu um tapa nas costas de Jack.

— Ele não é tão legal assim — rebateu Jack.

— Não vou falar nada — declarou Max. — Eu sou seu amigo, não deles. Falei que não sabia onde você estava. O que era praticamente verdade, né? Até, hum, meia hora atrás.

— Mas espera aí — disse Alex —, foi só, o quê, uma noite?

Jack deu de ombros mais uma vez.

— Você não falou para ele que iria ficar com algum amigo nem nada?

Jack não respondeu.

— Você não conhece o Robert mesmo, né? — disse Max.

— Ele só é protetor — murmurou Jack.

— Pois é, né — disse Max. — Eles me falaram que você deixou os remédios em casa.

Jack ficou vermelho.

— Não vou falar nada. — Max desistiu do canudo, arrancou a tampa do copo de plástico e despejou o conteúdo na boca.

Alex olhava de Max para Jack. Ele estremeceu, os olhos se desviando dos dela.

O silêncio que tomou conta do ambiente era carregado. Max percebeu, sem dúvida, que os outros dois haviam se calado.

— Que merda — disse Jack, quando o cachorro se agachou para mijar. Enxotou-o até a porta. — Vou levar ele lá fora, só um segundinho.

Alex se ocupou abrindo um rolo novo de papel-toalha. Deixou uma folha cair em cima da poça de urina. O que exatamente isso significava para ela, os pais procurando por Jack? Ele com seus remédios — os remédios que estava ou não tomando. Era óbvio que não deveria estar lá, na casa da família da menina. Pelo menos, Jack não sabia o nome completo de Alex. Era reconfortante. Ela sentiu que Max a observava.

Max deu de ombros.

— Parece que você está com a vida ganha, hein? — provocou ele. — Com o nosso amigo.

— Perdão?

— Nada. — Max esvaziou o copo. Enxugou a boca. — É que não sei direito o que ele está ganhando com isso. Quer dizer, eu sei, mas na verdade não sei, né? — Ele deu uma risadinha.

Melhor não reagir. Ela se curvou para recolher o papel encharcado com a ponta dos dedos e jogá-lo no lixo. Lavou a mão, com muito cuidado, mais do que era necessário.

— É que eu não gosto — continuou Max — quando acho que alguém está usando o meu amigo.

Alex enxugou as mãos molhadas no short.

— Entendi.

— Tipo, o que vocês estão fazendo aqui? Puta merda, se já não era para ele mexer com a Annie de novo, que dirá arrombar a casa dela. Por que ele não pode ir para a sua casa?

Ela tinha perdido o jeito. A mente estava em branco, nenhuma resposta lhe vinha à cabeça, como geralmente acontecia. Alex se obrigou a dar de ombros.

— Você tem carro, pelo menos? Sabe que ele tem 17 anos, né? — Alex não se mexeu. Max ergueu as sobrancelhas. — Ih, merda — balbuciou, sorridente.

Antes que ela tivesse tempo de responder, Jack voltou à cozinha.

— Ei — disse Jack.

Ele foi tocá-la. Alex sentia Max os observando.

— Estou cansada. — Ela se ouviu dizer. A voz estava fraca. — Vou dar uma descansada.

Max a analisou enquanto ela se levantava, e Jack também parecia aflito, todos os sentimentos bem ali, na superfície, e ela não queria vê-los.

Max deu tchau para ela.

— Durma bem.

FORAM MAIS QUINZE MINUTOS até Alex ouvir o barulho do carro de Max no acesso da garagem. Jack apareceu na porta do quarto. O cômodo estava escuro. A respiração do cachorro era audível, ele estava enrolado no tapete.

— Max foi embora — anunciou Jack. — Você está chateada ou algo assim?

Os olhos de Alex demoraram um pouco a se adaptar ao rosto dele. Ela precisou olhar para outro canto: Jack parecia mais jovem do que nunca, naquele instante, a gordura de bebê nas bochechas.

— Você está chateada? — insistiu o garoto.

— Eu estou... — Ela se interrompeu.

Não sabia. Ele tinha 17 anos. Era melhor não saber, não perguntar. Quanto menos informação, mais fáceis seriam as coisas. Talvez ela devesse convencer Jack de que ele precisava ir para casa. Porque, independentemente de como organizasse as coisas na própria cabeça, talvez eles não devessem continuar ali. Com certeza não juntos, pelo menos, e talvez ela não pudesse nem ficar sozinha, já que Max a tinha visto, já que Jack teria que prestar contas do dia que passara sumido. Ou dias? Já era sábado, ela pensou, como isso tinha acontecido?

— Por favor — disse Jack, as palavras se derramando —, não fica chateada.

— Com certeza ele está preocupado. Seu pai — declarou Alex, o tom distante. — Não era para a gente estar aqui.

Jack abriu a boca, depois a fechou.

— Desculpa — disse ele, por fim. — Não sabia que ele ficaria tão bravo. A gente não pode ficar aqui só mais uma noite? Ele já está bravo mesmo, que diferença faz?

Alex deveria insistir. Já estava enredada.

Será que Jack sabia o que ela estava prestes a dizer? Ele escolheu esse momento para tirar o celular dela do bolso. Entregou a Alex o aparelho, uma oferenda.

— Acho que está funcionando — disse ele.

— Sério?

Quando Alex ligou o celular, não houve gaguejo, não houve dissonância: a tela inicial apareceu, luminosa e nítida, como se nada tivesse acontecido.

— Está tudo certo? — indagou ele, mas sabia pela expressão de Alex que sim: era nítido o quanto estava contente.

Alex mexeu no celular, verificou o navegador. Estava tudo ótimo.

— Caramba! — exclamou.

— Eu falei — respondeu Jack, com doçura.

Alex segurou o celular na palma da mão. Tentou imaginar a noite que estava por vir. Era mais fácil não insistir, ficar por ali mesmo. Para onde ela iria, em todo caso? Pensaria nisso no dia seguinte.

# 10

ALEX PAROU A BICICLETA no mesmo estacionamento da praia, circundado pelas mesmas dunas. Deixou-a apoiada na cerca de madeira, o cachorro a seu lado. Jack ainda estava dormindo quando ela saiu. Era tão cedo, mesmo para um feriadão, que a praia estava quase vazia. Alguns surfistas arrastavam a prancha na areia, um velho de roupa de mergulho e touca nadava distâncias assustadoras. Ainda não havia salva-vidas a postos, nenhuma família tomando posse de trechinhos de areia com guarda-sóis e baldes. O cachorro correu para a água, depois voltou para perto de Alex, o pelo molhado e desgrenhado. Quando ela coçou o queixo do cachorro, ele pôs a língua para fora, exibindo os sulcos pretos ondulados.

O mar estava revolto, as ondas tão altas que Alex sentiu-se amedrontada. Mas já tinha chegado até ali. Esperou até a série de ondas terminar, então se forçou a passar a arrebentação. Não tinha calculado direito: quando veio à tona, uma onda quebrou sobre ela, atingindo-a com tanta força que a prendeu no fundo. Alex se debateu debaixo d'água até ver a espuma branca da superfície se dissipar.

— Tudo bem aí?

O homem de roupa de mergulho se mexia por perto com a touca puxada para trás, as narinas tampadas por uma peça de plástico.

Ela fez que sim, tomando fôlego. Havia areia para todos os lados: sentia-a no couro cabeludo, na calcinha do biquíni.

— A última te derrubou mesmo, não foi? — disse ele.

Alex sorriu, firme, assentiu.

— Estou bem — declarou ela —, obrigada.

Ele parou, como se fosse dizer mais alguma coisa. Oferecer algum conselho. Mas logo cobriu a cabeça com a touca e desapareceu debaixo d'água.

Ela se obrigou a ficar um pouco mais na água, a se preparar para a próxima onda. Obrigou-se a se condicionar a esperar o medo se esvair. A se cansar. Levou outro caixote, mas dessa vez foi emocionante, a cabeça desanuviada, o mundo reduzido àquele momento.

A água nunca tinha estado tão quente naquele verão. O que significava a camada leitosa das ondas? Tentou lembrar se era sinal de alguma coisa, se indicava condições favoráveis ou desfavoráveis. Não sabia, de todo modo. Então não importava.

Ela batia as pernas para não sair do lugar.

Precisava se livrar do garoto. Era a questão principal. Já tinha feito merda ao passar tanto tempo com ele. E tinha coisas que precisava repensar antes do dia seguinte. Coisas que teria que pensar como poderia explicar a Simon, detalhes que talvez precisasse amenizar. Ainda teria que lidar com

Dom. Não se permitiu ficar pensando se teria causado novos problemas no ínterim. O quadro na casa de George. Se essa situação com Jack terminaria sem complicações — como dizer ao garoto que estava indo embora, que o mundo temporário deles tinha chegado ao fim. Ela iria para a casa de Simon e Jack ficaria bem. Voltaria para a própria casa, para a família.

Ela mergulhou. Ao emergir, estava mais longe. O corpo a arrastava. Arrastava-a como sempre. A água entrou em seus olhos, pressurizou os ouvidos. Ela enxugou o nariz.

A certa altura, sabia que iria se cansar. Até onde poderia ir antes que isso acontecesse? Um quilômetro? Mais? Contudo, não conseguia nem começar a calcular: naquele momento, não parecia impossível nadar para sempre, sem jamais se exaurir.

Nada terrível havia acontecido, disse a si mesma, nada insuperável — tinha sido apenas um curto sonho, um rasgo no tecido da realidade, que já estava explicado, justificado. Ela havia seguido adiante, perseverado, porque parte dela sabia que tudo poderia voltar a ser como antes, que só precisava sobreviver até lá.

QUANDO ALEX ENFIM SAIU do mar e voltou à praia, ela viu o sangue. Um corte no joelho que ficou de um branco brilhante quando ela o limpou e logo depois voltou a acumular sangue. O vermelho parecia vívido demais, como os efeitos especiais ruins daquele filme a que tinham assistido. O corte não doía, só reluzia devido à água do mar. Ela se sentou com a toalha apertada contra o joelho. Passado um tempo, o sangramento estancou.

Comeu uma das fatias de pizza fria que trouxera embrulhadas em papel-alumínio, depois mais uma. Era o último pedaço. O jantar daquela noite — eles dariam um jeito. Mais uma noite para aguentar, não era nada. O celular estava funcionando. A festa seria no dia seguinte. O fim já estava à vista.

Naquele estado — a cabeça zumbindo —, Alex demorou um tempo para perceber que o cachorro tinha sumido. Parecia impossível. Ficou de pé na areia, esquadrinhou a praia. Os olhos passavam por tudo, mas nunca pousavam no que ela queria ver. Caminhou para um lado. Depois para o outro. Chamou o cachorro. Subiu até o alto de uma duna, protegendo os olhos do sol com a mão. Voltou correndo para a toalha, na expectativa de se deparar com o cachorro à sua espera. Ele não estava lá.

Era óbvia a inutilidade da busca. No entanto, partiu de novo na direção oposta, assobiando para o cachorro. Não poderia voltar para Jack sem ele. A ausência do bicho piorava a deserção iminente. Se ao menos desse o cachorro a Jack, poderia voltar para a casa de Simon tranquila, e tudo ficaria bem. Havia algo de correto nessa troca. Tornava as coisas justas, de certo modo.

Gaivotas bombardeavam uma lixeira. E logo se dispersaram com a mesma rapidez.

Outra varredura inútil da praia.

Nada. O cachorro tinha desaparecido.

O cão tinha sumido, sumido de verdade. A tristeza foi instantânea, lancinante — os olhos dela marejaram. No entanto, quase no mesmo instante, a ausência do cachorro lhe pareceu, de repente, apenas um fato, mais uma coisa que não tinha como alterar, algo que não podia ser remediado.

\* \* \*

— PUTA MERDA! — EXCLAMOU JACK quando ela entrou na casa. — Você está bem?

Ela demorou um segundo para entender: o joelho.

— Parece pior do que é. — Ela passou a mão sobre a ferida sem encostar nela. Hesitou. — O cachorro fugiu.

Jack não respondeu. Como se, caso continuasse esperando, ela fosse dizer algo diferente.

— A culpa é minha. Eu não estava de olho nele — concluiu.

— Não entendo — disse Jack. — Você procurou ele? Procurou mesmo?

— Procurei — respondeu ela. — Mas depois de um tempo... Sei lá. Não tinha o que fazer. Eu procurei. Muito. Ele sumiu.

Tornava tudo pior o fato de Jack tentar consolá-la.

— Tenho certeza de que não foi sua culpa.

Mas não era?

— A gente pode procurar amanhã — sugeriu Alex, sabendo que não estaria mais ali no dia seguinte. — E talvez ele só tenha ido para casa. Né? Voltado para os donos verdadeiros.

A ideia pareceu sossegar Jack.

— Desculpa, desculpa — repetia o garoto, sem parar.

— Por que você está me pedindo desculpa? A culpa é minha, não sua.

Falara de forma muito brusca. Será que era óbvio o quão pouco de energia ainda tinha para ele? Essa última noite lhe parecia interminável. Estava impaciente demais pelo começo da nova vida.

Será que, quando esticou o braço para abraçá-la, Jack percebeu que Alex se retraiu? Não merecia aquela súbita frieza com que o tratava, a culpa não era dele.

— Ei, tive uma ideia — disse ele, tentando soar animado, trazê-la de volta. Diminuir a distância entre os dois. — Quer tomar ecstasy?

— Agora?

Jack ficou radiante ao ver seu interesse.

— Eu tenho um pouco — anunciou ele. Estava satisfeito por ter algo a oferecer. — Max me deu.

— Você quer mesmo tomar hoje?

— Você não quer? Vai ser divertido.

Ela percebia a urgência por trás do sorriso do garoto. Pânico em fogo baixo. Um sentimento que não lhe era desconhecido, mas Alex sabia escondê-lo.

Ela poderia lhe dar outra noite. Devia isso a ele. Uma última vez. Ainda mais porque ele não tinha nem o cachorro. Alex esperaria até de manhã para avisar que estava indo embora.

Então iria para a festa de Simon. Estava tudo indo bem.

QUANDO COMEÇOU A ESCURECER, Jack sacudiu o frasco de comprimidos para Alex.

— Preparada?

Dentro do frasco havia comprimidos que ela não reconhecia — os remédios dele? — e um envelopinho branco com estampa de estrelas. Estava cheio de um pó acinzentado, cristais grandinhos que Jack quebrou amassando o saquinho com o fundo de um copo.

— Acho que a gente vai ter que fazer isso no olho — disse ele.

Jack separou o pó em dois montes: as pessoas nunca eram mais compenetradas e profissionais do que ao repartir drogas, de repente meticulosas. Ele lambeu o dedo e enfiou a ponta no montinho antes de puxar o pó para a boca. Ela fez a mesma coisa. O sabor era amargo, recobrindo a boca e a garganta. Ela tomou água, mas foi em vão.

— Eca. — Alex limpou a língua com o dorso da mão.

— Quanto tempo tem que esperar? — perguntou Jack.

— Meia hora? Menos do que isso? Sei lá.

— Vamos para a banheira de hidromassagem.

— Está fria — disse ela. — O aquecedor está desligado.

— Então a gente liga.

ELES SE DEITARAM na cama enquanto esperavam a hidromassagem aquecer. Alex deixou Jack a beijar. Absorta, puramente, na sensação física do gesto. Não era desagradável. E quem se importava àquela altura? Para que resistir, para que fazer alarde? Estava tudo praticamente acabado.

Jack estava de bruços na cama, Alex enfiando os dedos nas protuberâncias das costas dele, nas espinhas berrantes que saltavam da pele.

— Não olhe para elas — pediu Jack, desvencilhando-se.

— Por que não?

Ele se virou.

— Porque não. Meu Deus, você está sendo esquisita.

— Por favor?

— É esquisito — disse ele.

— Eu quero.

— Por quê? — perguntou o garoto.

— É divertido. Deixa.

Ele voltou a se deitar de bruços. Ela se sentou na bunda dele.

Foi rápido, de qualquer jeito: Alex encontrando as espinhas duras, apertando a pele até elas estourarem, limpando os dedos nas cobertas.

— Eu sou um nojo. — Jack enfiou a cara no colchão.

Alex rolou na cama, e os dois ficaram deitados lado a lado.

— Ah — disse ele, fechando os olhos com força.

A onda veio de uma vez. O maxilar de Alex ficou trincado, ela se obrigou a relaxar. Jack flexionava as mãos, os dedos dos pés também.

— Queria que o cachorro estivesse aqui — comentou ele. — Seria legal, né?

Nenhum dos dois se mexeu.

Quando ela foi ao banheiro, seu rosto, no espelho, estava vermelho. Não gostava de ver os próprios olhos — não havia quase cor, só preto. Como se não houvesse humanidade dentro dela.

Aquela adrenalina toda podia seguir qualquer caminho, bom ou ruim. Alex tentou fazer com que pendesse para o bom. Contava uma história para si mesma: as coisas estavam melhorando, em breve estaria com Simon. Só mais uma noite a suportar, só isso. Logo tudo se resolveria.

— Olha o que eu achei — anunciou ao voltar para o quarto. Havia uma camisola pendurada no gancho do banheiro: antiquada, branca com uma fita rosa na gola. — Vou vestir.

Ela tirou a camiseta para enfiar a camisola pela cabeça.

— Você está linda.

— É só uma brincadeira.

Ela se olhou no espelho da penteadeira. Lá estavam eles, seus olhos de buraco negro. Evitou o próprio reflexo.

— Estou tão rosa — disse ela, voltando para a cama. — Minha cara. Eu pareço louca.

— Você está linda — repetiu Jack, olhando para ela. — Você é muito linda.

Ela sentia ternura. Percorreu o quarto com os olhos. Onde estava o celular? Teria deixado no banheiro?

— Minha mão está toda suada — disse ele.

— Não tem problema.

Ela também estava com as mãos suadas. Mordia o interior da boca.

— Eu te achei linda da primeira vez que a gente se viu — afirmou Jack, a voz quase um sussurro. — E depois fiquei feliz quando você falou comigo.

— Que bom.

Ela não parava de repetir para si mesma que tudo estava bem. Os olhos de Jack estavam úmidos.

— Sabe o começo do *Sidarta*? — perguntou ele. — Você já leu? Posso ler?

— Se você quiser.

— Está bem, fica aí. Vou lá pegar. Vai ser só um segundo. Você vai esperar?

Ele sabia que aquela era a última noite dos dois? Havia algo na urgência de sua voz que a fazia pensar que ele sabia, que percebera que ela já tinha se ausentado.

* * *

À SOMBRA DA CASA, ao sol da margem do rio, junto aos barcos, à sombra do salgueiro e da figueira.

Alex se desligou, escutando a voz de Jack à medida que ele lia, sem acompanhar conscientemente cada uma das palavras. Mantinha os olhos fechados. Os momentos se misturavam, a voz dele fluindo.

*O amor tocou o coração das jovens filhas do Brâmane quando Sidarta atravessou as vielas da cidade com a testa luminosa, com o olhar de rei, com seu quadril esguio.*

Era tranquilizante ouvir alguém ler. Era o arcabouço perfeito para seu cérebro relaxar, como se as palavras de Jack provocassem um curto-circuito em seus pensamentos. Não conseguia captar os detalhes do que ele declamava. Só uma sensação de avanço, de jornada. Um homem em busca de alguma coisa.

*Sidarta tinha começado a cultivar um descontentamento consigo mesmo, tinha começado a sentir que o amor do pai e o amor da mãe, e também o amor da amiga, Govinda, não trariam alegria para toda a eternidade, não o acalentariam, alimentariam ou satisfariam.*

O cachorro estava no quarto? Alex sentia sua presença. Mas não, o bicho tinha ido embora. Para onde? Jack continuava a leitura. Sua voz havia adquirido um ritmo constante, um zumbido fantástico.

*O recipiente não estava cheio, o espírito não estava contente, a alma não estava tranquila, o coração não estava satisfeito. As abluções eram boas, mas eram água, não lavavam os pecados, não saciavam a sede do espírito, não aliviavam o medo em seu coração. Os sacrifícios e a evocação dos deuses eram excelentes — mas era só isso? Os sacrifícios geravam um destino feliz?*

Alex não saberia dizer quanto tempo fazia que Jack estava lendo quando ele enfim parou. O quarto parecia estar diferente. No silêncio. Como se ele tivesse alterado a atmosfera.

— Legal, né? — disse Jack.

— Hum.

— Alex?

Ela não queria abrir os olhos. Como se fosse perturbar esse novo equilíbrio. Mas sabia que precisava. Quando enfim os abriu, viu que Jack tinha largado o livro.

— Eu acho que é loucura falar isso — começou ele. — Mas eu meio que te amo. É loucura?

— Meio que é, sim. A gente se conhece há poucos dias.

— Mas é assim que eu me sinto.

— Você está chorando? — Alex esticou o braço para tocar o rosto molhado do garoto. — Eu acho que isso é choro. — Ela estava tentando fazer piada, mas soou como se falasse sério.

Jack deitou a cabeça no peito dela. Alex passou as mãos no cabelo dele, no couro cabeludo quente e úmido. Já tinha feito isso com Simon, fazer cafuné com as unhas.

Simon. Simon não a amara. Era óbvio. Mas tinha chegado perto. E chegar perto era bom.

Estava se aproximando tão rápido. Sua nova vida. Lançando-se sobre ela.

— Eu sinto como se a gente se conhecesse há anos — declarou Jack. — É sério.

— É a droga — disse Alex, mas a voz estava fraca: ele não a escutava, ou fingia não escutar.

Ela se recostou para não ver mais o rosto dele.

— Cadê você? — disse Jack. A voz ondulava pelo quarto.
— Como é que pode eu estar totalmente sozinho?

ALEX PENSOU QUE FOSSE o celular de Jack. Ambos deram um pulo com o toque repentino — não fez sentido, por um instante, o lugar onde o aparelho estava, porque o toque vinha de baixo deles, de dentro das cobertas.

Jack tateou até achar o celular, atendendo com uma voz confiante, embora no momento em que ele segurou o aparelho contra o rosto Alex tenha entendido que era o celular dela. Até a urgência pareceu distante, embrulhada em algodão.

— Alô — disse Jack, com uma meia risada.

— Para — reclamou ela, pegando o celular. — Me dá.

Ela também ria, mas, ao ver o nome na tela, de repente ficou terrivelmente sóbria.

Dom. No cronômetro da ligação, os números já estavam correndo.

14 segundos.

19 segundos.

Podia desligar e pronto? Devia desligar e pronto.

24 segundos.

Mas não desligou. Tentou se organizar. Forçar-se a se concentrar na situação. Era difícil se agarrar ao que estava acontecendo.

Desligar, por que não?

Outra sensação, porém, irrompendo rumo à luz: talvez pudesse explicar as coisas para Dom, simplesmente falar a verdade.

Alex levou o celular à orelha.

— Alô?

Silêncio. Um silêncio que soou como o universo assobiando pelo telefone, embora fosse apenas estática.

— Quem é? — perguntava Jack. — Quem é que está ligando?

Alex se levantou da cama sem olhar para o garoto e foi para o banheiro. Fechou a porta.

— Oi — disse.

Sua voz parecia normal?

O desenho dos azulejos sob os pés parecia ainda mais austero. Ele estava na cidade? Ou estava em algum canto por ali, por perto? Ela não queria perguntar.

— Bom — disse ele, do outro lado da linha. — Eu liguei uma caralhada de vezes.

— Meu celular estava com problema — justificou ela.

Alex se sentou na beirada da banheira. O telefone estava mesmo com problema, era verdade. Por que nunca tinha tentado isso, simplesmente falar a verdade?

— Escuta — prosseguiu Alex. — Não tenho como devolver seu dinheiro.

Ele não respondeu. O que era pior.

Mais silêncio.

— Alex?

— Não tenho como. Eu achava que teria, e tentei muito descobrir como fazer isso. Tipo, consertar a situação. Mas não consigo. — Era um alívio dizer isso.

Silêncio. Ela continuou:

— Eu devia ter falado. Antes.

— Alex.

Por que ele não parava de repetir o nome dela daquele jeito?

O ar atravessou o telefone.

— Você está zoando comigo — disse ele, sério.

— Acabou — declarou Alex. — Tudo.

E ela queria que não fosse verdade, queria mesmo. Isso já não valia alguma coisa?

— Alex — repetiu Dom.

Ele não deveria estar mais zangado? Havia um toque incômodo de triunfo em sua voz. Como se a informação não fosse novidade.

Ela ficou quieta. O celular esquentava o rosto.

A verdade não tinha ajudado em nada. Por que pensara que ajudaria?

— Você acha que as pessoas escapam ilesas depois de fazer essas merdas? — murmurou Dom, algo como um sorriso nas palavras. — Eu sei que você está na casa daquele cara. O tal do Simon.

Alex parou de respirar.

Dom encarou seu silêncio como uma vitória.

— Está vendo? — disse ele. Estava muito calmo. — Eu avisei. Falei que você não tinha como fazer isso desaparecer.

Ele a seguira? Ou tinha só se alojado em seu cérebro de alguma forma, fixado moradia lá? Dom sabia o que ela pensava antes mesmo de ela pensar? Nada parecia impossível, fora do alcance dele.

— Ele parece ser um cara legal — declarou Dom. — Parece que não sabe muita coisa sobre você, né?

Ela ficou quieta.

— Acertei, Alex? — Dom parecia estar contente. — Tenho razão em pensar que talvez ele fique surpreso com algumas coisinhas?

Uma solução. Ela encontraria uma solução. Alguma coisa para dizer. Ganharia um tempo. Mas sua mente estava em branco.

Alex observou a tela. Os números corriam, segundo a segundo. Dom tampouco havia desligado.

Ela apertou o botão vermelho, e os números pararam, a tela inicial apareceu.

Dom tinha sumido, o portal havia se fechado.

— QUEM FOI QUE LIGOU? — indagou Jack. Ele apertava a coxa de Alex. — Quem era?

Era fácil segurar a mão dele. Ignorar a pergunta.

— Vamos lá fora — sugeriu Alex. Isso lhe parecia urgente. — Vamos.

— Não sei. Eu gosto daqui de dentro.

— A gente só vai pôr os pés na água. — Ela segurou a mão de Jack com força demais, deu um sorriso largo demais. — Está bem?

A hidromassagem ainda estava fria. O aquecedor não funcionava. Fazia horas e a água continuava na mesma temperatura. Outra coisa quebrada. Alex se sentou no pátio com os joelhos dentro da camisola.

Certas coisas realmente eram impossíveis de consertar.

Mesmo assim… Deve existir um momento em que isso some, disse a si mesma. Um momento em que o medo queima todo o combustível psíquico que o alimenta e então, por pura exaustão, ele precisa se dissolver.

Só que jamais pararia. Ela sabia disso. Havia uma sensação vazia, estranha, nas têmporas. Não tinha como escapar.

Não tinha como corrigir o erro. Jamais conseguiria relaxar, não de verdade. Tinha perdido o fio condutor.

JACK VOLTOU PARA FORA com uma garrafa de cidra gasosa em temperatura ambiente. Tomaram do gargalo, revezando-se. As bolhas adocicadas baratas. Ela não conseguia ficar parada. A droga ainda não tinha começado a perder o efeito, mas ela sabia que perderia em breve, as margens de seus pensamentos se desgastando.

Todo aquele esforço. Todo aquele esforço por nada.

Jack esticou o braço na direção dela. A mão não chegou a fazer contato com seu ombro.

— Qual é o problema? — perguntou o garoto.

— O cara no telefone. — Ela precisou de uma energia extraordinária para dar de ombros.

— Aconteceu alguma coisa?

Alex não respondeu. Tinha consciência de que, na cabeça de Jack, o silêncio dela se inflamava em tudo quanto era crise. Mas não estava longe da verdade.

— Como o cara se chama?

— Você não conhece. Não importa. — Ela não tinha tomado a decisão consciente de dizer a verdade para Jack. Mas que importância tinha àquela altura? — Eu devo uma grana a ele. Tipo, muita grana.

Jack se empertigou.

— Quem é ele?

— Um cara. Ele era meu amigo. Ou sei lá o quê. Ele é fodido da cabeça. Não sei o que fazer. — Alex fez uma tentativa falha de rir. — Estou com medo. Tipo, muito medo.

Era verdade. Outra coisa verdadeira.

Ele franziu a testa.

— Quanto dinheiro, exatamente?

O COFRE FICAVA no armário do pai. O segredo era o aniversário de casamento dele, do primeiro casamento. Havia dinheiro lá dentro — vai saber quanto, mas era o bastante. Jack tinha visto o cofre por dentro uma vez, quando o pai lhe mostrou onde ficava. Explicou tudo a ele. Em caso de emergência. Uma arma, no cofre. Um estoque de antibióticos. Algumas moedas de ouro, pois esse era o único investimento com que dava para contar. Se o mundo virasse uma merda.

Jack apresentou essas informações como se fossem uma solução totalmente razoável. Como se não existisse algo mais óbvio.

— Poxa — disse Alex. — Para com isso.

Mas Jack não deixou o assunto para lá. Quanto mais falava, mais animado ficava, empolgado com todo aquele drama. Talvez a situação fosse compreensível para ele. Alex precisava de dinheiro. Jack tinha dinheiro. Qual era a complicação?

Era tão ridículo, a princípio, que parecia piada. Uma trama idiota, fantasia de adolescente. Jack queria simular um sequestro, depois exigiria que o pai pagasse o resgate.

— Que nem aquele menino — disse ele —, o da orelha. Ele se sequestrou.

— Como é que funcionaria?

— Eu com certeza conseguiria bolar um jeito — declarou.

— Você está louco.

Jack estava entusiasmado com a oportunidade de forçar o pai a provar exatamente o quanto o amava. Os cálculos emocionais que teriam que ser feitos. Então, por um instante, ele se preocupou com a possibilidade de que tudo desse errado.

— Tipo, e se ele não pagar? — Jack franziu a testa. — Não, ele pagaria, sim. Morreria de vergonha se as pessoas descobrissem que ele se recusou a pagar.

— Para com isso — repetiu Alex. Ainda parecia mentira, um jogo. — E você só iria, o quê, pegar o dinheiro na caixa de correio?

— É, acho que ele chamaria a polícia, sei lá. Eles não rastreiam a grana, alguma coisa assim?

— Você não tem nada a ver com o problema — disse Alex. — Eu vou dar um jeito.

Mas enquanto dizia isso, ela percebia que seu tom não era muito convincente. Que parte dela ainda abria espaço para que outra pessoa resolvesse seu problema.

E então ele sugeriu entrar na casa e pegar o dinheiro.

A opção mais simples.

O pai nem perceberia que alguma coisa tinha sumido. Por que ele iria verificar? E, quando enfim fosse abrir o cofre, já não teria mais importância.

— Mas isso é loucura — disse Alex. — Ele não vai estar em casa? A sua madrasta, ou sabe-se lá quem, não vai estar lá?

Jack deu de ombros.

— Sim, mas não amanhã. É Dia do Trabalho. Eles saem de barco. Todo ano. A gente entra e pronto. A casa é minha mesmo. E ele está me devendo.

\*\*\*

A ÚLTIMA NOITE.
Alex foi ainda mais carinhosa com o menino. Atenciosa. Apertou sua mão. Beijou-o de olhos fechados, com total concentração. Ele parecia drogado de alegria — muito receptivo a qualquer migalha de afeto.

Todos os problemas haviam desaparecido. Todas as preocupações iam sumindo.

Sua partida iminente fez com que fosse mais fácil ser gentil. Fazer carinho no cabelo dele inúmeras vezes. Responder "eu também" quando ele dizia que a amava e deixar que lhe desse um abraço mais apertado. Alex realmente o amava, de certo modo — ele tinha resolvido tudo.

Ela devolveria o dinheiro a Dom.

Ela voltaria para Simon.

Todos os erros seriam corrigidos.

Em sua cabeça, Alex já dizia adeus. Adeus ao menino. Adeus àquela cama. Adeus à casinha.

Jack falava dos lugares a que queria levá-la na cidade. De um futuro que incluía Alex, e ela o deixava falar. Deixava que ele se embalasse até o estupor, as palavras todas arrastadas. Os olhos dele brilhavam no escuro. Poderiam arrumar um canto para morar juntos, ele disse. Arranjar um jeito de fazer tudo aquilo dar certo.

— Claro — repetia ela. — É. Boa ideia.

Ela passava as unhas no couro cabeludo dele. Como Simon gostava. Jack gemia de prazer.

Ele resmungou quando ela se levantou.

— Não vai.

— Vou só pegar um casaco.

Quando pegou o suéter lilás da bolsa, o bichinho de ônix caiu no chão.

— Puta merda.

— Pode deixar que eu pego.

Jack se esticou até a beirada para enfiar o braço embaixo da cama. Ele se sentou, abrindo a mão para revelar o animal em sua palma.

— Gostei — disse ele, entregando o objeto a Alex.

O peso do animalzinho a surpreendeu. A pedra estava fria, energizada. Antes que pudesse pensar demais, ela o devolveu.

— Fica — disse Alex. — É seu.

— Sério?

Ficou angustiada ao observar a mão do garoto se fechar em torno do objeto. Mas então, como todos os sentimentos, passou.

— Eu te amo — disse ele, bêbado com a própria solenidade.

Provavelmente acreditava que sempre se sentiria assim. Tão intenso, tão vívido. Um estado constante de embriaguez emocional.

Alex respondeu.

Eu.

Te.

Amo.

Em tom convincente, ela disse em tom convincente. Embora sentisse a conhecida pulsação de uma carranca no próprio rosto. Jack pousou o dedo entre as sobrancelhas dela.

— Você franze demais a sobrancelha — observou ele. — Até quando está dormindo.

— É — concordou ela, esquivando-se do dedo.

Alex esfregou o ponto, como se pudesse apagar a ruga.

Jack caiu no sono antes dela. Amassado contra o travesseiro, a boca aberta. Ela sentia seu hálito. Os lábios estavam rachados. Ele parecia o adolescente que era.

Sentiria falta dele, disse a si mesma. Era um garoto meigo, no fim das contas. Não era? Mas seria melhor assim. Para os dois.

# 11

DIA DO TRABALHO. FINALMENTE.

Sonhos ruins, aflitivos, um bolo de medo na garganta quando Alex despertou. Mas não se lembrava direito dos detalhes do sonho, só de um senso submerso de urgência, a consciência de que havia uma missão que não estava conseguindo cumprir, que jamais conseguiria cumprir. Quando se levantou da cama, a sensação já havia passado. Nem sequer uma lembrança.

A manhã estava nublada, os arbustos lá fora pareciam reter umidade, um bafo gelado emanando das janelas. Nuvens irregulares. Choveria durante a festa? O gramado de Simon molhado e lamacento e os convidados amontoados debaixo de uma tenda úmida, gotejante. Ela havia imaginado um dia perfeito, uma reunião sob o céu azul. Mas era provável que a chuva passasse até a hora da festa, de qualquer forma. Simon geralmente conseguia o que queria.

Jack não estava na cama. Era mais fácil assim — tinha um tempo para ficar sozinha. Cada pensamento que surgiu em seu cérebro foi polido até atingir um lustro psicótico. Ela repassou os próximos passos, depois os repassou mais uma vez.

Um desvio até a casa de Jack. Ele pegaria o dinheiro. Ela se encontraria com Dom, resolveria o problema. Em seguida, iria para a festa.

Dom havia concordado em encontrá-la na estação de trem. Um espaço público, um lugar bastante reconfortante. Ela estaria com o dinheiro.

Nada de gracinha, Dom avisara por mensagem. E tinha mandado um print do site da empresa de Simon.

Alex passou um bom tempo em frente ao espelho do banheiro do segundo andar. Escovou os dentes com tanta força que a gengiva sangrou, esfregou a língua com a escova. Queria estar limpa, imaculada. Penteou o cabelo, repartiu duas vezes para que a linha branca do couro cabelo ficasse visível. Delineou os cílios com tracinhos precisos feitos com um lápis de olho. Todo esse trabalho lhe pareceu carregado, significativo. Era uma meditação, a prova de sua devoção, de suas boas intenções.

Os últimos três comprimidos.

Ela os engoliu, um depois do outro, com um gole de água da torneira. Sentiu um aperto diante da imagem do frasco vazio. Arquivou o sentimento. Porque em breve voltaria para a casa de Simon. Nesse mesmo dia. Em poucas horas. Não precisaria mais se agarrar a qualquer coisa, não precisaria mais aceitar migalhas.

Alex se movimentava com lentidão. Recolhendo seus pertences. Dobrando as roupas com cuidado para colocá-las na bolsa. Preparando-se para a partida. Dessa vez, teria um comportamento exemplar. Nunca mais pisaria na bola, nem por um segundo. Daria valor ao que tinha.

Jack concordara que fazia sentido que eles se separassem, que ele fosse para casa depois, fazendo de conta que estava tudo normal. Ela tinha fingido que se reencontrariam em alguns dias. E o que Jack faria quando isso não acontecesse? Quando se desse conta de que ela havia sumido? Jack iria se virar. Estaria de volta à própria casa, aos pais amorosos. Ou aos pais bons o bastante. Ele não sabia o nome completo dela. Então, o que poderia fazer a Alex? Como a acharia de novo?

Em breve ela estaria com Simon. Dom deixaria de existir. Toda a situação pareceria engraçada em retrospecto. Ela encararia como uma pausa divertida na ordem correta das coisas, uma escala no mundo selvagem que sempre tinha sido apenas isto: um desvio, algo passageiro.

QUANDO ALEX DESCEU, JACK estava estirado no sofá com sua bermuda de basquete e a camiseta grandona. A testa brilhava de suor. Quando o garoto se virou para ela, pareceu preocupado. O que reparou no rosto de Alex?

Ela estava fazendo careta. Obrigou-se a sorrir.

— Você perdeu — disse ele. — Estava chovendo. — Ele olhou pela janela. — Mas o tempo vai abrir. Você não acha?

— Vai, sim.

Jack tornou a erguer o olhar para ela. Um sorriso torto.

— Eles vão sair para pegar o barco daqui a, tipo, uma hora.

A espera a deixou nervosa. Ela refez a maquiagem dos olhos. Não parava de tomar meio copo d'água e esquecer onde o largara.

Os preparativos para a festa de Simon estariam a todo vapor. A caminhonete do pessoal do bufê devia estar dando marcha à ré na entrada de serviço. Emergindo em camisas brancas passadas a ferro e calças pretas, instalando fogareiros e mesas dobráveis compridas. Os fios das extensões no gramado, guarda-sóis brotando no quintal.

O que Lori estaria fazendo? Correndo de um lado para o outro, dirigindo o espetáculo, tentando manter o cachorro longe dos bartenders.

E Simon? Mais difícil imaginar exatamente o que estaria fazendo. Ela se permitiu imaginá-lo na piscina, atravessando a água. Nadar sempre o relaxava.

Deu uma cagadinha de nervoso no banheiro do segundo andar. Pôs os brincos, aqueles que Simon lhe dera. Eles se sacudiam nos lóbulos.

Tinha sido ideia de Jack, não tinha? Ela não tinha pedido, não tinha forçado. Foi ele quem quis fazer isso. E daí se desse errado? Alex teria que prestar contas, explicar as coisas? O ponto mais importante a elucidar era que o garoto havia oferecido. E, na verdade, o ponto que parecia mais notável era que, durante um tempo, naquele breve período, tudo estivera bem. Não era verdade? Jack dormia tarde. Estava feliz. Os dois nadavam no mar e voltavam com sal no cabelo. Ambos tinham ganhado alguma coisa com aquilo. Uma troca justa, no fim das contas.

ELES ENTRARAM NO CARRO em silêncio. Jack ajustou os espelhos. Tomou um fôlego entrecortado.

— Pronta?

— Só se você tiver certeza — disse Alex.

Como se ela não ligasse de uma forma ou de outra, como se ele realmente pudesse mudar de ideia.

Jack dirigiu com uma concentração atípica — sem mexer no celular, sem tagarelar, sem botar música.

Estava tudo bem, Alex disse a si mesma, como se houvesse um impulso no qual pudesse relaxar. E não chovia. Só uma neblina fina no ar, o sol já surgindo entre as nuvens.

Todos os sinais eram bons.

Talvez os primeiros convidados já estivessem chegando à casa de Simon. Os casais mais velhos e os pais com crianças, os estrangeiros que chegavam assim que dava a hora marcada. Haveria comida em travessas quentes de prata, molhos borbulhando nos fogareiros e camarão frito faiscando nas frigideiras. Garrafas suando em baldes de gelo.

Melhor para Alex aparecer quando as coisas já estivessem animadas. Quando a festa já tivesse sua própria lógica, seu desdobramento inevitável. O problema de Dom estaria resolvido e encerrado.

Ela se permitiu observar o mundo verde que borrava as janelas, chegando a um transe agradável — lá estava, quase devolvido a ela.

EM UM SINAL, JACK a beijou com uma atenção urgente, Alex sentindo sua boca, sua língua. Ele a encarou com intensidade. Uma intensidade inquietante. Um estranho, Alex pensou consigo mesma, ele é um estranho. Mas, antes que o pensamento pudesse lhe causar um grande incômodo, o sinal ficou verde. No entanto, Jack continuava encarando-a.

O carro atrás deles buzinou, depois ultrapassou de repente antes de acelerar.

Alex apertou o joelho dele.

— Obrigada.

Ela o amava naquele momento? Quase isso.

O QUE ACONTECEU EM SEGUIDA:

Jack entrou no casarão branco, emergindo com o dinheiro em uma atitude casual, tranquila, como se tivesse passado lá para tomar um copo de leite.

Alex entregou o dinheiro a Dom. Ele foi deletado de sua vida.

Alex foi à festa.

Simon ficou feliz em vê-la. Cruzou o gramado para recebê-la, pegou sua mão. Ele a beijou.

Ficou tudo bem.

OU ERA O QUE ALEX desejava que tivesse acontecido. Achava muito fácil imaginar tudo, cada segundo da cena avançando de tal modo que parecesse realidade — é claro que havia resolvido todos os problemas. É claro que tinha dado tudo certo.

O que aconteceu de fato: Jack pigarreou. Parecia estar passando por uma rua pela qual já tinham passado.

Ela já sabia? Era óbvio pelo tom dele?

— Escuta — disse ele.

O silêncio entre eles se expandiu. Foi então que ela entendeu.

— Não existe cofre nenhum — continuou o menino. Ele continuava olhando para a pista. — Não sei por que eu falei que tinha.

Alex se calou.

Então estava tudo acabado. Ela não seria salva.

Rá. Rá, rá.

Ele a olhou de relance. Estava com as bochechas vermelhas.

— Desculpa, tá? Me desculpa.

Tudo bem. Tudo bem. Uma onda de raiva surgiu, depois se dissipou. A cabeça estava acelerada. Uma urgência maníaca a dominava, uma euforia que cambaleava à beira do pânico. Nem tudo estava perdido. Era impossível que estivesse. Ainda tinha coisas que poderia fazer. Ela faria alguma coisa. Mas o quê? Não podia ir se encontrar com Dom. Mas podia ir à festa. Iria à festa, e ela e Simon fariam as pazes. E então ela explicaria. Botaria as cartas na mesa. E ele a ajudaria. Ainda daria certo.

Alex forçou uma expressão neutra.

— Você pode me deixar em um lugar? — perguntou ela.

Uma centelha no rosto de Jack, uma redução de marcha.

— Deixar você? Onde?

— Na casa de um amigo.

— Que amigo?

A voz dele estava tensa. O garoto esperava alguma reação, é claro, mas não essa.

— Um amigo. Mas a gente pode se encontrar depois.

A mentira era óbvia. As palavras eram frouxas e a atuação, indiferente. Deveria ter passado mais segurança. Deveria fingir que não se importava com a mentira dele, que não ligava para o dinheiro. Deveria estar inventando uma visão de futuro que o apaziguasse, um jogo que ela sabia bem como jogar. Mas não foi o que fez. Não conseguia reunir a energia necessária para manusear a situação.

— Agora? — perguntou ele.

— Você pode me deixar — disse ela — naquele cruzamento antes da cidade? Onde fica o mercado?

— Mas tipo, agora? Neste segundo?

Jack parecia amedrontado e jovem. Era doloroso ver sua juventude. Um bebê, uma criança. Ele suplicava, em silêncio, por orientação. Pegou a mão dela.

Ela se conteve para não recuar, mas ele percebeu mesmo assim.

— Poxa, Alex, eu já pedi desculpa. Estava chapado. Parecia verdade enquanto eu falava. Sou um idiota. Desculpa.

— Não tem problema — respondeu ela. — É sério. A gente se fala depois, tá?

— Eu quero mesmo ajudar. A gente pode arrumar uma solução. Eu te amo — disse ele, e isso já não tinha sido um sinal de alerta suficiente, a rapidez com que se declarara, os sentimentos se debatendo à procura de qualquer lugar para aterrissar?

— Você é um amor de menino, tá?

— Puta merda, puta merda. — E então se virou para Alex com uma expressão descontrolada, selvagem. — Não dá para você esperar? Por que é que você precisa ir embora agora?

Foi repentino e assustador, o modo como ele desmoronou.

— Desculpa — disse Jack, os ombros tremendo, usando o antebraço para enxugar o nariz. — Tá? Me desculpa mesmo. Não vai embora, por favor. Por favor.

Ela deveria reconfortá-lo. Mas estava paralisada.

— Eu não estou bem. — A voz dele soava nasalada. — Realmente não ando bem, tá?

— Sinto muito.

Ela de fato se lamentava, sentia muito, mas ao falar soava sóbria, chocha e sem emoção.

— Alex — disse ele. — Por favor. Poxa.

Jack continuava chorando. Inacreditáveis, aquelas lágrimas. Por que ela estava surpresa? Ele era uma criança.

Jack mudou de tática.

— Aonde você está indo? Me fala. Tá? Você precisa me falar.

A cabeça dela latejava: Alex já se preparava para uma série de logísticas exaustivas. Falou de forma bem clara e lenta:

— Você tem que ir para casa. Me deixa na praia, pode ser?

Era bom que ele continuasse dirigindo, que se distanciassem da casa, mas, pensou Alex, não estavam em um lugar que ela reconhecesse, as casas rareando, as dunas cada vez mais atrofiadas e mais arborizadas, o carro ganhando velocidade.

— A gente precisa conversar — afirmou Jack, os nós das mãos brancos junto ao volante. — Você não pode ir embora assim, não é justo.

Alex segurou a bolsa com mais força no colo.

Havia alguma coisa que pudesse dizer, alguma forma de convencê-lo a deixar para lá? Ela sempre tinha sido boa em manobrar decepções, só precisava pensar por um instante. E como faria isso com ele chorando daquele jeito?

— Só conversa comigo — pediu Jack. — Por favor. Eu te amo.

A expressão dele era de agonia. Jack contorcia-se de pura angústia. Chorava e esfregava os olhos. Repetia o nome dela sem parar.

— Jack. — Ela tentou falar com calma; a voz estava rouca como se estivesse gritando pouco antes: ela andara gritando?

— Me desculpa — repetiu Jack, os ombros tremendo. — Tá bom? Me desculpa mesmo. Não vai embora, por favor. Por favor. — Suas palavras se embaralhavam. — Não sei o que eu vou fazer. Talvez eu faça alguma besteira. Se você for embora.

Estava falando a verdade?

— Você me ouviu? Você não dá a mínima?

Alex disse a si mesma que o garoto não faria nada. Que ficaria bem.

— Jack.

O que diria em seguida? Não sabia. Observava o rosto dele, não a pista, e o viu estremecer, as feições paralisadas, e então ela também viu.

Um cervo na estrada. Vacilando sobre as patas, as orelhas levantadas em alerta máximo. Bem no meio do caminho. Por que o bicho não se mexia, por que não tinha medo?

As árvores avançando sobre o para-brisa.

Em seguida, um barulho horroroso.

POR UM INSTANTE, ALEX NÃO conseguiu se mexer. *Curioso*, foi o primeiro pensamento que lhe veio à cabeça. *Curioso.* O menino. A questão do menino surgiu em seu cérebro. As pontadas de dor começaram a surgir na coluna.

Ela havia segurado o volante? Não. O garoto tinha dado a guinada, não tinha? Como qualquer um daria.

*Se mexa*, ela pensou, os olhos rolando dentro do crânio. *Se mexa.*

Jack tossiu. Piscava de um jeito esquisito, sonolento. Virou a cabeça para ela devagar.

— Caramba — disse ele, a voz longe, trêmula. — Está tudo bem com você?

— Sim. E com você?

— A gente bateu nele?

A porta de Alex emperrou, depois se abriu. Demorou um instante para entender que a janela não estava aberta: o vidro estava espatifado na pista. Ela ficou parada ali, ao lado do carro, os joelhos travados.

O menino também havia saltado. Parado ao lado da porta do motorista. Ele parecia estar bem.

— Você parece estar bem — constatou ela.

Não tinham atropelado o cervo. Mas tinham batido na mureta de proteção.

O para-choque da frente estava amassado, mas não o capô. As janelas do lado dela do carro não tinham mais vidraça. O para-brisa estava intacto.

— Puta merda — disse ele, baixinho. — Puta merda. Meu pai vai ficar tão puto.

Ele olhou para o carro, para o chão. Pressionou a testa com o punho fechado.

— Puta merda — repetiu ele, ainda mais baixo. — É uma boa a gente ligar para alguém?

Ele esperava Alex dizer alguma coisa. Esperava que tivesse a resposta.

Mas ela estava pensando a mesma coisa: quanto tempo até outra pessoa vir cuidar disso?

Alex estava prendendo a respiração. Percebeu quando começou a ficar tonta.

— Sim — disse ela. — Sim. Vamos ligar. Eu ligo.

O celular estava na bolsa, que tinha ido parar, sabe-se lá como, no banco de trás. Quando o achou, a tela parecia nítida, extraordinariamente clara, palavras e mensagens pairando em detalhes inacreditáveis. Dom tinha mandado mensagem, tinha ligado. Onde ela estava, ele queria saber. Ele estava esperando. Ela ignorou tudo.

Discou o número.

Ela disse que tinha sofrido um acidente. Um pequeno acidente.

Disse que o motorista estava bem. Naquele instante, não se lembrava do nome dele.

Disse que não sabia onde estavam.

Um nome de rua, disse o homem ao telefone, olhe em volta. Mas havia apenas árvores.

— Onde a gente está? — perguntou a Jack.

— Na avenida Detrick. Diz que é na avenida Detrick, perto da estrada.

Você está ferida?, perguntou o homem.

Ela estava? Não respondeu.

— Obrigada — disse ela, encerrando a ligação.

ALEX DEVERIA FICAR COM o garoto, esperar com ele no acostamento até alguém chegar. Era o que deveria fazer. Mas que diferença faria? Ficar ou não ali. Não mudava o que já tinha acontecido. Só pioraria a situação. Para ela. Talvez para os dois.

— Vou só dar uma olhada se tem alguma casa por aqui, sei lá — anunciou ela, sem fazer contato visual. — Eu volto para buscar você, tá?

Adeus, ela estava dizendo em sua cabeça.

— É para eu ir junto?

Ela deu de ombros.

— Você fica aqui.

Será que o garoto sabia que ela estava mentindo? É claro que reparou que Alex estava levando a bolsa. Mas ele sorriu mesmo assim. Talvez também fingisse bem — ela nunca tinha cogitado essa possibilidade.

CHEGAR À CASA DE SIMON. Era só isso que Alex precisava fazer.

Não parar, só continuar andando, embora sentisse que tinha algo errado, o pescoço tenso demais, alguma coisa estranha no seu jeito de andar. Mas estava bem, contanto que olhasse para a frente, sem parar nem desacelerar o passo.

Alex viu coisas sem vê-las de verdade: os ciclistas passando em fila com suas luzes vermelhas de segurança piscando, a bifurcação onde a estrada se dividia em duas.

Estava tudo bem.

Tudo ótimo.

Adorável, até.

Veja as hortênsias. As flores brancas com um leve toque amarelo. As folhas reluzentes com bordas serrilhadas, feito dentinhos de animais. Veja as casas, em tons de cinza e com telhas, uma bandeira sobre a porta inflando e murchando com a brisa.

Alex entrou na primeira alameda que viu. Passou por mais casas com cercas e portões, carros estacionados na entrada da garagem, e foi reconfortada por essas imagens, a evidência de outras vidas que existiam e continuariam a existir. Um cachorro ao longe dava latidos irregulares.

Sentia o cheiro do mar. As ruas não lhe eram familiares? Aquele pasto, aquela cerca de madeira. Ela e Simon já não tinham passado por ali de carro? Tudo parecia ter contornos nítidos e pairar um pouco em seu campo de visão.

As mãos tremiam. Preocupou-se com a possibilidade de estar enlouquecendo. Ao mesmo tempo, sabia que jamais enlouqueceria de verdade.

O celular tocou. Jack estava ligando. Ignorou a ligação. Uma mensagem dele:

*Quando vc volta?*

O olho esquerdo latejava. Queria coçá-lo. Disse a si mesma que estava só imaginando a dor. Decidiu que isso era verdade. E a sensação sumiu.

Só precisava chegar à festa. Era a única coisa que lhe restava. Depois de tanto esforço. Ela conseguiria.

ALEX CAMINHOU ATÉ CHEGAR ao estacionamento de uma praia. A maresia estava indistinta, nebulosa. Um salva-vidas estava no alto da torre, o queixo afundado na mão. O rosto escondido pela sombra do chapéu. Algumas famílias estavam na areia e um casal de mais idade com roupas brancas ziguezagueava na beira do mar. A mulher olhou para Alex quando eles passaram: a impressão era de que a mulher andara chorando. A expressão do homem havia se tornado mais sombria ao ver Alex?

Estava tudo emergindo de onde ela achava que estava escondido?

Não, disse a si mesma, não. Estava tudo bem.

Ela procurou o caminho no celular. A casa de Simon ficava um pouco distante. Mas não importava. Toda aquela energia circulando nela. Poderia andar para sempre.

Estava chegando ao fim. Aquela bagunça toda. As coisas voltariam a ser como antes.

Alex se trocou no banheiro da praia. Um vestido de festa cobre com alças finas: outra peça que tinha sido presente de Simon. Ela tirou a calcinha e o sutiã para que não marcassem a roupa. O tecido do vestido havia amassado. A seda não perdoava nada. O espelho do banheiro era de metal, não de vidro, então não conseguia ver seu reflexo de fato. Alex tirou uma foto de si mesma com o celular. Analisou a imagem. Estava bonita. O olho não estava rosa, tranquilizou-se. Era só sua imaginação. Ela piscou com força. Outro toque:

> *Cadê vc?*
> *Vc vai voltar?*
> *Alex?*
> *Alex?*

Jack ficaria bem. Sem dúvida. Sem dúvida já estava tomando bastante água e descobrindo como fazer com que o carro do pai fosse rebocado, e em pouco tempo ele estaria em casa. São e salvo.

Talvez todo mundo fosse escapar dessa ileso.

E Simon?

Conseguia imaginá-lo. Simon na festa com a camisa branca recém-lavada. O rosto de Simon irrompendo em um sorriso quando visse Alex chegar. Ele levantaria a mão em um aceno, Simon, e com um gesto a chamaria para perto.

Até a forma física dele seria reconfortante. Era a forma da vida de Alex.

Só precisava dar um jeito de chegar lá.

Só isso.

Fácil. Só uma caminhada enérgica.

Ela era uma garota de sorte. Não era?

Jack ligou de novo.

Ela ignorou.

Mais mensagens:

> *Alex.*
> *Pode ser que eu faça uma besteira.*
> *Não tô brincando.*

Ela poderia esquecer o menino. Poderia esquecer Dom, à sua espera na estação de trem. Esqueceria tudo isso com um pouco de esforço.

Mas talvez certas coisas jamais pudessem ser apagadas. Talvez colorissem sua vivência em uma camada celular, e, ainda que se raspasse a superfície, a putrefação já teria se entranhado bem fundo.

O arranhão na pintura, a coceira no olho.
Se isso era verdade — se isso tudo tinha importado.
Mas talvez não importasse.
O celular tocou de novo. Dessa vez era Dom.

ESSA PRÓXIMA PARTE FOI FÁCIL:
Alex olhou fixo para o celular. O celular que continuava a tocar.
Alex desligou o celular.
Alex jogou o celular na lixeira do banheiro.

O AR ESTAVA CARREGADO quando Alex chegou à casa de Simon. Mas o céu estava azul, a chuva matinal era apenas uma lembrança. Ele tinha conseguido seu dia perfeito. Como ela sempre soube que conseguiria. Ficou feliz por ele.
Tantos carros estacionados no acesso da garagem. Tantos convidados, já presentes. Estava tudo acontecendo.
Alex foi até a entrada do terreno murado. O corpo a transportava com a característica fluida de um sonho.
Ela esperava alguma resistência? Não houve. A enorme porta de madeira estava escancarada. Como se tudo se alinhasse para permitir a chegada de Alex. Para incentivá-la a seguir adiante. Já tinha se esquecido da caminhada até ali: não saberia dizer quanto tempo havia demorado, por quais ruas havia passado. As contas estavam zeradas.

* * *

LÁ ESTAVA. O MUNDO. Exatamente como o deixara.
Alex cruzou a porta.

No mesmo instante, serviram-lhe uma taça de vinho rosé.

Não reconheceu os convidados da festa. Nenhum daqueles estranhos que se agrupavam em microcosmos de conversa no quintal, reunindo-se, afastando-se. Mas por que conheceria aquela gente? Simon tinha tudo quanto era tipo de amigo. É claro que Alex não conhecia todos eles. Ainda não.

Alex atravessou o gramado. Um grupo de mulheres pareceu ter parado de falar quando ela passou. Mas estava imaginando, sem dúvida. Alex ergueu a taça em direção a elas.

Um golinho de vinho. A mão suava em volta da haste.

Ela se virou ao ouvir um papo animado no deque, uma súbita gargalhada que lhe pareceu excessivamente alta — será que a música tinha parado, será que tinha música tocando, de fato?

Alex ficou ali. Não tirava o sorriso do rosto. A grama estava molhada, sentia as sandálias ficando úmidas. As rosas tinham explodido na última semana. Seria possível? Elas brotariam daquele jeito, todas ao mesmo tempo, já no finalzinho do verão? Tantas cores avermelhadas e suaves se arrastando muro acima. Era uma linda casa. Uma espécie de afeto se espalhava por ela. Um sentimento efusivo, generoso, e, quando o cachorro de Simon veio correndo em sua direção, ela ficou feliz em vê-lo. Quando esticou os dedos, o cachorro cheirou. Então deu uma meia-volta desengonçada e trotou de volta para o lugar de onde tinha vindo. Sem aviso. Tinha ido embora sem aviso. Mas não importava. Porque lá estava Lori, indo de um lado para o outro com seu jeito familiar. Lori, que mantinha tudo em ordem. Alex sentia certo carinho por ela. Por tudo aquilo.

Acenou para Lori, que franziu o nariz, um gesto quase invisível. Alex acenou de novo e foi ao encontro da mulher.

— Oi.

O que esperava? Alguma reação. Mesmo que negativa. Mas Lori praticamente a ignorou. Seu rosto, uma máscara.

— Que bom que você conseguiu vir — disse a mulher, tensa.

Talvez estivesse apenas surpresa de ver Alex. Ou apreensiva, como se ela fosse fazer um escândalo. Mas não precisava se preocupar. Daquela vez, Alex se comportaria. Não causaria problema.

Alex sorriu ainda mais e disse:

— O gramado está lindo. Você tapou os buracos.

— Perdão?

— O gramado — repetiu. — Está bonito.

Fez-se um silêncio. Lori não retribuía o sorriso de Alex, que ficou sem reação. O suor começava a se acumular na testa.

— Bem. — Lori limpou as mãos na calça. — Bem, se me dá licença.

Então sumiu, deixando-a sozinha.

Tudo bem. Não tinha problema. Nada a incomodaria. Não naquele momento.

Alex entrou em uma fila para pegar comida. Os medalhões de bife marinado em vinagre e sangue, uma caçarola prateada de ervilha e cebola roxa, uma salada de macarrão da qual nem chegou perto. Uma posta de salmão que parecia ter passado do ponto, fatias de limão chamuscadas, grudadas no peixe. O cara que cuidava de um lombo suíno sob o brilho vermelho homicida de uma lâmpada de calor.

Alex encheu o prato com melancia e hortelã. Comeu com as mãos — os cubos rosados e molhados amolecendo, desmanchando na língua. Toda aquela doçura existindo no mundo. Apoiou o prato, por um segundo, para ir pegar um guardanapo. Quando voltou, havia sumido.

Tirou o cabelo dos olhos. Ela se permitiu examinar o ambiente. A água da piscina estava meio agitada com a brisa, sua cor era de um cinza turvo. Não havia uma borda antes? Em volta da piscina? Aquilo era seguro, uma piscina que de repente se abria no chão? Não seria fácil cair sem querer?

Alex precisava entrar na casa e deixar a bolsa lá dentro. Melhor estar livre quando enfim visse Simon.

— Licença — disse, espremendo-se para tentar passar por um homem. Ele não se mexeu, absorto na conversa com um casal. — Com licença — insistiu Alex.

O homem olhou para ela e se virou, dando-lhe as costas largas em uma camisa azul. Por que o casal com quem conversava lhe era tão familiar? A mulher magra, o homem baixinho, infeliz.

George — o nome surgiu em sua mente. George, a esposa magrela e o quadro que ela tinha destruído.

Será que ele sabia do quadro destruído?

Não, disse a si mesma, não.

E talvez aquele não fosse George.

Impossível ter certeza.

Era provável que não. É claro que não.

Estava tudo bem. Ela continuou sorrindo.

Alex se obrigou a desviar o olhar do casal, se obrigou a seguir em frente. O corpo com um ímpeto próprio, levando-a adiante.

Simon estava em algum lugar por ali, sem dúvida. Só precisava achá-lo.

Não estava perto do bar. Nem no gramado, nem perto da comida.

Ela não se preocupou. Não tinha pressa. Estava tudo indo muito bem.

A CASA ESTAVA SOSSEGADA. Familiar. A entrada, como Alex a deixara. O espelho que se avultava sobre ela na parede, o vaso com flores cortadas do jardim. Evitou o próprio reflexo. O frio do assoalho de concreto se infiltrava nas sandálias enquanto ela cruzava o corredor. Lá estava a cozinha. Não mudara nada. Ela abriu a porta de um armário — lá estavam eles, os copos verde-claros enfileirados, do jeitinho que se lembrava.

— Posso ajudá-la? — ofereceu um garçom, o tom antipático. — Se a senhora quiser algo para beber, vai ser um prazer servi-la lá fora.

Ele ficaria parado ali até ela sair? Tudo indicava que sim. Alex abriu um sorriso tenso. A culpa não era do homem. Ele não sabia que ela pertencia àquele lugar.

O vestido estava grudando na pele úmida. A seda estava escura por causa do suor? Só um pouco. O olho ardia, mas ela ignorou. Sentiu um impulso de checar o celular, mas estava de mãos vazias. Tinha jogado o aparelho fora. Não existia mais.

Se Jack estivesse ligando, ela não teria como saber. Se Dom estivesse ligando, ela não teria como saber. Então era como se não estivessem ligando.

ALEX PERAMBULOU PELAS OUTRAS esferas da festa. Passava pelas conversas alheias — pequenos vislumbres de seus assuntos e de suas vidas se mostrando para ela, como a luz de uma porta se abrindo. Estranho ver aquele quintal austero tão povoado. Tantas pessoas com bocas abertas, mastigando, e com taças na mão, como luas particulares de álcool. A lua se anunciaria em breve: esse fato lhe veio inconscientemente e logo foi descartado. As lentes fotocromáticas de um homem a impossibilitavam de entender para onde ele olhava, embora parecesse olhar direto para Alex. Era um pouco parecido com Dom? A mulher que tirava o suéter fino de seus ombros ossudos também lhe era familiar. Alguma lembrança surgindo, depois se dissipando?

Uma criança passou correndo e não acertou Alex por um triz, e ela mal havia se recuperado quando outra criança passou, perseguindo a primeira, e a atingiu no quadril. Alex cambaleou um pouco. Mas não caiu — ela não caiu. Sorriu, caso alguém estivesse a observando. Engoliu em seco. O vinho deixou um gosto desagradável na garganta.

Alex piscou. O sol estava ofuscante.

E então ela o viu.

Simon.

Alex já sabia que aconteceria antes de acontecer. Vê-lo. Tudo começou a lhe parecer inevitável. Impulsionado por uma força maior.

Simon.

Ele estava parado no deque de madeira em frente à cozinha. Conversava com um casal sentado a uma mesa de ferro forjado. Seriam George e a esposa? Ela reprimiu a pergunta antes de respondê-la. E não importava, porque lá estava ele.

Simon.

Ele estava com um dos pés apoiado em uma cadeira e estava meio curvado para a frente, apoiando o peso no joelho. Gesticulava com a taça. Algo no jeito lânguido com que movimentava a mão lhe parecia muito íntimo, como se lhe enviasse uma mensagem. Rabiscasse um sinal no ar.

Talvez ambos estivessem pensando as mesmas coisas, ela e ele. As mentes sincronizadas. Talvez ele também estivesse sentindo. Como os segundos passavam correndo. O pouco que faltava para aquilo acabar.

O quão inocentes os erros passados pareciam. O mundo de repente era benevolente, absorvendo seus erros e lhe mostrando como tudo era bom, como tudo estava bem.

Lá, ele estava lá. Simon, enfim. Com a mesma cara de sempre. Como se nada tivesse mudado. Como se a última semana nunca tivesse acontecido.

Só um gramado os separava.

Uma falha, um gaguejo, um murmúrio do casal, e Simon estava se virando para olhar para ela.

Simon.

A brisa balançou a camisa dele. Seu corpo alinhado ao dela.

Alex voltou a sorrir. Tudo tinha acabado bem. Ela sentiu que sorria para o universo, o sol se refletindo na água da piscina, dançando em sua visão.

Mas estava tudo errado. Por que Simon estava fazendo aquela cara? Por que parecia olhar para alguma coisa atrás dela?

Seria possível que Simon não a tivesse reconhecido?

Alex levantou a mão em um aceno. Um aceno minúsculo.

Ela ouvia a respiração nos ouvidos, o batimento cardíaco que não parava, um compasso atrás do outro.

Ele iria ao seu encontro?

Simon não se mexeu.

Tudo bem. Ela abriu um sorriso ainda mais largo.

Tudo bem. Simon estava esperando. Ela iria ao encontro dele. Estava esperando Alex, e ela só precisava se aproximar.

Agora, disse a si mesma, forçando as pernas a funcionarem. Ela não se mexeu.

Agora.

- intrinseca.com.br
- @intrinseca
- editoraintrinseca
- @intrinseca
- @editoraintrinseca
- intrinsecaeditora

| | |
|---:|:---|
| *1ª edição* | AGOSTO DE 2025 |
| *impressão* | CORPRINT |
| *papel de miolo* | IVORY BULK 65 G/M² |
| *papel de capa* | CARTÃO SUPREMO ALTA ALVURA 250 G/M² |
| *tipografia* | ADOBE CASLON PRO |